後宮医妃伝～偽りの転生花嫁～

涙鳴

STARTS
スターツ出版株式会社

目次

後宮医妃伝～偽りの転生花嫁～

一章　白龍山の医仙

この世は伝説上の山岳——天雲山にある仙界と地上にある人界に分かれているとされ、仙界には神に最も近い存在になった神通力を持つ仙人が住まうと信じられている。

白花舞うこの雪華国にも古より伝わるのが、医仙の存在。あらゆる病を治し、人々を癒す神通力を会得したその仙人は、疫病が蔓延したかの国を救ったと史記にもたびたび記された。

そして、今世にも後宮の医仙と謳われる女人がいる。仙人でありながら後宮妃に据えられ、のちに皇后として皇帝の隣に立つ彼女の名は——。


「白蘭様、起きてますか！」

霧煙る早朝のことだった。高く険しい岩山——白龍山の崖の上に立つ、茅葺屋根の家の戸を誰かが騒々しく叩く。

ちょうど薬草取りに出かけようとしていたので、よかった。すでに着替えを済ませていた私は、薬草を入れる腰籠を一旦調剤用の長机に置いて戸を開ける。

「どうしたんですか？」

ただ事ではない様子で立っていたのは、イノシシの毛皮を羽織った屈強な男たち。

この家からほんの少しばかり離れた場所にある猪餐村の狩猟民族——オヌフ族の者たちだ。彼らはこの雪国では珍しい色黒で、頬に獣の血で猫の髭のような模様を描くのが習わしらしい。

もうかれこれ三年の付き合いになるのだが、私の紅い瞳と緩くうねりのある銀の長髪はこの世界では大層奇怪らしく、「おおっ」と両手を擦り合わせながら崇めてくる。合わせ襟の着丈の長い白の深衣と、襟と同じ淡藍色の帯。村長からの貰い物とはいえ、彼らがいまだに私を病を治せる神通力を持った医仙だと信じているのは、このいかにもな服装のせいでもあるのだろう。

「狩りに出たらよお、こいつが山ん中に倒れてたんだ」

「なんとかしてやってくれねえか？」

彼らに抱えられた青年は固く目を閉じて、ぐったりとしている。見たところ〝今の私の身体と同じ〟十八かそこらだろう。細身ながら身体つきはがっしりしていて、なにより思わず息を呑んでしまうほど、品のある整った顔立ちをしていた。

「わかりました、こちらに寝かせてください」

寝台まで歩いていき、青年がすぐに横になれるよう布団をめくる。

私のところには主に村人たちが治療を求めてやってくるので、家の中にはちょっとした診療所のように寝台がいくつかと調剤台、薬棚などがある。全部、村の男たちが作ってくれたものだ。

さて、と改めて青年を診る。夜露のような艶のある黒髪は腰のあたりまであり、後ろの上半分を布紐で団子にまとめている。

黒の深衣と、襟や髪紐と同じ赤色の帯、銀糸で龍が刺繍された毛皮つきの足元まである黒の外套……高級品に特別目が利くわけではないが、どれも上質な生地が使われていることくらいはわかった。腰にも黄金の装飾が施された長剣を差している。

立派な身なり……どこかの名家の子息とか？

北の果ての海に浮かぶ大陸、その全土を領地とする雪華国は年中雪が積もり、おまけに半分以上が山地だ。その数少ない平原にある都──華京を中心とし、この国は大河によって七つの州に仕切られるのだが、私がいるのは都から最も遠い冬州。名家の子息がふらっと訪れるような場所じゃない。

なんだかわけありそうだけど、この人が何者でも人命救助には関係ない。

「ねえ、あなた。私の声が聞こえてる？」

声をかければ、うっすらと青年の瞼が開き、虚ろな金の瞳を彷徨わせる。

「……ああ……聞こえて、いる……」

よかった、呼びかけに反応あり。重い意識障害はなさそう。

「自分の状況を話せそう？」

「……歩いていたら……だんだんと頭が痛くなって……めまいと吐き気が……それで立っていられなくなった……」

青白い顔で乾燥した唇を一生懸命に動かし、青年は説明してくれた。

「あなた、普段は平らな土地で生活してるんじゃない？」

なんでわかるのか、と青年は弱々しく目を見張る。

「あなたが今苦しんでるその症状は、高山病によるものよ。山の高いところでは空気が薄くなるから、身体がその環境についていけないと起こるの」

「こうざん、びょう……初めて聞く、病だ……」

〝この世界〟では、まあそうよね。

私は苦笑いしながら、せっせと青年の帯を緩めて締めつけを楽にする。

もし今より意識状態が悪くなり、このまま眠ってしまったら、舌根が落ちて気道が狭くなってしまう可能性がある。

私は気道を確保するため、顎が自然と上がるよう首の下に枕を置いて体勢を整えた。

すると青年はふうっと息をつき、苦しげな表情をいくらか和らげる。それにほっとしつつ、私は薬棚まで歩いていき、引き出しを開けた。

「その高山病ってのは、俺たちはかからねえんですか？」

村の男がびくびくしながら聞いてきたので、私は乾燥させた薬草の根をいくらか手に取り小さく笑った。

「私たちはこの環境に慣れてるので、大丈夫なんですよ。でも、ここよりさらに高い山を登る場合は注意が必要ですけど」

高山病は酸素が欠乏すると起こるため、血液中の酸素濃度を増やす薬草――『紅景天』が効く。可愛らしい紅い花を咲かせるのだが、使うのはその根や根茎だ。

高山に自生すると聞いたことがあったので、もしかしたら白龍山にもあるかもと探してみたら大量に群生していた。それを発見したときは、人目もはばからず小躍りしてしまいそうだった。

本当なら高山病だけでなく頭痛にも効果がある『五苓散』も調剤できるといいのだが、いかんせんここは辺境の山。血管を広げて血流を促してくれる沢瀉や猪苓、めまいにも効く茯苓、腸の働きを整えてくれる蒼朮、鎮痛作用のある桂皮……どれも樹皮や根茎などから成るのだが、すべてを集めるのは難しい。

致し方ないので、私は乾燥させて刻んでおいた紅景天と桂皮を合わせたものを薄布に包み、鍋で煎じる。この人のように軽い高山病なら、これで症状は改善するだろう。

「さあ、これを飲んで」

私は青年の頭を抱き起こし、今しがた出来上がった煎じ薬を飲ませる。その喉仏が上下に動くのを確認しながら、私はふうっと息をついた。

「よし、飲めたわね……あとは水をたくさん飲んで、しばらくは様子見よ」

高所の冷えた空気は乾燥していて、その中で動くと体内の水分が失われやすいのだ。

その身体を再び寝かせると、青年は「……感謝する」とお礼を口にして目を閉じた。

私は青年に布団をかけながら、成り行きを見守っていた村の男たちの方を向く。

「あとは私が診ますから、皆さんは戻ってください。朝の狩りの途中だったんでしょう？　収穫がなかったら、奥さんに怒られちゃいますよ」

冗談交じりにそう言えば、村の男たちは「がははっ」と豪快に笑った。

「違いねえ！」

「待っててくださいよ、白蘭様！　うまい猪肉をお裾分けしますんで！」

彼らは狩猟民族なだけあって豪快かつ粗暴な者が多いが、はっきりとした性格をしていて親しみやすい。

「医仙の白蘭様には、いつも世話になってるからな」

医仙、その単語に反応するように、瞼を閉じていた青年の指がピクリと動いた気がした。皆が私を仙人と信じて疑っていないことに驚いたのだろう。

「白蘭様、またあとで！」

じゃあな、と手を上げて去っていく村の男たち。私は彼らに軽く手を振り返し、見送った。

私がここで医仙と呼ばれ、医者まがいのことをしている理由は話せば長くなる。

なんせ十年やそこらではなく、〝前世〟まで遡って話さなければならないからだ。

白蘭になる前の私は白井蘭という名前で、ここととは別の世界、別の国——日本で生きていた。

当時二十七歳だった私の仕事は看護師。連日起きている災害で全国的に医療施設の数が減り、どこの病院も内科や外科、産科や精神科……診療科関係なく患者を受け入れている状態だ。

医療崩壊が迫る中、この仕事は過酷を極めている。だからか、昼休みに病院の中庭にあるベンチに腰かけ、空を仰いで出る一声はいつも——。

『つっかれたー、梅酒飲みたい、ロックで』

『蘭、いつも同じこと言ってて飽きない？　というか、いつも梅酒で飽きない？』

同期で親友の芽衣が私にコーヒーを差し出す。病院内に併設されているコーヒーチェーン店のものだ。

『ありがとう』

コーヒーを受け取ると、隣に芽衣が腰かける。

芽衣は薬剤師だ。働く部署が違うので、休憩を一緒にとれるのは珍しい。

でも、お互いがそこにいてもいなくても、私たちは自然とここへ足が向いてしまう。

『一度はまった食べ物って、延々とリピートしちゃうのよね、私』

『それが梅酒ってのが色気ないよねえ。ま、その気持ちはわからないでもないけどさ』

むふふ、と気味の悪い笑みを浮かべた芽衣が後ろから一冊のノートを取り出した。

私はまたか、と呆れる。

『えー、本日は凍瘡における軟膏の作り方について、討論したいと思います』

芽衣が広げたノートは、手作りの医学書だ。

『討論って……なんで私もやるみたいになってるの』

『なんだかんだ、いつも付き合ってくれてるじゃん、蘭。それにさ、この数年、地震、津波、火山噴火、豪雨による土砂災害……日本だけじゃなくて、外国でも大規模災害が頻発して、大きな被害が出てるでしょ？』

二週間ぶりに見た雨以外の貴重な曇り空を、芽衣は憂うように見上げた。

『もし今災害が起きて、この地上になにもなくなってしまったとしたら？　薬もすでに調剤、梱包されたものが届くこの時代で、自分にできることは少ない。私は怖いんだよ、目の前で助けを求めてる人がいるのに、なにもできないことが』

もし今災害が起きて、この地上になにもなくなってしまったとしたら……か。

現代の医療は血圧計も自動で、水銀製のものを見ることは少なくなった。カルテや看護記録も電子で、手書きのものを使用したのは学生の頃に行った実習以来だ。

芽衣の言うような事態が起きたとき、豊富な医療機器に頼りきりの自分にできることは少ないだろう。最近、確かに自然災害が多いし、私もそんな懸念を抱かないことはない。

でも、私は芽衣ほど使命感を持って仕事はしていない。最初は誰かの役に立ちたいからついた職業だけれど、実際は休みもないし、感染の危機に晒されてるし、忙しいから現場は常にピリついていて人間関係も劣悪で、白衣の天使なんて嘘だよと思う。

やりがいはあるけれど、夢よりも現実の方が浮き彫りになってきて、看護師を目指したときのあのキラキラした気持ちを忘れてしまった。そういう自分とは違って、夢への輝きを失わない彼女は純粋にすごいと思う。

『私は、なにもなくなっても、なにかできる医療者で在りたいの』

その曇りない思いに突き動かされて、芽衣は電気がない世界でも自分が施せるだろう医療をノートに書き留めている。それに、なんだかんだ私も参加させられていた。

『……凍瘡、しもやけについて……だっけ、今日の討論内容は。エアコンとかヒーターがなかったら、家の中でも起こるわね』

私が討論にやる気になったと思ったのか、芽衣の顔がぱっと輝いた。

『そうなの！　そこでびっくりしたのが、昔の人は靴下の爪先に唐辛子を入れることで、しもやけを防止してたんだって。唐辛子の辛さ成分が皮膚を刺激して血行をよくするから、エビデンス的には成り立ってると思わない？』

どうして、そこまで一生懸命になれるのか――。

生き生きと語る芽衣は本当に純粋で真っすぐで、毒気を抜かれてしまう。心から誰かを救いたいなんていう白衣の天使も、この世にいるのかもしれない。そんなふうに彼女を見ていると考えを改めさせられる。

『そうかもだけど、唐辛子は刺激が強いから、皮膚の弱い人には向かないんじゃない？　薬以外で凍瘡を改善できるとしたら、マッサージで血行を促進するとかね。あとは痒みもあると思うから、皮膚を傷つけないように保湿もしないと』

『そうなんだよね。しもやけの痒みと腫れが酷い場合は、ステロイド軟膏が使えればいいんだけど、さすがにそれは難易度が高いから、植物の根や樹皮から作れる生薬に目をつけてみたの』

生薬というのは植物や動物、鉱物などが持つ効能を組み合わせて作った薬のことで、漢方薬の原料だ。芽衣の手作りの医学書ノートには、薬用植物の種類や漢方薬の作り方などが書き留められている。

彼女はもっぱら〝もし明日、医療機器がない世界になってしまったら〟という妄想のもと、こうして薬学の原点である薬草と、看護の原点である人間の自然治癒力を引き出す関わりに着目して討論を重ねるのにはまっていた。

おかげで私も、生薬や漢方薬に詳しくなった。看護師も薬学は一通り修めるが、薬剤師には遠く及ばない。贅沢なことに、その専門家が先生なのだ。わかりやすいったらない。

『軟膏は蜜蝋と、人の肌によく馴染むように豚脂を加えれば作れるの。そこに消炎、抗菌、肉芽形成、解毒作用がある薬草を入れれば……はい、凍瘡に効く『紫雲膏』の出来上がり』

『それなら機械がなくても作れる……うん、採用でいいんじゃない？』

芽衣は『よっしゃ』と言いながら、凍瘡処置のページの下の方に【M&R】のイニシャルを書き足した。使えると判断した治療法は採用の意味で、こうしてふたりのサインを入れるのがルールになっている……らしい。芽衣が勝手に決めたことだけれど。

ふたりでノートを覗き込んでいたら、ぽたっとしずくが落ちてきた。ふたりで顔を上げれば、雲の流れが速い。

『うわ……これまたドサーッと来そうだね』

心配そうに雨雲を見つめている芽衣に『そうだね』と相槌を打ったそばから、私の気分もどんよりする。

つい先日も集中豪雨による洪水で、家族や家を失った人がたくさんいると、ニュースでやっていた。復興が終わらないうちに次の災害に見舞われてしまうので、避難所暮らしを強いられている人の数が増えているのが社会問題になっているほどだ。

『本当に、この世界はどうなっちゃうんだろうね』

湿気を纏った生温かい風に、芽衣の呟きが攫われていく。そのとき、雨粒が大きくなって、ザーッと私たちを打ちつけた。

『最悪！』

思わず叫んだとき、芽衣が白衣を脱いで頭に被り、キメ顔でこちらを向く。

『入れよ、ハニー』

『イケメンか！　というか、誘い方が古い！』

その中に遠慮なく入り、私たちは笑いながら雨の中を走る。

こんな世界だけど、隣に彼女がいるだけで明るくなれた。彼女は私の太陽だった。

『白衣に防水機能がついてればなー』

『白衣をカッパ替わりに使う機会は、そうそうないと思うけど』

ぼやく芽衣にそう返しながら病院内に入ったとき、ガタガタと揺れを感じた。

ふたりで足を止め、天井を見上げる。

地震？　頻繁に起こっているので、今回もすぐにおさまるだろう。そう思っていた次の瞬間、ドンッと身体が跳ね上がった。

え――。悲鳴をあげる間もなく、私はお腹から地面に叩きつけられるように落下した。うっと呻きつつ顔を上げれば、少し先にうつ伏せに倒れている芽衣を発見する。

『め……芽衣……っ』

そばに行こうとしたら、今まで聞いたことがない凄まじい地鳴りがした。

芽衣が顔を上げ、『ら……』と私の名前を呼ぼうとしたとき、病院は耳をつんざくような音を立てて——倒壊した。

それからしばらく意識を失っていた。遠くで雨の音がして、ぽたぽたと頬に冷たい水の感触。次第に突き刺すような痛みと圧迫感に襲われ、ゆっくりと瞼を開ける。

『う……ぁ……』

背中が重い、息ができない……っ。

落ちてきた天井に押し潰されたのだろう。生温かい血が身体を濡らし、床に赤い水溜まりを作っている。まだ生きていること自体が奇跡だった。

『め、い……』

崩れた天井の隙間から微かに光が差し込み、彼女を照らしていた。

私は廊下に這いつくばったまま、手を伸ばす。芽衣は私の呼び声にぴくりと指を動かし、『うっ……』と苦しげな声を漏らしながら、こちらを見た。

『う……ら、ん……なに、これ……』

芽衣はしばし混乱している様子だったが、すぐに『蘭……っ』と我に返り、私のところまで這ってこようとする。

でも、芽衣も瓦礫の下敷きになっていて、身動きがとれないようだった。

『っ……どうしよう、足がっ……』

『芽衣、大丈夫……きっと、救助が来るわ……だから、それまで……話を……しない？　いつも、中庭で……してる、みたいに……』

私は自分に言い聞かせるように、『大丈夫』と繰り返す。

それでも不安で手を伸ばすと、芽衣も腕を伸ばして握り返してくれた。

『そう、だね……なんだろう、すぐに思いつかないけど……この地震で、本当になっちゃった……かも、ね……医療機器がない、世界に……』

『今こそ、役立つわね……手作りの……あの医学書……』

ふふ、と力なく笑いながら、私たちは血でぬるりと滑る手を強く強く握る。

『……っ、蘭……もし、このまま世界が終わって……ドラマみたいに、違う時代に飛んじゃったり……新しい世界で生まれ変われちゃったり……したら、さ……』

『なに、言ってるの……世界は終わらないし、私たちはこれからも、ここで……生きて、いくんでしょう……？』

救助がいつ来るのか、世界がどう姿を変えてしまったのかもわからない。絶望が未来を信じさせてくれなくて、涙がこぼれた。

『それがいちばん、だけど……この先、どうなるかわからない、から……約束、しよう……』

芽衣も目に涙を溜めながら、指切りするように小指を絡ませてくる。

『どこに行くにしても……私たちふたりで……だよ。それで、たくさん助けるの……私たちなら、いろんな人を……治せる……』

『わかっ、わかった……っ』

嗚咽に邪魔されながら、私は何度も頷く。何回も小指を揺らす。

どんなにくだらなかろうが、理想でしかない夢物語だろうが、目の前にいる親友が生きる気力を失わずに済むなら、馬鹿みたいにがむしゃらに誰かを助けたっていい。

数秒後の自分がどうなっているのかもわからない中で、私たちはただ約束という希望に縋っていた。

そのとき、ゴオオオオッと地鳴りがした。地下にとてつもなく強大な魔物でも棲んでいるかのように、その唸り声はどんどん大きくなっていき、地面が激しく揺れだす。

『蘭っ、離さないで……っ』

『芽衣っ……絶対に離さない、離さない……っ』

固く両手を握り合った瞬間、ドオンッと天井が落ちてくる。

白井蘭の人生に幕が下ろされるその瞬間まで、私が感じていたのは……親友の手のぬくもりだった。

そうして気づいたら、私はこの雪華国に転生していた。

物心ついたときから転生前の記憶があったので、私の中身はやはり白井蘭のままだった。そのせいか、この世界の両親を自分の親だと思うことはできなかった。

両親も、子供にしては言葉遣いが達者で、この世界の人が知らない知識を口にする私を気味悪がっていた。転生の影響なのかなんなのかは知らないが、両親とは似ても似つかない容姿で生まれたことも原因だろう。

いずれ捨てられるかもしれない。その懸念が現実になったのは十五歳になった頃だ。両親が私を妓楼に売り飛ばす相談をしているのを聞いてしまった。どこぞの誰かの慰み者になるなんてまっぴらごめんだった私は、こっそり家を飛び出した。

私の看護技術はこの国では医術に相当するようで、私は治療を対価にすることで宿を借りたり、食べ物を分けてもらったりして、できるだけ遠くへと逃げた。

そして、誰にも見つからない場所を探して辿り着いたのがこの白龍山だ。十五の少女がここまで見つからずに来られたのは、私が前世の記憶を持っていたからだろう。

でも、両親は前金を貰っていたのか、妓楼からの追手はすぐそこまで迫っていた。

宿では足がつくし、他に身を隠す場所もなく、事前に高山病予防になる薬草を摂取して山に逃げ込んだのだが、情けないことに地理がわからず私は遭難してしまった。

そんな私を助けてくれたのが、オヌフ族の族長だ。土地が空いていた村のそばに小屋まで建ててくれて、食べ物や衣服までお裾分けしてくれた。

私に返せるものといったら医術しかないので、病にかかった村人たちを無償で治療して、助け合いながらなんとか生活してきた。

でも、ふとした瞬間に心がそれだけでは足りないのだと、片割れを捜すように痛みを伝えてくる。どこに行くにしても、ふたりでと約束したのに、私の隣にあの子はいない。いないんだ、離れないようにと強く手を握っていたはずなのに……。

感傷に浸っているときだった。頬に温かい手が触れ、私は我に返る。目を瞬かせながら視線を落とせば、寝台に横たわっている青年がこちらを見上げていた。

そうだった、看病の途中だった。村の男たちが出ていってから、私は青年の眠る寝台に腰かけて看病をしていたのだが、いつの間にか記憶の海に沈んでいたようだ。

「目が覚めたのね」

「雨の音が……聞こえて……」

「雨……」

吹雪対策で家の周りを覆っている葦の簾に、サーッと雨が当たる音がする。窓を見上げれば、朝なのに薄暗い。陰鬱で湿った空気が肌に纏わりつくのを感じた。

「お前の涙と共に……天も泣いた。それも医仙ゆえの力か？」

青年の指が私の濡れた頬を拭っていく。そこで初めて自分が泣いていたことに気づいた私は、誤魔化すように笑って肩を竦めた。

「ああ、さっき村の人たちが話してるのを聞いたのね。ここの人たちは確かに私を医仙と呼ぶけど、私にそんな力はないわ。あったとしても、雨なんて降らせない」

雨の日は決まって憂鬱になる。あの子を失ったこと、自分が生まれた世界が大きく姿を変えてしまったこと、日常が崩れ去ってしまったことを嫌でも思い出すから。

「……そうしてもらえると、助かる」

「え？」

「俺も……雨が……好きではない」

この人も、なんだ。理由は聞かなかった。私なら、会ったばかりの人間に踏み込まれたくないと思うからだ。ただ、彼の傷が透けて見えた気がして、自分だけではないのだと少し心が軽くなった。

「……泣けるうちに、泣いておいた方がいい。堕ちるところまで堕ちると……涙も、出なくなる」

それは……経験談？

がらんどうの瞳をいくら覗き込んでも、その心は見えない。だから私も探らない。この人に踏み込めば、うっかり自分の傷にも触れてしまいそうだったから。

「私のことよりも、今はあなた自身のことを気にかけて。できる処置はしたけど、つらい症状はない?」

どれだけ時が経とうと、新しい人生を歩み始めようと、あの子や故郷、そこにいた家族を失った痛みや孤独感は消えない。言葉にするのはつらくて、私は話を逸らした。

「身体の怠さはあるが、だいぶ楽になった……」

私が話したくないと察してくれたのか、それとも単に気づかなかっただけなのか、青年は追及してこなかった。

「それはよかった。一日、二日で落ち着くとは思うけど、これ以上高い地点に登るのはやめた方がいいわ。それから、ここで休んでいても症状が悪くなったら下山して」

私は寝台から立ち上がって、囲炉裏に近づく。濡らした布で吊り土鍋の蓋を開け、瓢箪をふたつに割って作った皿に玉杓子でお粥をよそった。

「連れの人はいないの? 下山するにしても、ひとりじゃ危ないわ」

青年は質問に答えなかった。いつもそうなのか、無表情で感情がさっぱり読み取れない。身なりがいいのも、若干口調が偉そうなのも、いいとこのご子息だからと考えるのが妥当だろう。そんな名家のご子息様がこんなところに来るなんて、わけあり以外の何者でもない。

もしかして、私と同じようにやむを得ない事情で逃げてきたとか?

なにも話そうとしない青年に、私はふうっと息をつき、「わかったわ」と言いながら寝台へ戻る。

「好きなだけここにいていいから」

器を差し出せば、それを受け取りながら青年は真意を探るように見つめてきた。

「なあに？　親切にされることがそんなにおかしい？　顔に書いてあるわよ、なにか裏があるんじゃないかって」

からかうように言えば、青年はわずかに目を見張り、すぐに真顔に戻る。

「俺は……顔に出ていたか？」

「うん、弱ってるから余計に繕えなくなってるのね、きっと」

それと、看護師だった頃に培った観察力や洞察力のおかげでもある。

「俺は……あまり表情豊かな方では……ない」

うん、それは否定しない。

とは言えないので、とりあえず笑顔で誤魔化しておいた。

さて、どうしたものか。この様子だと、ご飯を食べてもらうのは難しそう。

まずは不信感を解いてもらうため、私は自分の身の上話をすることにした。

「私もね、ここの村の人たちに助けてもらったの。ほら私、こんな容姿でしょう？　両親から気味悪がられてて、妓楼に売られそうになったから逃げてきてね」

興味があるのかないのか、青年は相槌もなくじっとこちらを見つめている。

無反応……やっぱり、なにを考えてるのかわかりづらい人だな。

「でも、追手がすぐそばまで来てて……山に逃げ込んだら遭難しちゃって。そんな私を村の人たちが助けてくれたの。だから私は、村の人たちにしてもらったことをあなたに返してるだけ」

にこりと笑いかけ、自分の分の食事をつぐと、私は再び青年のいる寝台に腰かけた。

「食欲ないかもしれないけど、それだけはお腹に入れて？　鶏肉に消化しやすい菘（すずな）と清白（すずしろ）、血行をよくする人参に胡麻と生姜（しょうが）が入ってるの。身体があったかくなると思うわ」

青年は思案するように器に視線を落とし、ゆっくりと匙（さじ）を口に運んだ。ひとまず食べてくれたことにほっとしていると、青年は驚いたように器を見つめて固まる。

「ど、どうしたの？　不味（まず）かった？」

「いや……味がするな、と」

「うん？　調味料を入れ忘れるようなドジは踏んでないもの、当然でしょ。いっぱい食べて、たくさん休んで。それから、これからのことを考えましょう」

私は自分の器に入っている鶏肉を青年の器に入れ、笑ってみせた。

青年は無償の親切心を信じられないのか、優しくされることに慣れていないのか、他になにかあるのか、やはり無言で私を凝視していた。

翌朝、私は家の前の薬草園にいた。こぢんまりとしているが、三年かけて私が作ったものだ。ここで足りないものももちろんあるので、そういうときは山に取りに行く。

雪が積もった場所では普通、植物はその重みで枝や幹が折れ、葉が傷み、根が腐って育たない。でも、雪華国の植物はこの厳しい自然環境に順応してか、強い耐寒性と生命力を持って野生している。

「医仙」

しゃがんで竹ざるに摘んだ薬草を入れていると、後ろから青年がやってきた。

「まだ横になってなきゃ、無理は禁物よ」

立ち上がろうとしたら、それを手で制された。青年は私の隣に腰を落とし、手元を覗き込んでくる。

「それは？」

「これは多年草の『ムラサキ』。山の高い場所にある畑はひんやりしてて涼しいから、ムラサキの栽培に最適なの。この根を乾燥させたものを薬として使うのよ」

収穫したムラサキの根を見せれば、青年は興味深そうに眺め、腕まくりをした。

「……手伝う。看病の礼だ」

「え……でも、あまり外にいない方がいいわ。病み上がりなんだし……」

「もう平気だ。お前の治療が効いたらしい」

頑として聞かない青年に根負けして、

「そう？　それじゃあ、お願い」

ふたりで一緒にムラサキの根を収穫する。

それから黙々と作業をしていたのだが、沈黙が気まずい。相手は口数が多そうな人ではないし、私が一方的に話しても鬱陶しいだろう。

「お前は……いくつだ」

やっと話したと思ったら……。

ムラサキの根についた雪を払い、なんてことないように淡々と尋ねてくるが、いきなり女人にする質問じゃない。

「若く見えるが、いやに口調が大人びている」

「なるほど、私がおばさんみたいだと」

その能面を壊してみたい衝動に駆られ、ふざけて返せば、青年は渋い面持ちで動きを止めた。

「……お前はひと回りもふた回りも年上の男たちに頼りにされ、オヌフ族のような屈強な男たちを恐れてもいない。それに少し……驚いた」

その言い訳じみた返答に、私はふふっと笑う。

年齢の割に肝が据わっていると言いたいらしい。

「わかってるわ、あなたに悪気はないって。ただ、その無表情を崩してみたかったのよ。あなた、ちっとも笑わないから」

にっこりする私を青年は〝理解できない〟と言いたげに見ていた。

「だって、急に『お前はいくつだ』とか聞くんだもの。あなた、初めてのお見合いじゃないんだから」

青年の台詞の部分は真顔で声真似もしつつお届けした。すると、青年は少しばかりばつが悪そうに目を逸らす。

「……お前は、いつもそんななのか」

「そんなって？」

「……物怖じしないで人をからかう」

「物怖じしないって……オヌフ族の人たちのことを言ってるなら、彼らを誤解してるわ。確かに狩猟民族なだけあって勇ましいけど、仲間思いでいい人たちよ。それと、私はだれかれ構わず人をからかってるわけじゃないわ。あなたのその眉間のしわを薄くできないものかと思っただけよ」

深いしわが刻まれた目の前の眉間を指でぐりぐりと押せば、青年は「おいっ」と微かに目を見張った。私の手首を掴んで阻止しようとする青年の額には、しっかり泥がついている。土いじりの最中だったのを失念していた。

「ぶっ……ごめんなさい、私のせいね……ふふっ」

疲弊した顔で沈黙している青年の額を、着物の袖で拭ってあげる。

「話が逸れたけど、私の年齢の話をしていたんだったわね。私は二十……十八よ」

つい、前世の年齢で答えそうになり、言い直す。精神年齢は前世の二十七歳のままなのだが、そんなことを話しても信じてもらえずに変人だと思われるか、村人たちのように仙女だと騒ぎ立てられるかのどちらかだ。でも、言い直したのがいけなかった。

「天雲山に住む仙人は不老不死らしいな」

青年の目がすっと細められ、なんでか探られているような気になる。

「わ……私が不老不死なら、しわに悩まなくて済むわね。寒いと肌が突っ張って、しかもカピカピになるもの」

両手で頬を押さえて笑みを作ると、青年は「あ」という顔になり、私から視線を逸らす。

「……今度は、お前の顔に泥がついている」

「……あ」

天然泥パックの出来上がり。

「これで喧嘩両成敗ね！」

「喧嘩……をした覚えはない」

「お互い様って意味よ」

青年は呆れ気味に息を吐き、まくっていた袖を伸ばすと、躊躇いがちに腕を伸ばしてくる。そして、不器用な手つきながら服の袖で私の顔をごしごしと拭いた。

「えっ、あなたの服が汚れるわよ！　それ、高そうなのに……」

「別に構わない。お前も、その袖で俺の泥を拭っただろう。お互い様だ」

ぶっきらぼうに答える青年に、私はされるがままになっていた。

服よりも私の肌が汚れる方が一大事だと思ってくれている……ってことよね？

気遣ってくれたんだろうけど、まったくそれが表情に出ないので戸惑ってしまう。

「こんなふうに、無意味な時間を過ごしたのは……初めてだ」

無意味って、それは酷くないかな？

でも、青年は思い詰めた様子で悪気がないのがわかる。

「で、その無意味な時間を過ごした感想は？」

「……悪くない」

一言感想文ね。

私は苦笑いしながらも、胸のあたりがぽかぽかと温かくなるのを感じていた。

きっと、彼はこんな平凡な日常とはかけ離れた世界にいたのかもしれない。そこから逃げてきて、ここに辿り着いたのか、なにひとつ私は知らないけれど……。

「その悪くないと思えたものは、大事にしないとね」

〝どういう意味だ〟と、青年の眼差しが問いかけている。

「この広い世界で、大切だと思えるものを見つけるのは難しい。そして、それを得られたとしても、大切なものを失うのは簡単よ。どんなに強く握りしめていても、瞬きをした瞬間にこの手からすり抜けていることもあるわ」

自分の手を見つめて思い出すのは、繋いでいたはずのあの子の手の感触と温もり。自分で言っていて気づいた。私もまた、この世界で悪くないと思えたものを大事にしないといけないのだと。

「大事にしたくても……できないときは、どうすればいい」

青年の手が私の手首を掴む。その手は自分から触れてきたくせに震えていて、力がこもっていた。なんとなしにされた質問でないことは明らかだったので、私も言葉を選びながら真剣に答える。

「そのときは……その大事なものを忘れずにいる。そばに置いておけるに越したことはないけど、そうできなかったら覚えておくわ。大事だと思った気持ちを」

「……それで満足できるのか」

「できないよ？　でも、それを思い出したとき、きっとつらいだけじゃなくて……私を励ましてくれると思うから」

抽象的な話だ。でも、私たちはそれぞれ大事なものを思い浮かべ、なにかの答えを探そうとしていた。

「……そうか」

青年は苦しげに眉間を寄せ、私から手を離した。

「ねえ、大丈──」

思い詰めているように見えて、『大丈夫？』と尋ねようとしたとき、「白蘭様〜！」と子供の声がした。

振り返りながら立ち上がれば、村の男の子が血相を変えて走ってくる。

「白蘭様っ、父ちゃんが……ぐすっ、父ちゃんが狩りの途中で転んで、鎌で足を切っちまったんだ！　助けて！」

私は服で手の泥を拭き取ると、泣きじゃくる男の子の頭をくしゃりと撫でた。

「泣かない、泣かない。お父さんのために、今できることをやろう」

男の子は目元をごしごしと拭い、私を強い眼差しで見上げてくる。

「わかった、僕も手伝う！」

私は「よし！」と返して、家から処置道具や薬草が入った治療箱を持ってくると、青年を振り返った。

「あなたは適当に家でくつろいでて」

「……俺も行こう」

「え？　でも、あなたは休んでた方が……」

「急を要するのだろう。手は多い方がいい」

「……それも、そうね。わかったわ、無理はしないで」

昨日の今日で無理はしてほしくないのだが、そばにいないときに体調が悪化しても困る。それなら一緒にいた方がいい。

苦渋の選択ではあるが、彼も連れて坂を下ったところにある村まで走る。

「お待たせしました……！」

村の井戸の前に、男の子の父親は座っていた。彼の前に膝をつき、すぐに下衣(したごろも)をまくり上げて傷口を確認すると、ざっくりと縦に大きく切れている。

「……っ」

血を見た瞬間、青年が目を背けた。

「……？　血が苦手なの？　それなら下がってて」

中には失神してしまう人もいるので、珍しいことではない。私たちを囲むように立っていた村人たちも、痛々しい傷から顔を背けている。

「いや……問題ない」

「でも、気分が悪くなったらすぐに言ってね」

青年は頷く。問題ないって顔ではなかったが、今は男の子の父親の治療が先だ。

「お酒と、洗浄用にぬるいお湯を用意してくれますか？　冷たい水だと痛みが増すので、人肌程度のものをお願いします。それから清潔な布と、この釣り針と糸を熱い湯で熱してきてください」

両手で傷口を圧迫止血しながら指示を出すと、負傷した父親の妻や村の女たちが「わかったよ！」と言って、私の釣り針と糸を手に走っていく。

「ぐうっ……白蘭様、俺は……どうなっちまうんですか……？」

「出血は、それほど傷が深くなければ自然に止まります。でも、傷が皮下組織……つまり深いと、簡単には止血できません。こうなると止血剤を用いての圧迫止血、もしくは縫合による止血が必要になります」

そこへ「お待ちどお！」と、村の女たちが酒壺をいくつかと、ぬるま湯が入った桶をたくさん持ってくる。私は一緒についてきた青年と男の子を振り返った。

「この人の身体をしっかり押さえて――って、ねえ！　あなた、本当に大丈夫？」

言われた通りに身体を押さえる男の子の隣で、青年は「うっ」と額を押さえてよろめく。その場に座り込み、「ぜえー、はあーっ」と荒い呼吸を繰り返していた。

「発作(ほっさ)みたいな……っ、ものだ……」

なにかを追い払うように頭を振った青年は、苦しそうにしながらも負傷した父親の身体を押さえる。彼が気がかりだったが、私はまず父親を診ることに集中した。

「お湯をかけますね。沁(し)みますよ――」

村の男は「ううっ」と痛みにうめいたが、桶でしっかり傷口を洗浄していく。

傷口の汚染状況によっては、全身の筋肉にけいれんが生じる破傷風(はしょうふう)などの感染症を引き起こす。破傷風の菌は土壌や動物の糞便、錆(さび)の中にいるので、汚れが残ったままの鎌から感染する可能性が大いにある。そのため、洗浄をして傷口についた砂や汚れを落とすことがなにより大事なのだ。

「砂に石……うん、異物はもう傷口内に残ってないわね。でもこれ……」

洗浄してようやく傷がはっきり見えたのだが、皮膚の最も深い層まで至っている。そこは太い血管も通っているので、血がなかなか止まらないのはそのせいだろう。

「単純に鎌で切ったんじゃなくて、足に刺さったのを引き抜いたのでは?」

「ああ、刺さったままじゃ身動きがとれねえんで、抜いちまったんですが、まずかったですかね?」

なんてことを……。

彼らが狩猟道具や農具で怪我をするのは日常茶飯事なので、そういったときの応急処置は一通り教えたはずだった。

　でも、豪快な狩猟民族の彼らは、そういった細かいことを気にしない。

「まずは止血薬を使いながら、圧迫止血してみましょう。それで血が止まらなければ縫合します」

　傷口の圧迫を青年に頼み、私は止血や抗菌、化膿を防ぐ作用のある蓬や金銀花、童氏老鸛草を薬研ですり潰す。

「お酒を手にかけてくれる？」

　青年にそう頼み、手指消毒をしたあと、その汁を傷口に擦り込んで上から布で圧迫した。皆がその様子を固唾を飲んで眺めている。

「……っ、止まりませんね。縫合に切り替えます」

　私は治療箱から黒い煎餅の形をした薬を取り出す。

「それはなんだ？」

　謎の黒い物体を目の当たりにした青年は、気味悪そうにしながら尋ねてきた。

「『蟾酥』というの。ヒキガエルの目の後ろをしごくと出てくる分泌物で、それを集めて乾燥させたものよ。塗ったところの感覚を鈍らせて、痛みを感じにくくするの」

　私は蟾酥を傷口に塗布しながら説明する。

　古来より局所麻酔作用のある生薬の一種として珍重されてきたと、あの子から教わった。あの子が私にくれた薬学の知識が、私に生かすための力をくれている。

「でも、完全に痛みを取り除けるわけではないから、お父さんには頑張ってもらわないとですが……」

男の子の父親を見れば、「お、俺も男だ！　耐えて見せる！」と青い顔をしているものの勇ましく答えた。

私は笑みを返しつつ頷き、湯で手を洗う。村の女たちが煮沸消毒してくれた釣り針と植物の亜麻から作られた糸を持ち、手と一緒にさらに酒でも消毒をした。

「いきます。しっかり押さえていてくださいね」

青年と男の子に身体を押さえさせ、私は傷を縫う。縫合は看護師の分野ではないので前世では経験はなかったが、ここではできないなんて言っていられない。

ここへ来るまでの三年間、前世で医者がしていたように、見よう見まねで何度も傷を縫ってきた。まともな麻酔薬がない中での処置は怖いけれど、私は傷口を塞ぐことだけに集中する。それが私の看護と、あの子の薬学でたくさんの人を助ける。その約束に繋がっているから。

それからほどなくして、やっと縫合が終わった。血も止まり、私はふうっと額の汗を拭いながら治療箱の蓋を閉める。

「念のため、抗菌作用のある紫雲膏を塗っておきますね。熱が出たり、傷口が赤くなったりしたらすぐに教えてください。ばい菌――じゃなくて、邪気が入り込んでしまっているので」

この世界の人たちは、病が菌やウイルスなどによって起こることを知らない。原因不明の病はだいたいが呪い扱いだし、身体の不調は悪い気が入り込んだからだと思っている。だからこそ、医仙などという神様的な存在を本気で信じられるのだろう。

「わかったぜ……ありがとうございます、白蘭様……」

「それから再三言ってますが、刃物が刺さったときは絶対に抜いちゃいけません。余計に傷口を広げて出血が酷くなることもあるんですよ？」

咎めるように男の子の父親を見れば、叱られた子供のように肩を窄める。

様子を見守っていた村人たちからは「まーた、始まったねぇ」「白蘭様のお説教は猪餐村の名物になりつつあるなあ」と笑いが起こった。

「一、二週間くらいで抜糸しますから、それまでは無茶しないでくださいね」

「わかりましたって。だから白蘭様、そんな怖い顔しないでくださいよお～」

泣き言を言う男の子の父親に、私は「もう」と苦笑いする。

そのとき、ふと青年と村人の会話が耳に入ってきた。

「ここでは顔が腫れる疫病が蔓延していると聞いた。だが、皆元気なようだな」

「そりゃあ、ひと月前くらいの話だねえ。白蘭様はその病にかからないとかで、うつるのを恐れずに、私らの治療をしてくれたんだよ」

「病にかからない？」

眉を顰める青年に、私は「少し語弊があるわ」と口を挟みつつ肩を竦めた。

「この村に流行っていたのは、おたふく風邪よ。一度かかると免疫がついて、二度とかからないの」

私は十歳のときにかかり、自ら治療した。おたふく風邪のウイルスに効く薬は現代日本にもないので、身体が消耗しないように薬や冷罨法で熱を下げたり、痛みを取り除いたり、症状に合わせて苦痛を和らげ、人の回復力を高めるのが基本的な治療法だ。

ただ、この世界は基本的に衛生状態が悪いので、どんな病も重症化しやすい。ゆえに皆、ただの風邪であっても大病のように恐れる。

「仙人の知恵か」

真顔だけれど、たぶん感心している青年に、私は苦い笑みを返す。

決して私が仙人だからではなく、現代日本では医者でなくとも知っているような知識だ。でも、その知識がここでは神の御業かのようにとられてしまう。それほど、医療が発展していないのだ。

おまけにこの世界には仙人伝説が多く残っている。おかげで私は白龍山に辿り着くまでに治療した人たちから、行く先々で病を治せる不老不死の医仙だと騒がれた。少女の見た目で医術を施せたからだ。もはや訂正しても、私が普通の人間であることの方が信じてもらえない気がするので、聞き流している自分がいる。

　こうして難が去り、私は青年と帰路についた。一緒に家までの道のりを歩いていると、治療箱を持ってくれている彼が口を開く。

「医仙に治せない病はあるのか？」

「そんなのたくさんあるわ。ここは薬も道具も充実してないし」

「ここは……？　それは仙界と比べているのか」

　うっ、と私は返答に困った。『仙人の知恵か』だとか『治せない病はあるのか』とか、そんなに私が仙人かどうかを知りたいの？

「違うわ、都に比べてって意味よ」

　実際は天災で壊れた世界のことなので、簡単に行けないという意味では仙界と大差ないのかもしれない。

　また気分が沈みそうになり、私は昼間の太陽を見上げた。

「今日は朝から働いたし、戻ったら食いっぱぐれた朝ご飯を食べましょう。いつもひとりだから、食べてくれる人がいると思うと、作り甲斐があるわ」

「お前はお人好しだ」

「え？　ないない。ここに来るまでの私は、自分のことばっかりだったし」

正しくは〝この世界に来るまで〟は、だが。

「進んで泥と血に塗れる女は初めて見た」

「そうなの？　じゃあ、あなたの周りにいる女人はどんな人が多いの？」

「……蝶や花を愛で、華やかに着飾り、男の寵愛を得ることに労力を費やす者たちばかりだ」

女人に振り回された経験でもあるのか、苦い顔をしている。

「それゆえ、傷口に躊躇いなく触れ、皮膚を縫っていても表情ひとつ変えない女がいることに……驚いた」

「確かに、普通の女人では耐えられないわよね」

私が笑えば、青年は黙ってしまう。

「なぜ、そこまでして助ける」

「それは……」

私だって、初めから白衣の天使なわけではない。ただ、あの子と約束したからだ。

「たくさん助けるって……ある人と約束したから」

「お前にとってその約束は、命を懸けるほど大事なものなのか」

「私にとって、その約束は……うん、大事。もうその約束しか、私にはないから……」

いけない、あの子の話題はどうしたってしんみりしてしまう。

あの約束だけが、もういないあの子との繋がりを唯一感じさせてくれる。あの子のためにできることがある、そう思うと気持ちが楽になる。約束を守る行為そのものが、私の心の安定剤になっていた。

「私が生きるためにも、守らなきゃいけないの、絶対に」

だから、あの子みたいに純粋に救いたいという気持ちから助けているのではない。自分の傷の痛みを和らげるためにしていることで、ただの自己満足なのだ。

「医仙――うっ……」

私の顔を覗き込もうとした青年は、突然顔をしかめ、額を押さえながらふらついた。

「大丈夫!?」

とっさにその身体を抱き留め、一緒にその場にしゃがみ込む。

もしかして、高山病が悪化した？

手首の脈をとれば、走ってもいないのに異常に速い。それに、すごい汗……。

「問題ない……いつもの……めまい、だ……」

いつも？　頻繁にめまいを起こしてるってこと？　顔も真っ青だし……そう言えば、血を見たときにも具合が悪そうだった。なにかを追い払うみたいに、頭を振って……。

「っ、つう……」

これは、高山病とは関係ないかもしれない――。

「……血を見たり、臭いを嗅ぐと、なにかを思い出す？」

青年の身体がびくりと震える。

「自分にとってつらい出来事が頭の中に入り込んできて、繰り返し蘇って……制御できないことが、ひと月以上続いてる？」

「なぜ、そんなことを聞く」

「ある出来事を思い出したときに、汗をかいたり、動悸が激しくなったり、全身が強張ったような状態になったり……悪夢を見たり、眠れなくなったり……そういう状態になる心の病があるのよ」

ＰＴＳＤ――心的外傷後ストレス障害。私も前世で地震による崩落に巻き込まれたせいで、あの日と同じ状況になると同じ症状が出る。雨や地震に過敏に反応して、あの子を失ったときのことを思い出すのだ。

でも、私は看護師だったから、自分がおかしいことに気づけた。あの記憶を思い出しても、あれが避けられない災害だったんだ、怖いことはもうないんだって自分を説得することで、完治とはいかないけれど、なんとか折り合いをつけられている。

「毎夜見る悪夢が……心の病のせいだと？　俺は……そこまで、軟弱な人間だったということか」

「弱くない人間なんていないわ。皆、弱いことがいけないことみたいに言うけど、その弱さを見て見ぬふりするから、心が壊れてしまうの」

私は青年の背中をさすりながら、言い聞かせる。

「心の病は特に、誰もがその境界線に片足を突っ込んでるものなのよ。だけど気づかないふりをして誤魔化して、もしくは本当に気づかないうちに手遅れになってしまう。だから、心の悲鳴に耳を塞がないで」

「……お前なら、治せるのか？」

「わからない。でも、あなたが心の傷に向き合うっていうなら、一緒に戦うわ」

それを治すということは、思い出したくもない傷に少なからず触れることになる。その痛みを、きっと私は誰よりも理解できる。同じ痛みを知る者同士、力になりたい。

「俺は……」

俯いて視線を彷徨わせた青年は、やがて意を決したように顔を上げる。

「俺は正気を失うわけにはいかない。俺が膝をつけば、その瞬間に命を落とす者が、涙を見る者がいるからだ」

「え……？」

「直接、この目で確かめた甲斐があった。やはり、お前で間違いない」

「ごめんなさい、さっきから話が見えな……」

私の言葉を遮るように、青年が肩を掴んでくる。その手の強さに、思わず顔をしかめた。

「医仙、お前を連れていく」

は……？

言われた意味を理解する間もなく、うなじに強く手刀を入れられる。

「うっ……」

意識が遠のいていき、倒れそうになる私を青年が抱き留めた。

どうして、こんなこと……助けた相手に攻撃されるなんて……。

恨み言のひとつも返せないまま、世界は暗転した。

山暮らしが長かったせいで、この世界の治安が現代日本に比べてすこぶる悪いことをすっかり忘れていた。おかげで目が覚めたときには、船に乗って大河を渡っていた。

しかも手足を後ろに縛られ、布で口も塞がれている。

なんて大がかりな誘拐……。

青年は最初から、医仙である私を攫うつもりで白龍山に来たのだ。どこぞの名家の子息かは知らないが、あんな辺境の山に来るわけがないのに、なんでもっと疑わなかったんだろう。私の馬鹿！　後悔先に立たず、とはまさにこのことだ。

船には青年の他に、背に大薙刀（おおなぎなた）を背負っている四十くらいの男らしいおじ様が乗っている。武術を嗜んでいるだけあって大柄な体形で、私の見張り役なのだろう。

だが、おじ様は外套の頭巾の隙間から私を見るたびに、にかっと笑いかけてくる。意味不明だ。

私、どこに連れていかれるんだろう。

白龍山があった方角を振り返りながら、不安ばかりが募る。

それから五日かけて私が辿り着いたのは、茶楼や妓楼などで栄えている都――華京だった。輿に乗せられて、あれよあれよとやってきたのは国の要である紅禁城。

出迎えてくれた女官たちに連れられ、私だけ別室に案内されると、金銀糸の装飾が美しい赤の襦裙に着替えさせられた。髪は上半分だけを結って残りは垂らし、頭の横に紅牡丹の飾りをつけられる。金の耳飾りも明らかに値の張るものだ。

これはどういう状況なの？

「皇子が青蕾殿でお待ちです。ご案内いたします」

おしろいや紅を施され、今度は内官にどこかへと連れていかれる。謁見の間に通されると、中には三人の男がいた。私は御座にいる青年を見て驚愕する。

「なっ……皇子って、あなたのことだったの!?」

私を攫った張本人が御座に腰かけていた。藍色の上衣下裳に金の帯、瑠璃が埋め込まれた髪飾りをつけ、威風堂堂と私を見下ろしている。

「皇子の御前ですよ、立場をわきまえた振る舞いをなさい」

　そばに控えていた眼鏡の男が、凍てつくような視線で射貫いてくる。右に流された長い前髪の下にある聡明そうな碧眼、腰まである紫の髪は銀の留め具で左側にまとめられている。薄緑の襟の白い深衣に碧の帯、上から蓬色の羽織りを重ね着している男は、その手に持っている羽毛扇で私を指す。

「この方は雪華国第三皇子、雪華琥劉殿下です。崩御した先帝の命により、新たな皇帝が即位するまでの間、皇帝に代わり政務を執っておられます」

　待って、この国の第三皇子って……。

　民の間でも有名な話だ。謀反を起こし、先帝を殺めた第二皇子を討ったとか。本来ならば英雄と謳われるべきお方だが、兄殺しの衝撃の方が民衆に伝わってしまい、『流血皇子』と畏怖されている。

「そして、私は宰相軍師の吏英秀。以後、お見知りおきを」

　宰相軍師……！　まだ三十かそこらに見えるけど、若いのに優秀な方なのね。

　気になるのはお見知りおきをと言いながら、その刺々しい態度が私を歓迎していないことだ。そんな英秀様に対して、船の中にもいたおじ様はというと、気さくな笑みを向けてくる。

「俺は禁軍大将軍、孫武凱だ」

赤褐色の髪と瞳をした武凱大将軍の顔には、横に大きく斬られたような古傷がある。さすがは武人と言うべきか、がばっと開いた朱色の武官服の胸元から、鍛え上げられた厚い胸板が見えた。

「まあ、英秀も俺も琥劉殿下のお守りみたいなものだ」

英秀様に「武凱」と窘められている将軍は陽気な性格なのか、「まあまあ、いいじゃねえか」と笑っている。

忠臣らが名乗り終えると、琥劉殿下が静かに口を開いた。

「まずはお前を連れてきた理由を話す」

ゆっくりと立ち上がった琥劉殿下に、私はごくりと唾を飲み込む。

皇子が私を攫うなんて、よっぽどだ。私はなにに巻き込まれそうになってるの？背中に嫌な汗が伝う。私は恐々とその御前で膝をつき、頭を下げた。

「俺が皇帝となるその日まで、かりそめの後宮妃となり、俺の病を治せ」

「えっ……」

弾かれるように顔を上げる。こちらに歩いてくる琥劉殿下に、私は後ずさった。

この人は私を攫った人で、しかもこの国の皇子だ。緊張するなという方が難しい。

「皇帝のいない国は荒れる。帝位を争う皇子、どの皇子が扱いやすいか、意のままに操れるかと目論む大臣、俺のような若輩者が治める国ならば落とせるだろうと機を窺(うかが)っている周辺諸国……敵で溢れ返っている」

目の前で足を止めた琥劉殿下に、息を呑む。

この人は本当に、山で一緒に過ごしたあの青年なのだろうか。ああ、この方が皇帝になる人なのだと、十八とは思えない威厳(いげん)に圧倒されていた。

「国を守るため、俺は皇帝にならねばならない。だが、嫡男(ちゃくなん)でないというだけでも帝座(ていざ)は遠ざかるというのに、俺は心の病を患(わずら)っているという。そのせいでときどき、正気を保てない。それゆえ医仙、お前が必要なのだ」

私が必要なんて、言葉こそ誠実そうではあるが、琥劉殿下は私の意思も聞かずにここへ攫ってきた。その事実が胸にしこりを生んでいた。

「医仙の噂を聞きつけ、この目で直接本物かどうかを確かめに白龍山に向かったのも、そのためだ。具合が悪かったのは本当だが、それを好機と思い、お前の親切心につけ込み、あの家に転がり込んだ」

「ま、待ってください。私は医仙ではありません！　この見た目で医術を施せるから、皆がそう呼ぶだけで……っ」

「だが、お前は会ってさほど経っていないというのに、俺の中にある闇を見抜いた」

闇……？　もしかして、ＰＴＳＤのこと？

「この国の置かれている状況はわかったはずだ。俺は今、倒れるわけにはいかない。

その瞬間に民が飢え死に、城では骨肉の争いが始まる。そして……国は自滅する」

「……こ、この国の事情はわかりました。あなたの治療のために呼ばれたのもわかりました。けど、後宮妃になる必要はないですよね？」

治療をして白龍山に帰れるなら、いくらでもする。でも、後宮妃になってしまったら、後宮から出られなくなるのではないの？

妃にならねばならない理由がわからず問うと、英秀様が呆れたように言う。

「なにを言っているんですか。医仙という神格化した存在の影響力は大きいのですよ。仙人まで味方につけた琥劉殿下の権威を、大臣たちは無視できなくなる。ですから、医仙が琥劉殿下についたと明確に知らしめるために、あなたを後宮妃にするのです。つまり、殿下が帝座に近づくための箔付けですね」

「え……それって……」

琥劉殿下の病を治すだけでなく、私を即位のために利用しようとしてるってこと？

「今、後宮では妃たちの肌が焼けただれる呪いが蔓延しています。侍医の治療でも治らず、他の妃らの美しさを疎み、誰かが呪術師に依頼したのではないかと。祈禱も行いましたが、効果は得られませんでした」

原因がわからない病は全部これだ。あげくの果てに祈祷って……。病気を神様に治してもらえるなら、そもそも医者なんていらないのでは？

「後宮妃たちは大臣や名家のご息女がほとんどです。仮にあなたが医仙でないのだとしても、琥劉殿下が連れてきた医仙が妃たちを救えば、大臣たちにも恩を売ることができる。ですから、結果を出しなさい。あなたが本物だと、皆に信じ込ませるのです」

英秀様はそこまで言って、羽毛扇をばっと前に突き出す。

「琥劉殿下が帝位につくために必要なのは、大臣らが無視できないほどの名声」

「それから、武将たちが主と従うに足る武功」

武凱大将軍が、そう英秀様に続いた。

「お前は俺が向き合うなら、一緒に戦うと言った」

確かに私は言った。『あなたが心の傷に向き合うっていうなら、一緒に戦うわ』と。でも、あれは善意を踏みにじられる前の話だ。

「医仙、お前には後宮の階級に属さず、医術を施すことにおいては皇后と同等の権力を行使できる後宮妃——医妃になってもらう」

一気に血の気が失せる。冗談じゃない、帰れないだけでも気が滅入りそうなのに、慰み者になれと？

「だが、床入りはせずともいい。俺がお前に望むのは世継ぎではない、その医術だ。俺が無事に即位できれば、お前は監視付きにはなるが自由の身になれる」

「監視付き……？」

「どの国の権力者も医仙を喉から手が出るほど欲しがっている。そういった輩にお前を渡さないためだ」

監視付きなのは納得いかないけど、後宮に閉じ込められるよりはマシだ。でも……。

「その、琥劉殿下の即位の目途は……立っているのでしょうか？」

おずおずと挙手して尋ねると、英秀様は虫けらを見るような目を向けてくる。

「あなたは、人の話を聞いていなかったのですか？」

鋭く細められた目にぶるりと震えていると、英秀様はため息をつく。

「この国では代々、嫡男が帝位についているのです。それだけでも第三皇子の琥劉殿下は不利なのです。おまけに謀反で討たれた第二皇子の他にも、継承権を持つ皇子がいます。まあ、権力を私腹を肥やすための道具にしか思っていない者、国政に興味がない者、臆病な者ばかりですが。琥劉殿下がどんなに皇帝の座につくに相応しいお方であったとしても、それらを踏み越えてゆかねばならないのです」

つまり、そう簡単に皇帝にはなれないということよね。私、永遠に後宮から出られないなんてことにならない……？

「後宮内にお前専用の殿舎を用意した。そこで、命じられた治療にあたれ」

もう、途方に暮れるしかなかった。これで私は籠の鳥だ。

「殿下には政務がありますから、治療は夜に行ってもらうことになります。殿下の体調のことは、絶対に周囲の者に悟られてはなりません。あなたも他言無用にお願いします。守らねば、どうなるかおわかりですね？」

すっと細められた英秀様の目から伝わってくるのは、殺意だ。秘密を守らねば、私は殺されるのだろう。

「それゆえ、表面上は殿下があなたのもとへ通う形になります。当然、他の後宮妃からは、あなたが殿下の寵愛を受けていると反感を買うことでしょう」

嫉妬ほど醜いものはありませんねと、うんざりしている様子の英秀様だったが、

「失敬」とすぐに羽毛扇で口元を隠した。

「後宮妃たちはしたたかに、ときには大胆にあなたを蹴落とそうとするでしょう。こちらとしても簡単に死なれては困りますので、信頼できる護衛と教育係をつけます。まあ、それはおいおい……」

当事者であるはずなのに、英秀様の言葉は私の耳を右から左に流れていく。

心が置き去りになっていた私の前に、琥劉殿下がゆっくりと片膝をついた。それに「殿下！」と英秀様が悲鳴じみた声をあげたが、そっとしておいてやれとばかりに武凱大将軍が首を横に振る。

「俺はお前を後宮に、我が覇道に、俺自身に縛りつける」

「なっ……」

この国で生きる以上、琥劉殿下の発言は絶対。この人が帝位につくまで、私は自由になれない――。

「っ……私の意思を無視してこんなところに連れてきて、今度は後宮妃になれ？　世継ぎは産まなくていいって言っても、私が後宮に捕らわれて自由を奪われることに変わりありません」

それに、事情を話してくれなかったのも堪えた。事情を知ったからといって後宮妃になるのは賛成しかねるけど、きっと私にできる形で助けたのに……。

攫ってこないと言うことを聞かないと思ったの？　そんなに私って信用ないの？　山で一緒に過ごした時間、少しも私の真心は伝わっていなかった？

「立場のことがあって、本当のことを言えなかったのはわかります。でも……私、本当にあなたを……心配、して……」

震える吐息に言葉がつっかえる。

「あなたの素性がわからなくたって、別によかったの。私と同じかもしれないあなたを……ただ、助けたかった……」

思い出すだけで息もできないほど痛い。そんな傷を抱えた者同士、心のどこかで勝手に仲間だと思っている自分がいたのだ。だから、その傷の全貌が見えなくても、なんとかしてあげたいと思った。

でも、この人は私の想いを信じていなかったのだろう。ついて来てほしいと頼んでも、素直に手を取ってくれるとは少しも思わなかったのだ。

込み上げる嗚咽を宥めるように深呼吸をして、言葉を重ねる。

「信じて……ほしかった。こうして攫ってくるんじゃなくて、事情を話してほしかった。こんな形で真心を裏切らないでほしかった……」

私は皇子殿下にではなく、山小屋で出会った青年に語りかけていた。でも、どれだけ言葉を重ねても、琥劉殿下の無機質な瞳は動かない。それが私の心を虚しくした。

届かない、私の気持ちが……。

そのとき、躊躇いがちに琥劉殿下の手が伸びてきて、私の涙を拭う。私はとっさに、その手を振り払ってしまった。

パシンッと乾いた音が鳴り響き、忠臣ふたりの空気が張りつめる。

琥劉殿下は私を咎めることなく自分の手に視線を落とし、ぐっと拳を握りしめると、力なく下ろした。

「俺を憎んでも構わない。だが……逃げることは許さない」

すっと立ち上がった琥劉殿下は、私に背を向けて言い放つ。

「後宮の妃となり、俺の夜伽係となることを命ずる」

その命令が私には、死刑宣告のように聞こえた。

二章　後宮の花にご用心

華やかな後宮に咲く後宮妃たちは甘い色香と笑顔の裏に棘を覆い隠し、したたかに大胆に他の花を散らそうと機を窺っている。そんな人食い花の園の中で、真っ先にその洗礼を受けるのは——私のように柔い新芽だ。

「ありえない……」

昨日、後宮妃になれと命じられて、後宮の外れにある医仙宮にやってきたのだが、初めから私を迎える気だったのか、患者用の寝台や調剤台、薬草を煎じるためのかまど、豊富な生薬が揃った薬棚などが用意されていた。それに少し気分が上がってしまいそうになった私は現金な女だ。でも、他のことに気を向けていないと、琥劉殿下の言葉に心が沈んでしまいそうになるのだ。

『逃げることは許さない』

私はもう、この後宮から出られないのだという事実に打ちのめされそうだった。

そうして迎えた〝最悪〟な朝に、追い打ちをかけるような〝災厄〟が私を襲った。寝起きで頭もろくに働かないまま、女官が持ってきた桶の水で顔を洗ったら、どうやら中に毒草の汁が入っていたらしい。顔面がたちまち痒くなり、見事にただれた。

「許せなあああいっ！」

医仙宮に私の怒声が響き渡った。紅禁城に攫われてきた翌日に、しょうもない嫌がらせに遭い、私は荒れていた。腹の虫がおさまらないまま、調剤台の前に立つ。

『軟膏は蜜蝋と、人の肌によく馴染むように豚脂を加えれば作れるの』

蜜蝋と胡麻油をベースに、白龍山の家の薬草園でも育てていたムラサキの根――紫根と当帰を加えて練り上げる。あの子は豚脂を加えればって言っていたけれど、さすがに棚には入っていないと思うので諦めた。

私が作っているのは、あの子と凍瘡に効くと話していた紫雲膏。湿疹やイボ、かぶれや外傷などなど幅広く使える軟膏だ。苛立ちながらそれを顔に塗り、ベタベタしているので布で覆っていると――。

「失礼いたします」

長身の女官がひとり入ってきた。

彼女は梔子色の長い髪を後ろで三つ編みにし、白襦袢の上から柚子色の袖のない短い上衣を身に着け、合わせ襟と同じ茶色の下衣を穿いている。柔和な藤色の瞳と、右目の下にあるほくろが妖艶な美女。思わず見惚れて、ため息をついてしまう。

「綺麗……」

女官は私の顔を見るや「ええと？」と、困ったように微笑んだ。

「あっ、すみません！　あまりに絶世の美女すぎて、心の声が漏れてしまって……」

いきなり初対面でこれはない。絶対、気持ち悪いと思われた！　というか今の私、絵面的にやばくない？

「あのっ、これはですね。軟膏を塗ったあとなので、ベタベタしてるので、布で保護しただけで……っ」

私は顔の布を押さえながら、わたわたと事情を話す。

「あと、綺麗だって言ったのも他意はないんです！　ただ、私よりもあなたの方が後宮妃に相応しいなって……あれ？　私、またおかしなこと言ってる？」

女官はぽかんとしたあと、すぐに「ふふっ」と口元に手を当てて笑った。その表情も、やはりうっとりするほど魅力的だ。

「医妃様にそう言っていただけるなんて、畏れ多いです。ですが、見た目に騙されてはなりませんよ、医妃様。ここは後宮、笑顔の裏に毒を隠し持っている女たちの園でございますから」

片目を瞑る仕草すら美しい。またも見惚れている私に、女官は苦笑いしている。

「名乗り遅れました。私は猿翔、本日から琥劉殿下より医妃様付き女官の任及び教育係を仰せつかりました」

「あ……英秀様が昨日、教育係がどうのって話してたような……それって、猿翔様のことだったんですね」

「医妃様、私のことは猿翔と。目下の者に敬称も敬語も不要ですよ。そういう細かな振る舞いひとつで、医妃様の器量を測られてしまう。そういう場所なのです、ここは」

「なめられてしまうってことですね……じゃなかった、なのね」

猿翔様——猿翔は上出来です、とばかりに笑みを浮かべた。

「でも、その医妃様っていうのはやめてくれない？　肩が凝りそうで、白蘭って呼んでくれると嬉しいのだけれど」

「わかりました、ふたりのときは白蘭様とお呼びしますね。それにしても……手酷く歓迎されましたね」

私の顔を見て、猿翔は眉を下げた。

「ですが、後宮に来て最初の朝礼を欠席するわけにはいきません。先に支度をいたしましょう」

後宮って、朝礼があるんだ……。後宮に来て早々にこんな目に遭って、心がぽっきり折れかけているのに憂鬱だ。

「白蘭様のような髪と瞳は初めて見ました。仙女と言われて、納得できる美しさです」

寝着（ねまき）のままだった私に、猿翔が服を着せてくれる。ここは『自分で着られます！』と慌てるところなのだろうが、猿翔にはどうしてか流されてしまう。

「褒め上手ね、猿翔は。ねえ、猿翔はいくつ——」

そう聞きかけてすぐ、自嘲（じちょう）的な笑みが唇の端に滲（にじ）んだ。

私、女人に失礼な質問をしてる。琥劉殿下のこと言えないじゃない。

懐かしさと痛みが私の胸を襲う。

「お世辞ではありませんよ。それと、私は二十二です。年齢のことをお聞きになりたかったのですよね？」

「あ、うん……そうなの、教えてくれてありがとう」

「いえ、それよりも、そのお顔のことなのですが……。ご自身で手当てされたようですし、尚薬局には行かなくてもよろしいですか？」

「しょう……やく、きょく？」

首を傾げる私に、猿翔は「ああ」と腑に落ちた顔をする。

「白蘭様はまだ、紅禁城の仕組みについて詳しくなかったのでしたね。では、朝礼殿に向かいながら、ご説明させていただきます」

「はい……すみません」

「いいんですよ。そのために、教育係の私がいるんですから」

英秀様なら、私をネチネチと説教しただろう。実はこの人の方が仙女なのでは？　感激していると、紅をひいてくれた猿翔が柘榴の実ような紅翡翠があしらわれている首飾りを私に見せてくれる。

「これは琥劉殿下からの贈り物です」

琥劉殿下の名前を耳にした瞬間、心臓がどくりと痛みを伴って音を立てた。

「そう……それ、つけなくてもいいかな……」

山で過ごした時間はほんのわずかだったけれど、心が通った瞬間だってあったはず。そう思っていたのは自分だけだったという事実を、この首飾りを見るたびに思い出しそうで、内心複雑だった。琥劉殿下の存在を、今はできるだけ頭から追い出したい。

猿翔はじっと私を見つめたあと、なにかを察したように息をつく。

「では、肌身離さずお持ちください。この宝石を埋め込んでいる台は銀でできています。毒の混入を確かめたいときに上手くお使いください」

「その毒って……ヒ素、よね。黒変するから」

「はい、後宮に限らず最も使われている毒です。後宮妃たちは自分の身を守るため、簪や指輪、様々な装飾品にして、銀をお持ちになっているのです。ですから後宮妃たちから贈られる紅や白粉、出された料理には安易に触れませんようご注意ください」

そんな話を聞いてしまったら、もう後宮でやっていける自信がなくなってきた。虎の檻に放り込まれた鼠の気分だ。

「わかったわ。とりあえず、その首飾りは受け取っておくわね」

身に着ける気にはならず、それを胸元にしまう。

「では行きましょうか。ですが、その前に――」

ぺりっと猿翔に顔の布を取られる。

「これは目立つので没収です」

「でも……こんなブツブツの顔で、笑われない？」

「いいですか、いっそ見せて差し上げればいいのです」

「え？」

目をぱちくりさせてしまう私に、猿翔は「ふふっ」と意味深な笑みを浮かべた。


朝礼殿に向かう道すがら、猿翔は紅禁城について教えてくれた。

紅禁城は皇帝が居住した北の内廷と、皇帝が政務を執った南の外朝に区分される。

その内廷の左右に蕾殿と呼ばれる皇子たちの御殿があり、西に第一皇子の赤蕾殿と謀反で討たれるまでは第二皇子がいた黄蕾殿、東に第三皇子である琥劉殿下の青蕾殿と第四皇子の緑蕾殿があるそうだ。朝礼殿はその中央、皇太后宮の中にある。

ちなみに先ほど猿翔が言っていた尚薬局というのは、官吏などを治療する医官と皇族及び後宮妃を治療する侍医、軍の遠征についていく軍医、薬師が所属する医局みたいなもので、そういった政を行う機関は外朝にあるそうだ。

後宮は本来、皇帝の妻が住まう場所なのだが、先帝の崩御から二年、継承者は決まっていない。そのため先帝の正妻であり、琥劉殿下の母君であられる皇太后が次代の皇帝が決まるまでは皇子たちの御殿ごとに後宮を置き、即位してすぐに世継ぎを残せるようそれぞれ後宮妃を迎えるようにと、お決めになったのだとか。つまり皇子たちの後宮――四後宮のうち、私は琥劉殿下の青蕾殿にある後宮に入れられたことになる。

「ここが朝礼殿ですよ」

朝礼殿には各皇子の妃たちもいるため、ざっと三百人ほどが集まっていた。

「胃が痛くなってきたわ……」

「初日ですからね、無理もありません。いいですか、目上の方にお言葉を賜った際は『恐悦至極にございます』と返事をしてください。それから、こうして一礼を」

猿翔の見よう見まねで、私は「こ、こう？」と右手の拳を左手で包み、頭を下げる。

その様子を見ていた妃たちが口元を襦裙の袖で隠しながら、くすくすと笑っていた。

「新しく来た青蕾殿の後宮妃は、山暮らしの仙女なのだとか」

「まあ、〝本物の〟仙女ならば拝まなくては」

「ふふっ、仙女は礼儀を知らぬ田舎者のようですわね。それよりも、あの顔。あんなできものだらけでは、美しいお顔も形無し。琥劉殿下もがっかりなさるでしょうね」

わざと聞こえるように言ってるんだ……。

恥ずかしくなってお辞儀の練習をやめると、猿翔が声を潜めながら言う。

「あそこにいる妃たちのように、白蘭様が医仙だと信じない者たちもいらっしゃいます。特に階級の高い妃たちは大臣や武将のご息女ですから、敵に回れば医仙の偽物として白蘭様を死罪にすることもできるでしょう」

「し、死罪……」

せり上がってくる恐怖に膝が震えた。

私は異例だが、後宮妃たちには本来階級があるそうだ。大きく分けて上から『四夫人』の貴妃、淑妃、徳妃、賢妃がそれぞれひとりずつと、妃に次ぐ『九嬪』『二十七世婦』『八十一御妻』だ。この中から、将来皇帝になった皇子は正妻の皇后を選ぶ。

「危ない橋を渡っているのは、白蘭様だけではありません。もし偽物の医仙を紅禁城に入れたとなれば、琥劉殿下もただでは済まないでしょう。帝位欲しさにご乱心したと見られ、琥劉殿下の帝位継承は一気に遠ざかってしまいます」

「私を後宮に入れるのも、簡単じゃないのね……そんな危険を冒してまで、琥劉殿下はなんで皇帝になりたいんだろう」

「なりたい、なりたくないという次元の話ではないのだと思います。誰かがやらなくちゃいけない、それが琥劉殿下だったのでしょう」

琥劉殿下自身も昨日、自分が皇帝にならなければならないのだと言っていた。そのために私が必要だと。

「私が殿下の御心を代弁するのは畏れ多いです。殿下に直接、お聞きになられては？殿下は本当に信頼できる者しか、おそばに置きませんから、白蘭様ならきっと教えていただけます」

「それは、どうだろう……私は琥劉殿下が即位するために必要なだけであって、英秀様や武凱大将軍のような忠臣ではないもの」

琥劉殿下と一緒に過ごした時間なんて、一日にも満たない。名前すら知らなかったんだから、信用もへったくれもないのかもしれない。でも、彼を他人とは思えなくて、連れ去るんじゃなく、相談してほしかったなんて、私が無茶を言ってるのかな……。

知らず知らずのうちに手を胸の前で、ぎゅっと握りしめていた。すると猿翔が安心させるように、私の手を包み込む。

「即位に利用できるからってだけで、ここに連れて来られたことが、寂しい？」

「えっ……それは違うわ！」

とっさに否定してしまったが、どきりとした。

相手が皇子だとわかったとき、私を利用するために近づいたのだと知ったとき、胸にあったのは……心が通ったと思った相手に手を振りほどかれたような寂しさだった。

「白蘭様が望んでここに来られたのではないのだとしても、残念ながらここで医仙としての力を見せつけ、白蘭様が本物であることを知らしめ、功績を上げてゆき、琥劉殿下の即位を助けることが自由の身になるための近道です」

猿翔の言う通りだ。私は白龍山に帰りたい。ここで生きていくなんて嫌だ。ここから出られるとしたら、もう琥劉殿下が皇帝になるほかない。

「間違っても、逃亡はお考えにならないことです。国から逃げ続けるのは容易ではありません。下手すれば、ここにいる以上の地獄が待っている。機を待つのです、安全に自由を手に入れられる、その時を」

猿翔はまた、お茶目に片目を瞑ってみせる。

「あなたは……私をここに留めておかないといけない立場じゃないの？」

目を丸くする私に、猿翔は肩を竦めて笑った。

「姉が白蘭様と似たような境遇でして、どうしても他人事には思えないのです。ですから、私は白蘭様の肩を持ってしまうのでしょうね」

「お姉様は、今——」

どこにいるのか、なにをしている人なのかを聞く前に、猿翔は「そろそろ列にお並びください」と私を促す。それ以上は安易に踏み込んではいけない気がして、私は黙って琥劉殿下の後宮妃たちがいる列に並んだ。朝礼殿の壁際には女官や宮中の雑役を行う去勢された男の役人——宦官がずらりと立っている。

「ご機嫌麗しゅう、皇太后様」

後宮を取り仕切る皇太后が朝礼殿に現れると、後宮妃たちが声を揃えてそう言い、いっせいに拝礼する。慌てて見習いながら、私は猿翔の話を思い出していた。

四十になる皇太后は皇帝の寵愛を最も受けて皇后になったそうなのだが、なかなか懐妊せず、当時の淑妃が産んだ男児が第一皇子となった。

母の位（くらい）関係なしに、雪華国では嫡男が王位を継承してきたため、皇太后の息子であっても琥劉殿下は第一皇子がいる限り皇帝になれないのが現状らしい。

「青蕾殿の妃たちは、全員揃っていないようだな」

憂うように皇太后がこちらに目を向けた。確かに、私たちの列だけやたら短い。他の後宮の妃たちも、気味悪がるように青蕾殿の妃たちから距離をとる。

「青蕾殿では妃たちの美しさを奪わんとする呪いが蔓延しておる。そこで琥劉殿下が、あの伝説の医仙をお連れくださった」

皇太后の視線が私を捉えた。皇太后の高貴な佇まいに圧倒され、ごくりと唾を飲む。

「前に出よ」

嘘でしょう。こんなたくさんの妃の前で、この顔を晒せと？

尻込みしていると、最前列の妃が私を振り返る。

「皇太后様がお呼びよ、早く前にお出になったら？」

彼女は並んでいる位置からするに貴妃だ。栗色の髪は頭の左右の高い位置で結われているのに、腰のあたりまである。結び目がお団子になっているのも、身を包んでいる桃色の襦裙も、愛らしく微笑んでいる彼女によく似合っていた。

「は、はい……」

私は死刑台に上る気持ちで皇太后のもとへと歩き出す。

「あの顔、医仙であっても呪いには勝てぬのですね」

「医仙の皮を被った妖魔なのでは？」

そんな陰口と共に、くすくすと笑い声が聞こえてきた。

後宮って、なんだか学校みたいだわ。狭い社会の中で優劣をつけたがる学生ばかりがいて、見た目や育ちで仲良くする人間を選ぶ。——息が詰まりそう。

俯きながら歩いていると、ふいに壁際の猿翔と目が合った。その瞬間、今朝した猿翔との会話が蘇る。

『でも……こんなブツブツの顔で、笑われない？』

『いいですか、いっそ見せて差し上げればいいのです』

そのあと、猿翔は意味深に笑って言ったのだ。

『今、後宮では顔が焼けただれる呪いが流行っていると噂になっています。その中で、あなたの顔を見た妃たちは、どうお思いになると考えますか？』

『え……それは、私も呪いにかかったんだと思うんじゃ……』

『そうです。妃たちにはそれが呪いでなったものなのか毒でなったものなのかは見分けられない。でも、白蘭様の洗顔水に毒草の汁を混入させた犯人と呪い騒ぎを起こした犯人は違います。きっと、あなたの顔を見てこう言うはずです』

皇太后の前に辿り着き、頭を垂れたときだった。

「〝毒〟に負けるような医仙が、呪いなどに勝てるのかしらね」

——来た！

猿翔の言う通りだった。皆が真っ先に呪いだと思うはずなのに、私の顔を見て毒だと言う人間……。その者こそ、私の顔のただれの原因を知っている毒草汁の洗顔水を作った犯人、もしくは呪いが迷信であることを知っている呪い騒ぎの犯人の可能性が高い！　誰が言ったのかを確かめたいけど……困った、皇太后の手前振り返れないっ。

「医仙、そなたは階級に属さぬとはいえ、琥劉殿下の妃となった。医妃という称号に恥じぬよう、しかとその務めを果たされよ」

「は、はい……恐悦至極にございます、皇太后様」

猿翔に教わった返事を思い出して復唱するも、私の全意識は背後に向いていた。

まるで、見えない無数の薔薇の棘に囲まれているよう……。

皇太后の御言葉を賜り列に戻るも、朝礼が終わるまで生きた心地がしなかった。

朝礼殿を出ると、それはもう深いため息をついた。

「お疲れ様でした、白蘭様。ですが、その猫背は伸ばしてくださいね」

すっとそばにやってきた猿翔に緊張が和らぎ、私は「はあい」と背筋を伸ばした。

「猿翔にも聞こえた？」

「はい、ですが大勢人がおりましたので、誰の言葉だったのかまでは……」

三百人もいれば、わからなくて当然だ。今朝の毒草汁の犯人と呪い騒ぎの犯人が同一人物なのかはわからないけれど、『〝毒〟に負けるような医仙が、呪いなどに勝てるのかしら』と、そう言った人間がいるのは間違いない。

「猿翔、青蕾殿の後宮で蔓延してる呪いって、私のこの顔のただれとは違うの？」

「私は女官ですので断言はできませんが、もっと酷いですね。皆も言っていますように、焼けただれた……という表現がしっくりきます」

「なら、早く手当てしないとね。被害に遭った後宮妃たちには会える？」

「はい。医妃様は医術を施すことにおいて、皇后と同等の権力を行使できますから。琥劉殿下がくださった権力は白蘭様が自由に動き回るための武器のひとつ。上手くお使いになってください」

後宮は本来、階級制だ。なんの後ろ盾もない私に、治療においては皇后と同等の権力を行使できるなんて地位を用意するのは容易ではないはず。

まあそれも、私が働きやすくするためなのだろう。私を出世の道具にするために。

気分がまた沈みそうになっていると、足音が近づいてくるのが聞こえた。

「白蘭様、貴妃の姜麗玉様です」

猿翔がそう耳打ちして下がり、すぐにぞろぞろと後宮妃たちが前からやってきた。

先頭は私が皇太后に呼ばれたとき、早く前に出るようにと言った姜貴妃だ。

嫌な汗をかいていると、すうっと爽やかな香りが鼻腔を掠める。

薄荷の香……？

恐らく姜貴妃から発している。私は首を傾げつつ挨拶をした。

「ご機嫌麗しゅう、姜貴妃。それから――」

後ろに目をやると、ふたりの妃が前に出る。先に口を開いたのは白茶色の髪の妃だ。

金の襟や刺繍が施された白の襦裙は、髪色がよく映えるようにと選ばれたものだろう。

「淑妃の金蜂鈴と申しますわ。まさか、天雲山に住む医仙にお会いできるとは光栄です。ね、そうは思いませんこと、嘉賢妃？」

光栄……内心は小馬鹿にしているのが、そのいたぶるような口調に表れている。

金淑妃に名指しされた嘉賢妃は他の妃たちとは違い、愛想笑いもせず眉を寄せた。

「賢妃の嘉尚香だ。その医仙が呪いにかかっていたのでは世話ないな。数日も経たぬうちに廃妃にならぬよう、せいぜい粘ることだ」

「相変わらず嘉賢妃は手厳しい」

「女狐の金淑妃ほどではない」

ふたりの間に火花が散っている。嘉賢妃はまだ二十かそこらだろうし、怖いもの知らずなのね。金淑妃は私の精神年齢と同じくらいなので、嘉賢妃の嫌味にはいちいち反応はしないけど目が笑っていない。ああ、女の戦いだ。胃が痛くなってきた……。

「おふたりとも、その辺になさったら？　いつまで経っても医妃をお茶会に誘えないじゃありませんの。目的をお忘れになっているのではなくて？」

仲裁に入ったのは姜貴妃だ。愛らしく微笑むこの方こそ、今最も皇后に近い妃。だから金淑妃も嘉賢妃も大人しく口を閉じる。

「医妃、わたくしたち、あなたの歓迎会を開こうと思って準備いたしましたの。よろしかったら、このまま御花園の如休亭にいらして？」

御花園は四後宮の中央にあり、皇子や妃たちの共有庭園。如休亭はその中にある東屋のことだと、朝礼前に猿翔が教えてくれた。

貴妃の誘いはありがたいけれど、私はまず呪いとやらに苦しんでいる妃たちを治療するべきだ。猿翔が言っていたように、私の価値は医仙の力。それを示せなければ、この後宮で不要な存在となってしまう。そうなれば待つのは死のみ。

生き残るための土台を固めなければ。四夫人たちに取り入るのはそのあとだ。

「ありがたいお誘いではございますが、わたくしは医妃の務めを果たしたく思います」

「まあ、わたくしの誘いを断ろうというの？」

気分を害したのか、姜貴妃の目が細められる。私は全身が汗ばむのを感じながら、知恵を絞り出す。

「見れば、ここには徳妃がおられません。例の呪いのせいではありませんか？」

「……ええ、徳妃は呪いで部屋に籠られていますわ」

妙な間があった気がした。姜貴妃は居心地悪そうに肩の髪を払っている。

「姜貴妃、わたくしは医術の行使において、皇后と同等の権限を持ちます医妃。まずは蔓延しているという呪いを鎮め、皆様方を安心させたく思います」

「女の身で医術を修めるなんて……後宮妃に求められるのは気品と美しさよ」

「医術を修めるのに、性別は関係ないかと。学び、働きたい女もおります」

偏った価値観に納得できず、つい反論してしまうと、姜貴妃は眉間にしわを寄せた。

「それはあなただから許される特権でしょう。医仙であればなんでも特別扱いされるのでしょうね」

刺々しい物言いで、ツンと顎を上げる姜貴妃。その後ろで嘉賢妃が口端を上げた。

「話の趣旨がずれている。姜貴妃こそ目的を忘れているのではないか？　医妃は役目があるゆえ、皇后と同等の権限を以て誘いを断ると言っているではないか」

ちょっ——そこまではっきりとは言ってない！

内心、お願いだから茶々を入れないでと泣きそうになった。

「うふふ、これでは止められませんわね。ね、姜貴妃」

仲違いするのは好機とばかりに、関係がこじれるよう混ぜ繰り返す金淑妃。

さすがに姜貴妃には嫌われたわよね……。

恐る恐る様子を窺えば、姜貴妃は意外にも張りつめていた空気をほぐすように、ふっと笑う。

「医妃のために綺麗な蝶をご用意いたしましたのに、残念です」

＊＊＊

「最近の姜大臣の朝議での発言は目に余りますね」

青蕾殿の一室で政務にあたっていると、忌々しそうに英秀が愚痴をこぼした。

同意見だった俺は、執務机にある臣下からの意見書——上書にため息を落とす。

この国の官制は二省六部、宰相や大臣が所属する国政を司る文葉省と、軍師や将軍が所属する国防を司る『武葉省』から成る。

六部には官僚の人事を担う『吏部』や財政と地方行政を司る『戸部』、科挙などの教育や外交を司る『礼部』、建設などを担う『工部』、刑罰の執行及び監獄の管理を行う『刑部』、尚薬局の管理をする『医部』がある。

ちなみに我が国の軍は優れた武将が集まった皇帝直属の精鋭軍である『禁軍』と、禁軍含めその武将の部下で構成された『月華栄軍』の二軍ある。

俺たちの頭を悩ませているのは、文葉省の四大臣のひとりである姜大臣だ。

姜家は雪華国随一の大姜堂薬店を母体とした薬師の一族で、姜大臣もそこから紅禁城に派遣された薬師であったが、着々と禁城お抱えの薬師を生家の者たちで固め、尚薬局で影響力を持つようになった。膨大な生家の財力も味方して高官入りを果たし、大臣まで上り詰めた抜け目ない男だ。

「生家の利益のため、薬の専売権を求めるなど、さすがは商家出身。国政と商いを一緒にされては困ります」

英秀が話しているのは、俺の目の前にある上書のことだ。英秀がぼやくのも無理はない、それがもたらすものは――。

「ひとつの薬店に薬の専売権を認めてしまえば、他の薬店への圧政となり、各地で薬店一揆が多発します」

そうだ、権力を私欲に使えば、皇族は民からの信頼を失う。守るべき民に刃を向けられるのだ。大臣らがこのように愚かしい上書を出してくるのは、皇帝代行が歳若い皇子だからと、なめられている俺の力不足だ。

「娘を後宮に送り込んだのも、生家の財政を潤すためとしか思えませんね。まあ、娘を他の皇子の後宮ではなく、琥劉殿下の後宮にと考えたのは、琥劉殿下が皇帝の器であると見抜いてのことでしょうから、先見の明はあるようですが」

「お前の主贔屓は相変わらずだな」

戸口に手をつき、部屋に顔を出したのは武凱だ。武凱は普段、武葉省の訓練場で武官に剣術の稽古をつけている。

このふたりが揃うと途端に騒がしくなるのを知っていた俺は先手を打つことにした。

「……姜大臣の娘である姜貴妃には、これ以上の権力を持たせるわけにはいかない。もし娘が皇帝の正妻である皇后にでもなってしまえば、姜大臣はさらに調子に乗る」

「皇后にする妃が貴妃でなければならないという決まりはありませんが、階級を設けている以上、従来通り四夫人の頂点である貴妃を選ばなければ反感を買うでしょう」

英秀はふむ、と羽毛扇で口元を覆う。やがて妙案が浮かんだのだろう、こちらを真っすぐ見据えた。

「では、医妃に頑張っていただくほかありませんね」

医妃の名が出た途端、胸が締めつけられるような感覚に襲われた。医仙の声が頭の中にこだまする。

『っ……私の意思を無視してこんなところに連れてきて、今度は後宮妃になれ？　世継ぎは産まなくていいって言っても、私が後宮に捕らわれて自由を奪われることに変わりありません』

　本気で心配していた相手に騙されていたと知り、あの娘は俺を軽蔑しただろう。

『信じて……ほしかった。こうして攫ってくるんじゃなくて、事情を話してほしかった。こんな形で真心を裏切らないでほしかった……』

　同時に、自分を信じて相談してくれなかったことに悲しんでいた。

　俺は間違えたのだろうか。あの娘を信じて、一緒に来てほしい、力を貸してほしいと頼むべきだったのだろうか。あの娘のように純粋な心を持つ人間は俺の周りにはいなかった。皆、自分の利益のために人を騙し、自分の考えを見せないのが普通だった。

　紅禁城を発ったときは、この覇道を進むためになにを犠牲にしようと迷わない、そう思っていた。ここまで来るのに、もうすでに大きな犠牲を払っているからだ。

『一生、俺の亡霊に怯えながら生きよ』

　その犠牲の残像が呪詛の如き声と共に脳裏に赤く蘇りそうになり、俺は頭を振る。

「殿下、お加減が……」

　声をかけてきた英秀と、同じく案じるような眼差しを向けてくる武凱に「……っ、大事ない」と返し、深呼吸をする。

　あの時、あの瞬間から、俺は皇帝になるためだけに進んできた。それ以外のことに感情が動くことなど、なかったはずだ。共に過ごしたのも、一日にも満たないわずかな時間だ。それだけの存在でしかない医仙を裏切ったくらいで、心が波立っている。

傷つけるとわかっていて近づいたというのに、一緒に戦うと言ってくれたあの娘に対して、今さら罪悪感を覚えるのか、俺は——。

紅禁城にいる人間は、ここにいる英秀と武凱、それから医仙のそばに潜ませているあの者でさえ感情をありのまま曝け出すことは少ない。だから新鮮だったのかもしれない。あの山小屋で共に過ごし、真っすぐに俺を見つめ、屈託なく笑い、物怖じせずに意見し、見返りを求めない真心で人を救う医仙が。生まれて初めて出会ったのだ。俺との間に一線を引かず、同年代の友のように自分に接する女に。

強く優しく輝く太陽のようなあの娘に甘えられたら、どんなに心穏やかに過ごせただろう。あの雨の日に見せた涙や大切な誰かとの約束を切なげに語る声に、その明るさの片隅に彼女の孤独を感じて、自分と同じかもしれないと縋りそうになった。

——あの娘が、俺を弱くしているのかもしれない。

「医妃が貴妃以上に後宮で影響力を持てば、貴妃の立場が揺らぎ、次期皇后候補の父という肩書きで大きく出ていた姜大臣への抑止力になります。それに毎晩、琥劉殿下が医妃のもとへ通えば、医妃が寵愛を得たと周囲も勘違いしましょう。医妃の存在を誰もが無視できなくなる。思った以上に、あの娘には使い道がありますね」

「……英秀」

気づけば、英秀を咎めている自分に驚いた。英秀が使い道と言ったのが気に入らなかったのだ。自分とて、あの娘を俺自身に縛りつけると言ったくせに。

俺があの娘を庇ったことに目ざとく気づいた武凱は、にやりとする。

「琥劉殿下が気になるなら、嬢ちゃんを本当に嫁にしちまえばいいんじゃねえか」

武凱は先帝の親友だ。父上から俺のことを託され、幼い頃から実の息子のように接してくれた。多忙な先帝よりも共にいた時間が長いゆえ、俺ですら気づいていない俺の本心を見透かしているのかもしれない。だが、俺はあの娘を籠の中に閉じ込めた。

それ以上を望むことは許されない。

「霊験あらたかな医仙であれば、殿下が皇帝になったときに皇后に迎えても、民はめでたいって喜ぶんじゃねえか？」

「皇后を決める前に、皇帝の座につくのが先だ」

だが、母上――皇太后は世継ぎのことを案じ、後宮妃を勝手に選び、後宮に迎えてしまった。面倒事は次から次へとやってくるものだ。

「それに……俺はあの娘に嫌われている」

俺の答えは意外だったのか、ふたりは目を丸くした。

「……まあ、なんだ」

武凱は困ったように笑い、前髪を掻き上げながら天井を仰いだ。

「あえて突き放すことを言う方が……つらいもんだわな」

攫ってきたくせに、俺に優しくする権利はない。憎む相手が必要ならば、それは俺であるべきだ。それが、あの者を俺に縛りつけることへの罪滅ぼしだ。

そう分別をわきまえているように自分に言い聞かせてはいるが、忠臣たちの様子からするに、俺は乗り気ではないのだろう。

すると、英秀が躊躇いがちに口を開いた。

「……琥劉殿下、本日は早めに医仙宮に行かれてはいかがですか？」

その提案の真意が読めず眉を寄せれば、英秀はもどかしそうに言う。

「今日は医妃になられて初めての朝礼もあったことですし、あの娘も緊張したことでしょう。話を聞いて差し上げては？」

「いいんじゃねえか。嬢ちゃん、さっそく後宮の洗礼を受けちまったみてぇだしな」

武凱の言葉に、机に置いていた手の指をぴくりと動かしてしまう。

「〝あれ〟からの情報か？」

「おう、〝うちの〟から報告があった。なんでも、洗顔の水に毒草の汁が混じってたとかで、顔がただれちまったようだな」

「……後宮で流行っている呪いと同じ症状か？」

毒草を使って他の妃の肌を傷つける嫌がらせは昔からあるが、こたびの呪い騒ぎが毒であるならば、焼けただれるほどの物が使われたのはこれが初めてだ。

あの娘は大事ないだろうか。傷が残るようなことがあれば、責任は取るつもりだ。

「いや、呪いとは関係なさそうだな」

「そうか、それならいい」

あの後宮に蔓延しているのは呪いか、それとも病か。原因がわからない以上、安堵するのはまだ早い。もし、あの娘がその呪いにかかったのなら、あの娘が自分でも言っていたように、医仙ではないのかもしれない。

だが、あの娘は現に白龍山で流行っていたおたふく風邪なる奇病を治してみせた。医仙にはかからない病があり、俺たちが知らない医術の知識も持っている。

俺も医仙の存在を盲目的に信じているわけではない。代々皇帝は医仙に関わる〝あるもの〟を帝位と共に継承する。それを皇帝代行として、俺も血書と共に受け継いだ。中身を見てもなんのことやら皆目見当もつかなかったが、雪華国の初代皇帝が実際に医仙に出会い、それを譲り受けたという。

「そういやあ、朝礼のあとに姜貴妃から茶会に誘われたらしい。まあ、嬢ちゃんはそれを断って、呪いにかかった妃たちに会いに行ったみてえだが」

武凱の報告を聞きながら、あの娘らしい行動だと思う。

毒の被害に遭ったその日に、自分も呪いにかかるかもしれないと恐れもしないで患者に会いに行くとは……。勇敢な聖人君子は結構だが、こちらとしては肝が冷える。

「その茶会の名目はなんだ」

「嬢ちゃんの歓迎会だそうだ」

　それを聞いた英秀は胡散臭そうに言う。

「一体、どんな歓迎をするつもりだったのでしょうね」

「御花園の如休亭で、蝶の鑑賞会をやったみてえだな」

　青蕾殿の後宮妃の歓迎会を、紅禁城の共有庭園でするのには違和感がある。

　皆の庭園を我が物顔で使えば、他の後宮の妃だけでなく皇子からの反感も買いかねないゆえ、そういった会席はだいたい自分が入った後宮内で済ませるのが常識だ。

　それから、もうひとつ気になる点がある。

「歓迎会の主役である医仙が不参加だというのに、茶会を開いたのか」

「そう報告を受けてるが……殿下、なにか気になることがあるんだな」

　わざわざ答えずとも、このふたりには俺の考えなどわかっているのだろう。

「あの娘からも話を聞きたい。今日は早めに医仙宮に渡る」

　そうと決まれば仕事を早く片付ける必要があるなと、俺は上書に視線を戻した。

＊＊＊

「怒涛の一日だった……」

空が暗くなった頃、医仙宮の自室に戻ってきた私は夜伽の支度で湯浴みをさせられていた。室内に置かれた大きな丸い浴槽の中には、赤い薔薇の花弁が浮いている。

「ねえ、猿翔。箔徳妃のことなんだけど……」

私は髪を洗ってくれている猿翔を振り返る。いくら同姓とはいえ、裸を見られるのは恥ずかしかったが、それよりも頭を占めるのは憔悴していた箔徳妃のことだ。

「白蘭様、薔薇湯は美肌にもいいですし、心の疲れも癒してくれます。今だけは、お役目のことを忘れては？」

「そうしたいのは山々なんだけど……箔徳妃の言葉が気になって……」

畏れ多くも姜貴妃の誘いを断ったあと、私は徳妃の箔珠燕様がいる徳妃宮を訪ねた。

四夫人は後宮内に自分の殿舎を持ち、九嬪以下はそれぞれ九嬪宮、二十七世婦宮、八十一御妻宮というように、その階級ごとの殿舎で共同生活をしているそうだ。

『箔徳妃、ただれているのは顔だけですか？』

『あとは首や胸元が少し……』

箔徳妃はやつれていたものの、呪いを受けたにしては思いのほか落ち着いていた。

肌を見せてもらうと、私のように毒草でかぶれるのとは比にならないほどの炎症が箔徳妃の顔や胸元に起こっていた。真っ赤な斑点が密集して、まさに焼けただれたよう。

『これ……毛虫皮膚炎にそっくりだわ。近くに椿とか山茶花の木はあったりする？』

猿翔が一礼しつつ、答えてくれる。

『御花園にございます。当初は虫や植物の毒かもしれないと疑う侍医もおりましたので隅々まで調べましたが、特にそういった害を及ぼす虫は見つかりませんでした。庭園は他の後宮の妃たちも足を運んでいますが、症状が出たのは琥劉殿下の後宮妃だけです。それで侍医も呪いだろうと』

『そう……でも、これは毛虫皮膚炎だと思うわ』

もし毛虫の毒針毛が原因なら、迂闊に触るのは危険だ。私もうっかり皮膚炎を起こすかもしれないし、患者の皮膚に刺さった毒針毛がさらに奥に入って悪化させることもある。毒針毛を取ろうにも、ここに粘着テープはないし……泡で落とそうにも石鹸がない。あるのは澡豆と呼ばれる豆の粉で作った洗い粉だけだ。

『箔徳妃、症状が出てから湯浴みはされましたか？』

『いいえ、侍医が鍼や薬で治療してくれたのだけれど、よくならなくて……それどころか、その侍医も手がただれてしまったの。それで、まじない師を呼ぶことに……』

『まじない師って……薬を塗っても治らなかったのは、たぶん毒針毛が皮膚に残ったままだからだわ。湯浴みで身体を洗い流してみましょう？　それから、着ていた服と寝台の布団も新しいものに取り替えてください』

そうして彼女には、抗菌作用のあるどくだみ湯に入ってもらった。

毛虫で起こる皮膚炎が焼けただれたように見えたのは、恐らく掻き壊した傷からさらに菌が入り、とびひという皮膚炎に悪化してしまったためだ。私も小さい頃、鼻になったことがある。それを防ぐためにも、皮膚の清潔を保って菌を入れない。傷が早く治るように保湿、保湿！

塗り薬は今朝私もお世話になった紫雲膏でもよかったのだが、今は炎症と痒みが強いので、それらの症状を取り皮膚を潤す生薬が入った『神仙太乙膏』を塗った。その上から乾燥と掻き壊し防止のために布で塞ごうとすると、箔徳妃が心配そうに言う。

『侍医はよく、傷は乾かすようにと言っていたのだけれど、塞いでしまっていいの？』

『ええと……その治し方はもう古いと言いますか……』

現代医療では、傷は消毒もしなければ乾燥もさせない。皮膚が再生するために働く細胞は湿った環境の方が働きやすく、それをこちらで作ってあげることで傷の治りが早くなるのだ。でも、細胞とか言われてもわからないだろうし……。

私は布で覆う前に、箔徳妃に胸元の傷を見てもらう。

『ここ、掻き壊してできた傷から、じわっと汁が染み出てますよね。それ、傷を治してくれるありがたい液体なんです。それを乾燥させないで残しておくことが、早く治る秘訣なんですよ』

にこっと笑って説明すれば、箔徳妃は安心したように小さく口元を綻ばせる。

『きっと仙界の知識なのね。あの子が聞いたら、喜びそう……』

『あの子？』

『あ……いえ、なんでもないの』

眉を下げて笑う箔徳妃が気になりつつも、手当てを続ける。

薬が上手く効いてくれればいいんだけど……。なんせ、こういうときにぜひ欲しい万能薬のステロイド様がない。私が知ってる薬学だけじゃ、ほとんどが患者の自然治癒力に頼る治し方になってしまうし……ああ、薬剤師がいてくれたらなあ。

『そうなんだよね。しもやけの痒みと腫れが酷い場合は、ステロイド軟膏が使えればいいんだけど、さすがにそれは難易度が高いから、植物の根や樹皮から作れる生薬に目をつけてみたの』

一瞬、あの子の言葉と顔が脳裏に浮かび、すぐに頭を振った。あの子がいてくれたらなんて、後ろ向きになったって患者は助けられないのだから。

『箔徳妃、わかる範囲でいいんですけど、こうなった原因に心当たりはないですか？』

話すのすら恐ろしいのか、箔徳妃は俯いてしまう。

無理に聞き出して、箔徳妃に危険が及んでしまってはいけない。私は追求するのをやめ、処置を終えると、『これで失礼しますね』と部屋を出ようとした。

でも、箔徳妃は『待って』と深刻な顔つきで私の服の袖を掴んだ。それから周囲を気にしつつ、声を潜めて言う。

『あなたは医仙……なのよね？』

ここで否定するのは、琥劉殿下だけでなく、私の立場も危うくする。嘘をつくのは忍びなかったが、静かに頷いた。

『わたくしの……親友の話を聞いてほしいの』

なぜ今なのだろうとも思ったが、箔徳妃の真剣な面持ちに圧倒されて、再び彼女のいる寝台横の椅子に腰を落とす。

『わたくしがこの後宮に来たとき、毒入り洗顔水の洗礼を受けたことがあって』

『箔徳妃も？　私もなの、この顔見て』

自分の顔を指差せば、箔徳妃と一緒にふふっと笑ってしまった。

『その手当てをしてくれたのが姜貴妃だったの』

『え!?　あの姜貴妃が？』

私が会った姜貴妃は上品そうでいて、後宮妃の頂点にいるのは自分だと牽制するような雰囲気があった。他の妃のことも競争相手としか思っていないように見えたのだ。

『わたくしと姜貴妃は二年前、十六歳のときに後宮に来たの。姜貴妃は家が有名な薬店で、自分も薬師として生きたかったけれど、女だからできなかったって』

なら、なんであのとき……。

『女の身で医術を修めるなんて……後宮妃に求められるのは気品と美しさよ』

あんなことを言ったんだろう。そう考えてすぐ、思い当たった。

私が医術を修めるのに性別は関係ないと反論したら、彼女はこう返してきたのだ。

『それはあなただから許される特権でしょう。医仙であればなんでも特別扱いされるのでしょうね』

姜貴妃は自分と同じ女なのに、私だけが夢を叶えられたことが許せなかったのだ。

『わたくしは父が四大臣のひとりだからというだけで、後宮に入ったの。生まれてからずっと、後宮に入るための教育ばかり受けさせられてきたから、姜貴妃みたいな人は外の風……っていうのかしら、新鮮で眩しかった』

『自分とは違う相手に惹かれる気持ち、すごくわかります』

私にとってはあの子がそうだ。愚かしいほどに患者を想い、純粋に薬学を追求する無邪気な人。彼女のようになりたいと、そう思ったからだろう。この世界に生まれ変わってからの私は、少し楽観的で甘くなった。彼女のお人好しが移ったみたいだ。

『姜貴妃は誰かに命じられるままに生きてきたわたくしと違って、地に足がついてるように見えたわ。だからわたくしは、姜貴妃のあとをついて回った』

『仲がよかったんですね、姜貴妃と』

『……ええ。でも、前に姜貴妃と御花園を散歩している途中に、わたくし転んでしまって。そこを通りかかった琥劉殿下が、手を差し伸べて助けてくださったことがあったの。それを見て、姜貴妃は……』

　伏せた目に悲しみの色を浮かべて、唇を震わせる。

『とても怒らせてしまったのだと思うわ。そんなことにも気づかないで、わたくしは姜貴妃に白粉を贈ったの。そうしたら、それに毒が入っていたって……。姜貴妃の肌荒れを見た皇太后から、杖刑五十回を与えられたわ』

『あなたは、その毒に心当たりは？』

『ないわ。というより、ありえない。姜貴妃に渡す前に、自分でちゃんと試したもの』

『そう……では、姜貴妃が嫉妬で虚言を？』

『そうでないと信じたい。ただ、薬学に長けた彼女なら……白粉に細工をして、傷痕が残らない程度の毒で、肌荒れを自作自演することはできる』

　毒を盛るのは誰にもできることだが、起こす症状を調節するのは至難の業だ。処方量を巧みに操れる者は、薬師の中にもそういないだろう。

『でも、はめられたことなんてどうでもいいの。姜貴妃は殿下のいちばんになることがすべてだと思っているけれど、本当はそうじゃなかったはず。思い出してほしいの、本当の自分を。だからどうか、姜貴妃を救ってあげて』

『でも、私がなにか言うより、親友だったあなたの言葉の方が届くのではない？』

『もう、わたくしじゃ駄目なの……』

項垂れて首を横に振った箔徳妃は、やがて心を決めるように顔を上げた。

『医妃、わたくしは姜貴妃の茶会に誘われたあとに、こんなふうに顔がただれました』

『……！　親友とはいえ、自分を傷つけた相手でしょう？　それなのに、そんな相手の茶会にどうして行ったりしたの？』

箔徳妃は曖昧に笑う。それでも親友を信じていたかったのだと、顔に書いてあった。

『茶会は青蕾殿の中庭で開かれたの。あの会に金淑妃と嘉賢妃はいらっしゃらなかったわ。でも、私と一緒に参加していた九嬪の何人かは、呪いにかかったそうよ』

それを教えてくれるということは、親友の目から見ても姜貴妃が怪しいと思っているってこと？

『その茶会で変わったことは？』

『いいえ、なにも……でも、姜貴妃が観賞のために放った蝶を見ていたときかしら、顔がチクチクしだした気がするわ』

蝶に毒針毛はないはずだけど……。かといって、私もそこまで昆虫に詳しいわけではないし、この世界にはそういう蝶がいないとも限らない。ともかく、蝶を実際に見てみないことにはなんとも……。

『ありがとうございます、箔徳妃。やれることをやってみます』

箔徳妃が救ってほしい親友が本当に犯人なら、止めなければ。

自分が大変なときにこんな大事なことを話してくれた箔徳妃に感謝しつつ、私は猿翔と徳妃宮を出た。そのあとは青蕾殿の他の妃たちのところへも出向いて治療にあたり、あっという間に一日が終わった。

「ああ〜、あの毒針毛はどこでついたんだろう。蝶が原因なのかどうか、実際に捕まえて見てみなきゃな……そうなると、虫あみが必要？　箔徳妃が話してた姜貴妃の茶会のことも気になるし……」

考え事をしながら、ぶくぶくぶくと湯の中に沈んでいく。すると猿翔が慌てて、私を後ろから抱きかかえるように引き上げた。

「白蘭様、しっかり！」

「ぶはっ……猿翔、力持ちなのね。なんだか、腕もがっしりしてるような……」

「……女官は力仕事なんです」

明後日の方向に視線を投げている猿翔から、疲労感がひしひしと伝わってきた。

「女官も大変なのね。妃たちのご機嫌とったり、身の回りのお世話したり……でも、私とふたりのときは寝台で爆睡してもいいし、湯浴みも仕事が終わったあとで面倒なら、一緒にしちゃってもいいのよ？」

　猿翔は笑みを浮かべたまま固まっている。

　こんな私でも、妃だから遠慮してるのかも。気楽にしててほしいんだけどな……。

などと思いつつ猿翔を見つめていたら、慌ただしい足音が近づいてきて、ガラッと目の前の扉が開く。

「……っ、医妃は無事、か……」

　猿翔の叫びを聞きつけてか、中に飛び込んできたのは信じられないことに琥劉殿下だった。しかも、今の私は裸だ。ここは悲鳴のひとつでもあげるところだろうが、声も出ないほど頭は真っ白だった。

　殿下は厳しい面持ちで、女官と戯（たわむ）れているようにしか見えない私から顔を背ける。

でも、琥劉殿下は私の医術を求めているだけであって、妻としては見ていないはず。

とはいえ、私は側室なわけで、こういうのはあまりよろしくないのだろうか。

　いや、そもそも猿翔は女人なんだから、疑う方がどうかしている。などと悶々（もんもん）と考えていたら、猿翔が不自然に咳払いをした。

「琥劉殿下、医妃様は湯浴みでのぼせてしまわれたご様子。殿下が寝所までお運びになられては？」

「ええっ」と、私が心の中で悲鳴をあげるのと、琥劉殿下がぎょっとしたように顔を上げたのは同時。というか、女官の猿翔が琥劉殿下にそんな指図をしてもいいのだろうか。せっかく紅禁城で気の置ける人と出会えたのに、猿翔が罰せられて専属女官でなくなってしまったら……ここでやっていける自信がない。

「待って猿翔、私はひとりで部屋に戻れるわ」

——だからお願い、琥劉殿下に近づかなければいけない理由を作らないで！

そんな願いも虚しく、琥劉殿下はいっそ乏しい表情のままこちらへやってくる。流れるような仕草で羽織りを脱ぎ、それで私を包むようにして抱き上げた。

「なっ……下ろしてください！」

「俺に抱かれるのは嫌だろうが……我慢しろ」

抱か——言い方！　相変わらず無表情だし、言葉は足りないし、なんで琥劉殿下が私を運んでいるのかもわからない。

あとをついてこようとする宦官や女官たちに「下がれ」と言い、ずんずんと歩いていく琥劉殿下。私が困惑しているうちに、燭台の心もとない明かりが灯る部屋に到着した。琥劉殿下は私を優しく寝台の上に下ろすが、頑なにこちらを見ようとしない。

「……服を着ろ」

羽織りの前を手繰り寄せていたら、琥劉殿下が寝台に置いてある私の寝着を手に取った。すると、その上に置いてあった紅翡翠の首飾りが寝台にぽとりと落ちる。

あ……。ふたりで敷布の上に取り残された首飾りを見つめた。琥劉殿下は気まずそうに視線を外し、ふわりと私に寝着を羽織らせる。

「え……じ、自分で着られますから」

袖まで通してくれようとする琥劉殿下に、ますます混乱する。

この人は私を利用するために、ここへ連れてきた。なのに優しくするのは……。

「そんなに気を遣わなくても、私はここから逃げませんよ。というか、あなたが皇帝になるまで、私は捕らわれの身なんですから、逃げられません」

苦笑しつつ諦めを含んだ声で言えば、琥劉殿下の手がピクリと震えて動きを止めた。

この人に対して複雑な感情を抱いてしまうのは、琥劉殿下に攫われたことだけじゃなく、真心を単に裏切られたからだけでもなくて、もっと私の勝手な都合が絡んでる。

山で手当てをしたとき、この人は私の善意を疑っていた。料理を出したときも警戒して、まるで手負いの獣みたいだった。優しくされると戸惑って、ときどき私に触れようとするその手は震えていた。

理由はわからない。でも、心に深い傷を抱えていることは、彼が血を見てなにかを思い出し、苦しんでいた姿を目の当たりにしているのでわかる。

感情を映さないその表情の代わりに、行動のすべてに優しさに飢えている彼の孤独を感じるのだ。それをこの世界にひとり放り出された、自分の境遇に重ねていた。

考えてみれば、それって押しつけがましい。私が勝手に琥劉殿下に仲間意識を持ち、裏切られたと悲しんで、なぜ信じてくれなかったのかと責めた。

攫われたことは納得いかないけど、信用してもらえなかったと怒るのはお門違いだ。謝らなくちゃ……怒りの矛先をすり替えたこと。だけど、そう思ったそばから――。

「……そうだ」

琥劉殿下は私の両手首を掴み、乱暴に寝台に押し倒してくる。

「なっ、急になにを……っ」

身じろいでも男の力に敵うはずもなく、私は突拍子もない彼の行動に困惑していた。

「優しくするのは……打算からだ」

琥劉殿下は絞り出すように言う。

それって、さっき私に気を遣わなくてもって言ったことに対する答え？　そんなこと、あえて念押しされなくてもわかってる。だから、これ以上傷を抉らないでほしい。

「琥劉殿下……私、もう腹をくくりましたから」

私に覆い被さっている琥劉殿下を見上げてそう言えば、その目がわずかに見開いた。

「だって、ここでできることをやるしかないですし、誰かを助けるっていう約束はここでも果たせますから。要は……あなたも私に利用されるってことですね」

なんでそうなる、と言いたげな琥劉殿下に、肩を竦めて笑う。

もう嫌だ。暗くなるのも、この人の本心がどこにあるのかを考えて悩むのも。

一瞬目を伏せ、笑みに自嘲が混ざるのを感じながら、明るさを取り繕う。

「私は約束を果たす、そして自由になるため。あなたは病を治して皇帝になるため、協力関係になる。これはいわば、利害の一致です」

「利害の、一致……なぜ、お前はこの状況を受け入れられる。俺を罵るところだろう」

それをあなたが言いますか。でも、ここでうじうじ考えていても、私の現状が好転するわけでもなし、できることをするしかないのだ。

「皇子を責めたって、私が解放されるわけでもないですし、ただでさえ後宮ものすごく怖いのに、そこに労力を割いてられませんよ。琥劉殿下のためだけじゃなくて、私が生き残るためにもやるしかないです」

理不尽に二度も命を散らす気はさらさらない。踏まれても立ち上がる雑草のごとく、しぶとく頑張るしかない。

「……というわけで、退いてください！」

私は琥劉殿下を押しのけるように起き上がる。

「さっそくですが、毎夜見る悪夢について聞かせてくれますか？　その、内容は無理には聞かないので、頻度とか、睡眠時間とか。それをもとに治療方針を決めたいので」

落ち込んでも、なにも解決しない。私は頭を切り替えて、夜伽係の仕事に集中する。

「……職務に熱心に取り組むのは構わないが、ひとまず服を着てくれ」

琥劉殿下はそう言って、私に背を向けた。ちゃんと服を着ていなかったことに今気づいた私は「どうりでスースーすると思ったわ」とすぐさま白襦袢に着替え、首飾りに視線を落とす。今朝はほっておきたい気分だったが、どんな魂胆があるにせよ、人の好意を無下にもできず、結局身に着ける。なんだか、首飾りが重たく感じた。

着替え終わると、琥劉殿下は険しい顔で振り返る。

「……お前は、男の前で素肌を晒しても、どうとも思わないのか……？」

「え？　子供じゃないんですから、ちょっと肌が見えたくらいで動じませんよ」

「……どっからどう見ても、子供だろう」

すっと細まった目が私を怪しんでいる。やっぱり長寿の医仙なんだろう、とでも言いたげに。

「精神年齢の話をしてるんです。そこまで成熟しているという意味です。さ、病を治すために協力してください。そのために、私を連れて来たんでしょう？」

納得はいっていなさそうだったが、琥劉殿下は渋面のまま答えてくれる。

「……俺の睡眠は身体を横にすることだ。数日眠れず、究極寝落ちしたときに悪夢を見る。それから、日中もときどき白昼夢を……」

深刻だわ。心の病がまずもたらすのは、活力を奪うことだ。眠れない、ご飯を食べられない、そうして気力も減っていく。

「根気強く、向き合っていきましょう。そう簡単に癒えるものでもないから……」

自分にも向けた言葉になっていることに気づき、自嘲気味に笑う。すると、琥劉殿下の手が伸びてきて、私の頬に触れた。

「これも、お前の力ですぐに治せないのか？」

一瞬、なんのことを言われているのかわからなかった。ややあって、私の顔のできもののことを言っているのだと気づく。

「そうですね、数日はかかるかと」

「綺麗な顔に無体（むたい）な真似をする輩がいたものだ。断罪ものだな」

……今、真顔ですごい殺し文句を言われたような気がする。けど、甘い雰囲気は一切ないので、きっと私も白昼夢を見たんだということにする。

「呪い騒ぎの方は……進展はあったのか」

「え？　それは……ぼちぼち。今日、妃たちを直接診てきたのですが、あれはたぶん毛虫皮膚炎です。中には掻き壊したところからさらに菌——悪い気が入り込んで、とびひというその名の通り、火が移るみたいに炎症が広がった状態になっている妃たちもいました。それが肌が焼けただれたように見える原因かと」

「つまりお前は、これは呪いではなく病だと思うのだな」

「はい。あと、人為的に広まった可能性もあります」

琥劉殿下が〝なぜそう思う？〟と問うような視線を向けてくる。

「呪いが蔓延する後宮で、私の顔を見た人は普通、私も呪いにかかったと思うはずなんです。なのに朝礼で、私の顔を見て誰かが『〝毒〟に負けるような医仙が、呪いなどに勝てるのかしらね』と……」

「毒だとわかっているような口ぶりだな」

私の言わんとすることを琥劉殿下はすぐに悟った。

「はい。ただ、それが私の洗顔水に毒を入れた者が言ったのか、呪い騒ぎの犯人が言ったのかはわかりませんが……」

「朝礼でそのような大胆な発言をするくらいだ。釣れたのは大物の方だろうな」

大物というと、呪い騒ぎの犯人の方よね。ひょっとして、ひょっとしなくても私、その犯人に目をつけられたんじゃ……ああ、明日の朝礼休みたい。

「他に収穫は？」

「そうですね、毛虫が好む木は御花園にあるそうで、もしそれが原因なら、青蕾殿以外の後宮の妃たちや皇子たちに被害が出ないのはおかしいなと」

「御花園は皆の共有庭園だからな」

「はい。猿翔と実際に御花園を見て回りましたが、毛虫は見つけられませんでした」

「〝今のところ〟は、青蕾殿の後宮妃だけが狙われているのだろう」

「今のところは？」

「明日当たり、大きく事態が動くやもしれない。こたびの呪い騒ぎ、後宮妃たちの嫉妬心からか、それとも俺の帝位を阻む者の仕業か、動機は挙げればきりがないな」

表情にこそ出さないが、頭を悩ませているんだろうな。

琥劉殿下の後宮で問題が起きれば、その管理責任を問われて、皇帝を誰にすべきか見定めているお偉方の評価は多少なりとも下がるだろう。

片やこれが後宮妃の嫉妬で起きたのだとしても、今は皇帝になることだけに集中したい琥劉殿下からしたら、はた迷惑な話だ……って、なんで私が心配してるんだろう。

「犯人の手掛かりになるかはわかりませんが、気になる話を聞きまして……箔徳妃が姜貴妃の開いた茶会で蝶を見たあとに、顔がただれたと言っていました」

「今日もお前の歓迎会で、蝶の鑑賞会をしたようだな」

ああ、だから姜貴妃は『医妃のために綺麗な蝶をご用意いたしましたのに、残念です』って言ったんだ。

「私は出席しなかったのですが、姜貴妃たちはあのあと茶会を開いたんですね」

そう言えば、私の歓迎会のこと、なんで琥劉殿下が知ってるんだろう。私、四六時中監視されてるのかな。迂闊なこと言わないように気をつけないと。すでに猿翔と逃げるうんぬんかんぬんと話してしまったので、後の祭りな気もするけれど。

「私の知る限り蝶に毒針毛はないはずなんですけど、この世界にはそういう毒の毛を撒き散らす蝶がいるのでしょうか？」

「〝この世界〟には？」

目ざとく片眉を上げながらこちらを見る琥劉殿下に、心臓がどきりとする。

「せ、世界のどこかには、そういう蝶がいてもおかしくないいんじゃないかって言いたかったんです」

「……そういった新種の蝶がいるというのは聞いたことはないが、念のため英秀に調べさせる。だが、こう頻繁に起きているとなれば、その貴重な蝶を集めて毒を広めるのでは効率が悪い。蝶になんらかの細工をした方が得策だ」

仕事の話になると、琥劉殿下は饒舌になるらしい。その真剣な眼差しに不覚にも、微かに胸が音を立てた。

「な……なんにせよ、その問題の蝶を捕まえないことには、なんとも言えないってことですよね。仕方ない、明日当たり実行してみます」

そうなると、私も毒に当たらないように対策が必要よね。

頭の中で安全な蝶捕獲作戦を立てていると、琥劉殿下が正気かと疑う目で見てくる。

「……まさか、自分で捕まえる気か？」

「下手すれば捕まえる側も毒針毛に刺される可能性がありますし、他の人には危なくてお願いできませんよ」

「危険なのは、お前も同じだろう。その身体は安易に傷を作っていい代物ではない」

「は……なにを言ってるんですか？」

琥劉殿下は至って真顔だ。冗談でないなら、まさか無自覚タラシ？

「お前は儚げな見た目に反して、存外お転婆だ。とにかく、蝶の捕獲はこちらで行う」

きっと、私を案じてくれているのよね。私が即位に必要だから……。

「そこまで言うなら、お願いします。だけど、問題は蝶がどこにいるかですよね……」

そうして琥劉殿下と話し合っているうちに、空は白んでいき——。

「んん、う……？」

あれ、なんだか右側があったかい。

目覚めてすぐに感じたのは、誰かの体温だった。冷たい指先が頬に触れ、顔にかかっていた私の髪を耳にかける。その優しい手つきに誘われるようにして、ゆっくりと瞼を持ち上げれば、自分が誰かの肩に頭を預けて眠っていたことに気づいた。

一体、誰の……？

寝ぼけまなこで視線を上げていくと、そこにいたのは——。

「琥劉、殿下……？」

私の耳に髪をかけた状態のまま固まっている琥劉殿下と目が合う。その瞬間、徐々に自分がしでかした失態を思い出していき、血の気が失せた。

え、私……え、なんで琥劉殿下がここに？　まさか昨日、琥劉殿下と話してるうちに寝ちゃった？　しかも、琥劉殿下に寄りかかって……。

「あの、い、いつからこの体勢で？」

「……大した時間ではない」

琥劉殿下はすっと私から視線を外して、そう言った。乱れていない寝台の布団と敷布を見れば、琥劉殿下が休んでいないのは一目瞭然。大した時間じゃないなんて嘘だ。私が寝落ちしてから、ずっとこの体勢でいてくれたんだ。

後宮に放り込んだ時点で、私が逃げられる可能性はほぼない。利用したいだけならほっておけばいいのに……。たびたび気にかけてくれるのは、山で過ごしたよしみだから？　こうやって期待するから、勝手に裏切られた気になるんだ。私も懲りないな。

これ以上心を揺さぶられたくなくて、私は琥劉殿下から身体を離す。遠ざかった温もりに覚えた寂しさには、気づかないふりをした。

「どちらかというと、あなたに睡眠をとってもらわなくちゃいけなかったのに、私の方が寝こけるなんて……」

「……構わない。どうせ俺は眠れない」

それが問題だって言ってるのに……。大人びているから、つい忘れそうになるけど、あなたはまだ十八でしょう？　一体どんな心の傷を負ったら、眠れなくなるの？　そんなふうに空っぽな目に、無表情になるの？

ほっておけない、そんなふうに思ってしまうのは看護師の性だろうか。

複雑な気持ちで琥劉殿下を見つめていると、「失礼いたします！」と声がして、部屋の中に焦った様子の猿翔が入ってくる。寝台に腰かけて座っている私たちに猿翔が一礼すると、琥劉殿下は「話せ」と表情を引き締めた。

「他の後宮の妃たちにも、呪いが広まったようです」

「えっ……」

琥劉殿下が昨日言っていたように、大きく事態が動いた。私が驚いている横で、琥劉殿下は苦い顔になる。

「……時期が悪いな」

「はい……白蘭様が後宮入りしてすぐですから、妃嬪たちは白蘭様が医仙の名を騙った天罰で、呪いの影響が拡大したのではないかと噂しています。中には医妃は妖魔だと触れ回っている者もいるようです」

時期が悪いって、そういうこと……。

私が妃たちを治療して回ったから、犯人は焦ったのかもしれない。これが呪いじゃなくて毒が原因だと知られてしまえば、徹底的に犯人捜しが始まるから。

「ごめんなさい、私が初日から目立ちすぎてしまったのかも。もっと慎重に動くべきだったわ」

　他の後宮にも被害が広まったとなれば、琥劉殿下の立場はますます悪くなるだろう。これでは琥劉殿下の出世の道具どころか、お荷物になっている。

「お前の仕事は治すことだ」

「え……？」

「お前がそれにだけ労力を費やせるよう対処するのは、俺の仕事だ」

　だから気にするなと、そう言われている気がした。

「お前は死なぬよう己の命を守り、その真価を発揮できる場所で存分に力を振るえ」

　琥劉殿下の言葉が胸を熱くする。この人の下で働ける臣下たちは幸せだろうな。

　そう思いながら「はい……」と答えると、私たちを見守っていた猿翔が口を挟む。

「恐らく、すぐにでも白蘭様の査問会が開かれるでしょう」

　その査問会で、私の処遇を決めるのね。

　さすがに怖い。今、私の命は首の皮一枚で繋がっているようなもの。後宮で生きるということは、死と隣り合わせの岸壁の上を歩くのと同じなのかもしれない。

「今まで青蕾殿の後宮だけだったのに、どうして他の後宮にも広まったんでしょう」

毛虫皮膚炎は人によってまちまちだけれど、皮膚に接触した直後から局所に痒みやかぶれが生じる場合と、数日ほど経って症状が出る場合とがある。

なので新患の妃たち全員が、私が来た日に毒と接触したとは言い切れない。けれど、査問会が開かれるほどの被害が出たのなら、無関係とも言えない。昨日時点では患者は青蕾殿の妃だけだったので、初日ということもあり他の後宮は診て回らなかった。

それが私の失敗だ。被害が出ていようがなかろうが、一通り確認すべきだった。

「皆、どこで毒を受けたの？　四後宮すべてに足を運んで毒を撒くのでは目立ちすぎるし、それ以外に妃たちが集まる場所と言えば……朝礼殿？　もしくは御花園……あ！　もしかして、私の歓迎会!?」

「……だろうな。猿翔、査問会はいつ開かれる」

琥劉殿下の視線を受けた猿翔は、低頭しつつ「巳の刻に」と答えた。

「それまでに証拠の蝶を捕らえよ」

「ま、待って！　蝶を捕まえるなら、いろいろ対策をしないと……」

虫よけと言えばペパーミントよね。ここでそれに相当するのは――。

「薄荷油を身体につけてください。だいたいの虫は、それで追い払え、ます……」

そう助言しつつ、記憶に引っかかる『薄荷』の単語。

あれ、最近どこかで薄荷の香りを嗅いだような……。

俯いて考え込んでいると、琥劉殿下と猿翔が顔を覗き込んでくる。そこで途端に降りてきた。「あ！」と大声をあげながら顔を上げれば、ゴチンッとふたりの顎に頭突きを食らわせてしまう。

「ご、ごめんなさい」

顎を押さえて、ふたりは蹲（うずくま）っている。こちらはまったく痛くないので、私が石頭なのだろう。

「それよりも薄荷ですよ、薄荷！　姜貴妃が薄荷の香をつけていたんです！　それを思い出して、つい」

苦笑いすれば、猿翔は涙目で顎をさすりながら言う。

「虫よけの香を、ですか。それを知っていて、つけていたのだとしたら……」

「知っていてもおかしくはない。あれは薬師の娘だ」

琥劉殿下の言葉で、猿翔ははっとしたような顔をする。

「……！　そうですね、生家は雪華国随一の大姜堂薬店。毒蝶の回避方法もご存じでしょう。御花園の如休亭で開かれた茶会の主催者のひとりであり、鑑賞会と称して皆の前でたびたび蝶を放ったとなれば、怪しいのはやはり……」

「姜貴妃で間違いない。だが、それを証明する必要がある」

だから蝶を捕まえて、それが症状を引き起こすこと、薄荷の香で自分の周りにだけ蝶が寄ってこないよう細工していたことを同時に証明しなければいけない。けど……。

「あの……もろもろ証拠を集めたところで、蝶に細工がされてたなんて知らなかった、薄荷の香も偶然つけていただけだと言われてしまえば、それまででは？　権力に物を言わせて、いくらでも誤魔化せてしまう気がします。なんせ、相手は大臣の娘です」

「ああ、証拠としては不十分だ。だが、姜貴妃がこれ以上おかしな真似をしないよう牽制することはできる。今はそれが限界だろう」

　琥劉殿下もわかっていたのね。でも、人は忘れるものだ。牽制なんてそう長くは持たないんじゃないだろうか。

　太腿に肘をつき、組んだ両手の甲に顎を置く琥劉殿下。その横顔と丸まった背には憂いが滲んでいる。私になにかできればいいんだけど……。

「姜貴妃の父である姜大臣は先日、生家の利益を上げるために薬の専売権を求めてきた。国の利ではなく、個の欲に目が眩む人間は政には不要。できれば姜貴妃を廃妃に追いやり、姜大臣の勢力を削ぎたいところなのだが……」

　後宮だけの問題じゃないのね。妃たちはその後ろにいる権力者の思惑を背負っている。決定的な証拠はなくても、せめて本人に犯行を認めさせることができたら……。

「そうだ、それだ！」

　急に声をあげた私に、ふたりが目を見張る。私は悪巧みの笑みを向けつつ、人差し指を立てた。

「私、いいこと思いつきました！」

私の査問会は、朝礼で行ってもらうよう琥劉殿下にお願いした。

朝礼殿には宰相の英秀様や武凱大将軍、四大臣や六部長官、各後宮の妃たち、数えきれないほどの女官や宦官が集まっている。

また、正面上座には皇帝代行の琥劉殿下を中心に、皇太后と緑がかった黒髪を頭の高い位置で結った金の瞳の青年がいた。猿翔の話だと、第一皇子は部屋に籠られているらしいので、あの方は恐らく第四皇子の劉奏殿下だ。歳は琥劉殿下のひとつ下。

「兄上、あれが噂の医仙なのですか？」

劉奏殿下は無邪気な方なのだろう。ウキウキした様子で琥劉殿下に尋ねている。

「医妃、白蘭。あなたには、こたびの呪い騒ぎを助長させたという嫌疑がかけられています。弁明があるならば先に聞きましょう」

上座の前で膝をつき、拝礼している私の頭上に英秀様の声が降ってくる。私が答えるまでの間、下座にいる四大臣や六部長官、背後の妃たちから刺すような視線と「妖魔め」「妖魔を紅禁城に連れてきた琥劉殿下の責任も重いぞ」と叱責を浴びせられた。

緊張で手足は冷たくなり、口の中はカラカラに乾いている。それでも、ここで自分の無実を証明できなければ、私も琥劉殿下もただでは済まない……！

深呼吸をすると、私は意を決して顔を上げる。

「恐れながら申し上げます。今から、ご覧に入れたいものがございます」

「なにを見せようというのだ。我が娘、麗玉を危険に晒した罪は償ってもらうぞ」

姜貴妃の父である姜大臣が声を発すれば、他の大臣や六部長官らも「私の娘も被害に遭ったのだ」「この期に及んで時間稼ぎとはな」「妖魔の貴様が死罪になることは免れんぞ」と責め立ててきた。

それらを琥劉殿下は「静まれ」という一言で黙らせる。琥劉殿下と目が合った私は頷き、「猿翔！」と呼んだ。その瞬間、朝礼殿の扉が開き、大量の青い蝶が舞い込むと、悲鳴が湧き上がる。

「なんだこれは！　人をおちょくるのも大概にしろ！」

姜大臣は目の前を飛び回る大量の蝶を手で払いながら叫んだ。

「どういうつもりなのだ、医妃。説明なさい！」

皇太后も焦った様子で御座から身を乗り出す。私は「はい、皇太后様」と頭を下げ、騒がしい朝礼殿の中をゆっくりと歩き出した。

猿翔は私のただれた顔をわざと後宮妃たちに見せ、これが呪いではなく毒だと犯人に白状させた。原因が毒だと知っているがゆえに、緊張から口を滑らせたのだろう。

そこから着想を得た。蝶に細工をした人間は、その細工を知っているからこそ、この状況が怖くてたまらないはず。知らなければ、ただの蝶を恐れるはずがないのだ。こんなふうに――。

「い、いやあっ！」

頭を抱えるようにして、その場に蹲る姜貴妃の前で足を止める。

「どうして、そんなに怯えているんですか？　〝ただの蝶〟なのに」

「わたくしは蝶が苦手なのよ！」

「苦手なのに、何度も蝶の鑑賞会を開かれているのはなぜですか？」

「それは……っ」

顔を隠しているのは、蝶の毒を恐れてだろうか。ただ蝶が飛んでいるだけでこんなに取り乱しているのだ、きっと簡単に散布する毒なのだろう。

そして、琥劉殿下も言っていたけれど、毒汁毛を持つ珍しい蝶を集めるのは簡単じゃない。どこででも手に入るような蝶に細工をした方が効率的だ。

「もしかして……ただの蝶に……毒汁毛をまぶした……とか」

びくりと姜貴妃の肩が跳ねた。恐る恐るこちらを見上げてくる姜貴妃に確信する。

薄荷の香で蝶を寄せつけないようにしたとしても、こんな密閉された場所で毒針毛が舞ったりしたら避けきれない。だから姜貴妃は、こんなにも焦っているのだ。

「姜貴妃、あなたは毒汁毛をまぶした蝶で妃たちの肌を傷つけた。そして、自分は薄荷の香で蝶が自分に寄ってこないように虫よけをしましたね。外で茶会を開くのも、密閉空間では毒針毛が自分に刺さる可能性があるからでは？」

「でたらめ言わないでくださる？　蝶は苦手でも、綺麗だから他の妃たちにも見せたかっただけよ。薄荷の香は、頭がすっきりするからつけていたの。それなのに貴妃のわたくしを疑うなんて……わたくしの父が大臣であることも知らないのかしら。今ここで、あなたの首を刎ねることも容易いのよ」

そうやって、誤魔化すと思っていた。けど、これが毒汁毛であると確信が持てれば、こっちのものだ。

「今、ここで飛び回っている蝶を用意したのはわたくしです。この手を見てください」

私はここへ来る前、庭園にあったハゼの木の樹液を手のひらに塗ってきた。この樹液は蝋燭の原材料になるのだが、人の肌に触れるとかぶれてしまうことがある。

赤くただれている私の手のひらを見た姜貴妃は青ざめた。今、私たちの周りを飛び回っている蝶が毒汁毛をまぶした蝶だと、より騙されたはずだ。現に、私たちの話を聞いていた妃や大臣らも、「なんだ？　これは毒蝶なのか⁉」と取り乱している。

「少しもかぶれることなく蝶を用意するのは難しい。でも、あなたの手は綺麗ですね」

姜貴妃はこれ以上ボロを出さないためか、口を閉ざした。

「観賞用の蝶を用意したのは、どなたですか。その方は蝶を用意したときに、多少なりとも手や首元、顔……露出している肌がかぶれたはずです」

貴妃が自分で用意したりはしないだろう。なら、命じられた人がいる。

私はゆっくりと壁際にいる女官らに視線を移し、歩き出した。

「毒を受け、かぶれが癒えるまでに二、三週間はかかる。昨日、新たに患者が出たのなら、その者はさぞ症状に苦しんでいるでしょうね」

この中に貴妃付きの女官がいるはず――。

ひとりずつ顔や手を確認していると、両手を後ろにやり、俯きながら震えている女官がいた。彼女の前で足を止めた私は、その手首を掴んで皆に見えるよう上げさせた。

「このただれ、説明してもらえますね？」

琥劉殿下の前に引っ張り出すと、女官は血の気が失せた顔で「お許しください！」と、その場にひれ伏す。琥劉殿下は静かに立ち上がり、女官を冷然と見下ろした。

「誰の命か述べよ」

「お待ちください、殿下！」

姜大臣が慌てて割り込み、こちらへやってくるや額を擦りつける勢いで土下座した。

「姜貴妃は、あなたの寵愛を得たい一心でした。きっと主を憐れんだ女官の独断で行われたのでしょう。この女官が勝手にしたことです！　今ここで、この者の首を斬り落としてくださいませ、殿下!」

必死に女官に罪をなすりつける姜大臣を琥劉殿下はひと睨みで黙らせ、再び問う。

「隠し立てすることは許さない。誰の命か述べよ」

女官は首を横にふるふると振り、なかなか答えない。

琥劉殿下は短く息を吐き、腰の剣を抜き放つ。すうっと刃が鞘に擦れる音を耳にした女官は「ひいっ」と悲鳴をあげた。

「選ぶがいい。ここで呪いを広めた主犯として不名誉な死を遂げるか、お前に命じた者の名を嘘偽りなく吐き、故郷へ帰るか」

よほどの忠臣でなければ、きっと選ぶのは後者だ。

「す、すべて姜貴妃様の命にございます! どうか、どうかお許しを!」

姜貴妃は「お前っ」と目をかっぴらきながら、女官を睨み据えた。その隣で姜大臣は頭を抱えている。

「皆、聞いていたな! 姜貴妃は茶会で蝶の鑑賞会と称し、後宮の妃たちに肌がただれる毒を撒いた!」

琥劉殿下の声に、全身の細胞が震えるような感覚を覚える。皆が圧倒されていた。

姜貴妃は足をもつれさせながら父の隣に行き、勢いよく平伏する。

「琥劉殿下っ、女官の言っていることは全部嘘です! わたくしにつらく当たられたからと、こうしてわたくしを悪者に仕立て上げ、仕返しをしているのです！」

苦し紛れの言い訳に、琥劉殿下は「くどい！」と一喝して、その剣先を突きつける。

「よく耳を澄ませてみよ！　お前の戯言に耳を貸す者など、もはやいない。ここにいるすべての者が証人だ。お前は己の罪から逃れられない！」

琥劉殿下が言い放ったように、姜貴妃の肩を持つ者は誰ひとりとしていなかった。

「皇太后、処遇が決まるまで姜貴妃を冷宮へ、姜大臣を軟禁にすべきかと存じます」

猿翔曰く、後宮の処遇において全権限を持っている皇太后に琥劉殿下が進言する。

「ええ、構いません。ふたりを連れていきなさい」

皇太后の命で武官が姜貴妃たちを捕える。それを見たら、唐突に震えが襲ってきた。

よかった、上手くいった……。

諸刃の剣みたいな策だった。姜貴妃が朝礼殿に放たれた蝶を見ても動じず、女官も知らぬ存ぜぬで白を切る可能性もあった。そうなれば自白をもらえないどころか、貴妃を侮辱した罪まで乗っかって、私も琥劉殿下もますます立場が危うくなっていた。

これで終わる、そう思っていた矢先――バンッと朝礼殿の扉が開いた。

「皆、わたくしの手のひらの上で転がされて、愚かな！」

声を張り上げながら中に入ってきたのは、異様な空気を纏う箔徳妃だった。その姿に父である四大臣のひとり、箔大臣が「珠燕!?」と驚愕している。

箔徳妃は武官たちに連行されていく途中だった姜貴妃をちらりと見て、高笑いした。

「あはははははっ、滑稽すぎて笑いが止まらないわ！」

前に徳妃宮で会ったときとは別人のような箔徳妃に、皆が騒然とする。

「箔徳妃は部屋に籠って、ここのところ出てこなかったのではないの？」

「あのご様子……普通ではないわ」

ひそひそと自分の噂をする者たちを黙らせるように、箔徳妃は叫ぶ。

「私がこの姜貴妃を呪いで操り、この後宮に毒を撒き散らしたのよ！」

姜貴妃を指差しながら、今になって罪を告白をする箔徳妃に場がますます混乱した。

「蝶はわたくしのしもべ！」

私たちの戸惑いなどお構いなしに、箔徳妃は自分の襦裙に手をかけて一気に剥ぎ取る。裸体を晒した箔徳妃に、悲鳴とどよめきが巻き起こった。

「さあ、呪われし蝶たちよ！　わたくしのもとへ集まりなさい！」

その呼び声に誘われるように、蝶たちが箔徳妃の身体に止まる。蝶を纏った姿を見せびらかすように、その場で回ってみせる箔徳妃から、皆がいっせいに距離をとった。

「箔徳妃の身体に蝶が……っ、毒は大丈夫なのか？」

「あの者が、こたびの呪い騒ぎの首謀者ではないのか！」

「そうよ、毒が広まった原因は蝶なのでしょう？　蝶を操れるんだもの、姜貴妃を操ることだってできるはずだわ！」

嫌疑が箔徳妃に向いたのをいいことに、姜貴妃は口端を吊り上げる。

姜貴妃は先ほどまで、自分が捕まると本気で恐れていた。あれが演技なら、大演者になれる。だから姜貴妃は、箔徳妃が自分を庇うのは想定外だったはず。たぶんこれは、箔徳妃の独断で行われている。

「なんでなの？　箔徳妃……」

私はか細い声でそうこぼし、後ずさる。

皆は気づいてないだろうが、私には罪を自供する箔徳妃の狙いがわかってしまった。箔徳妃は姜貴妃を庇っている。親友を止めるために、私に手がかりをくれたのは間違いない。でも、姜貴妃を止めたあとに、自分がその罪を被るつもりだったなんて……。

「私の娘を惑わした妖女（ようじょ）め！　今すぐ連れ出せ！」

好機とばかりに姜大臣が叫ぶ。裸のまま武官らに取り押さえられた箔徳妃が、姜貴妃を見て悲しげに笑ったのが見えた。その瞬間、胸を激しく貫かれたようだった。

「初めから……こうするつもり、だったの……？」

私は箔徳妃が親友を守って捕まるのを手助けするために、呪い騒ぎを解決しようとしたわけじゃない。なのに自分がしたことが、意図せず箔徳妃を追い詰めた。その事実に涙がこぼれ、足から力が抜ける。

「――医仙！」

倒れそうになった私にいち早く気づいた琥劉殿下が、勢いよく上段から駆け降りてきて、私を抱き留めた。

「……っ、大事ないか」

私の顔を持ち上げた琥劉殿下は息を呑む。私が泣いているのに気づいたからだ。

「違う……箔徳妃じゃないの。あの人を妖女にしては駄目！」

私は琥劉殿下の胸元に縋りついた。

「箔徳妃は親友を庇ってるのよ。だからお願いっ、箔徳妃を助けて……！」

親友を思う気持ちが痛いほど理解できた。もし、あの子が罪を犯したとしたら、きっと同じように庇っただろう。だから、他の誰かが彼女たちを止めなければいけない。

「わかった。俺がお前にしてやれることは少ないが、俺にできることならどんな不可能も可能に変えよう」

琥劉殿下の顔が近づいてくると、涙を掬うように目尻に唇が触れた。それに胸が高鳴り、動揺が少しだけ鎮まる。

琥劉殿下は私の頬を撫で、ゆっくりと立ち上がると、皆に向かって声を張った。

「静まれ！　ここにいる蝶はただの蝶だ！」

皆が琥劉殿下を振り返る。それが皇族ならではのものなのか、皇帝の資質なのかはわからないが、琥劉殿下には皆を惹きつける力があった。

「医妃の策により、主犯に自白させるために私が用意したもの。身体に害はない！」

琥劉殿下の言葉に、皆が「毒はないのね」「琥劉殿下が用意した蝶ならば、安全でしょう」と落ち着きを取り戻していく。

「箔徳妃の言い分は、どれも根拠がないものばかりだ。聞けば箔徳妃も毒の被害に遭っていた様子、心を病まれているのだろう。丁重に徳妃宮まで連れ帰り、養生させろ」

徳妃付きの女官が「は、はいっ」と慌てて頭を下げ、主のところへ走っていく。

「違う！　すべてわたくしがしたこと！　だから罰してください、琥劉殿下！」

叫ぶ箔徳妃を無視する琥劉殿下。箔徳妃のことは、心を病んでおかしなことを口走ってしまったということで収めるようだ。

箔徳妃が女官たちに連れていかれると、琥劉殿下は静かに私の前に跪く。

「医妃、おかげで不届者を捕らえられた。この国の皇子として感謝申し上げる」

私の手を取った琥劉殿下は、そこにあるただれを憂うように見つめ、深く頭を垂れる。その瞬間、「やはり医仙は実在したのだ」「ああ、琥劉殿下は医仙の加護をも味方につけていらっしゃる」と、手のひらを返したように称賛が巻き起こった。

「初めから私を疑って、こんな茶番を？　なにが医仙よっ、人を騙す妖魔じゃない！」

武官に羽交い絞めにされている姜貴妃は、私に怒鳴りながら引きずられていく。

姜貴妃は自分を庇ってくれた箔徳妃に対して、なにも感じないの？　自分を軽んじられた怒りしか、頭にないの？

やるせない思いで、武官に連行されていく姜貴妃たちを見送っていると、琥劉殿下が顔を覗き込んできた。

「立てるか」

「……ごめんなさい、難しいかも……」

「そうか。それなら、こちらで運ぶ」

琥劉殿下は軽々と私を抱え、歩き出してしまう。それに妃たちからは嘆くような悲鳴が、女官たちからは歓声があがった。

「く、琥劉殿下、下ろしてください。時間が経てば歩けるようになりますから！」

「問題ない、お前は軽い。なにより、今は……離したくない」

重くないかももちろん心配だが、抱く腕に力が込められた理由……それが箔徳妃のことで参っている私を想ってのことだとわかってしまったから、素直に身を委ねる。

「箔徳妃は……このことで罪に問われたりしないでしょうか？」

朝礼殿を出て、そう問いかけたとき、後ろから英秀様の声がした。

「本人が罪を犯したと言っている以上、なかったことにはできないでしょうね」

振り返れば、武凱大将軍と猿翔もいた。英秀様は眼鏡の位置を直しながら続ける。

「琥劉殿下の計らいで今は徳妃宮にいられていますが、このまま無罪だと申し開きをしなければ、いずれは姜貴妃同様に冷宮に移されるかと」

「冷宮に入れられるって、具体的にどういう罰なのでしょうか？」

「後宮の隅にある荒れ果てた家屋に軟禁されます。この雪国では拷問に近いですね。おまけに高価な服も装飾品も与えられず、食事は質素なものが出されます。裕福な暮らしをしてきた後宮妃たちには堪えるでしょう」

　姜貴妃のしたことを思えば、同情の余地はないのだろう。一歩間違えれば、顔や手だけでなく、全身の皮膚が火傷をしたように真っ赤になって剥けていた。そうなれば、皇子の寵愛を得ることが生き甲斐の妃たちは自死を選んでいたかもしれない。

　でも、箔徳妃はただ姜貴妃を庇っただけだ。

「査問会が開かれれば、姜貴妃は廃妃になるでしょう。箔徳妃は事実確認が済むまで、冷宮で軟禁状態……が妥当でしょうか」

　箔徳妃が本当のことを話すとは思えない。親友を守るために、自分の死すら恐れない覚悟があるのだから。それほど、自分の人生を変えた相手というのは特別なのだ。

「今回、勢力を削ぎたかったのは姜大臣の方だったのですが、罪状が明らかになっていないとはいえ、箔大臣も名声に傷を負いました。しばらくは、朝議でも強気に出られないでしょう」

英秀様はこの状況を喜んでいる。姜貴妃が琥劉殿下の寵愛を独占するために毒まで使ったことといい……。ここでは誰かを蹴落とさなければ、なにも得られないの？

この窮屈さを逃がす場所がなく、琥劉殿下の肩をぎゅっと掴む。そんな私を琥劉殿下が見つめていたとも知らずに。

「……医仙、共に来てもらいたいところがある」

夜伽の時間になり、医仙宮に渡ってきた琥劉殿下が開口一番にそう言った。なんでも徳妃宮に幽閉状態になっている箔徳妃が、私に会いたいと望んだそうだ。

冤罪ではあるが、箔徳妃が妖女だと疑う者も多く、今日の面会が叶うまでに七日もかかった。きっと、琥劉殿下が会えるよう手配してくれたのだと思う。そう信じられるのは、私が箔徳妃を助けてほしいと訴えたとき、琥劉殿下が言ってくれたからだ。

『わかった。俺がお前にしてやれることは少ないが、俺にできることならどんな不可能も可能に変えよう』

あの言葉は嘘じゃない。実際、琥劉殿下は箔徳妃のために立ち上がってくれた。

「ええ、私も会いたいと思っていたから、行きます」

はやる気持ちを抑えきれず、寝着の上から羽織りを一枚肩にかけただけで医仙宮を出ると、琥劉殿下と共に箔徳妃が休んでいる寝所を訪ねた。

寝台に腰かけ、儚げに微笑む箔徳妃が私たちを出迎える。

「医妃、それから琥劉殿下も……申し訳ございません」

それは足を運ばせてしまったことだけでなく、朝礼殿での出来事も含めての謝罪だろう。

「箔徳妃、顔色が悪いわ」

当然だろうと思われるかもしれないが、頬には赤みがないし、唇も青い。慌ててそばに行こうとしたのだが、箔徳妃に手で制されてしまった。

「そこから、話を聞いてくれる？　今、こうして人と会うのもやっとなの……」

「そ、そうよね。あんなことがあったあと、だものね……」

妖女だと責め立てられ、恐怖を覚えないはずがない。私も妖魔だと罵声を浴びせられたときは、生きた心地がしなかった。

箔徳妃の様子は気になるが、私は琥劉殿下の隣で大人しくしていることにした。

「姜貴妃はどうなるのでしょうか？」

「……廃妃は免れない」

箔徳妃の問いに琥劉殿下が答えた。

「そうですか……でも、そうなれば姜貴妃は死んでしまうでしょう。夢を叶えられず、芯を失ってしまった自分を、貴妃となった自分で保っていたから。だからどうか……」

箔徳妃は額を寝台に擦りつけるように首を垂れた。

「わたくしがすべて仕組んだことなのです。ですから、姜貴妃を殺さないでください」

どうしてそこまで……という目で琥劉殿下が見てくる。

「箔徳妃は姜貴妃に助けられてから、親友として彼女を慕っているんです」

「……そうか。箔徳妃、お前に姜貴妃を庇う並々ならぬ理由があるのはわかる。だが、姜貴妃のしたことをなかったことにはできない。ましてや、なにもしていないお前に罪を着せることも」

「違います！　わたくしが妖力を使って姜貴妃を……っ」

箔徳妃はまだ、姜貴妃を庇うつもりなのだ。

「それは嘘よ。あれから考えてみたの。あなたは朝礼殿で裸になったわね。それは肌に砂糖水を塗っていたからではない？　そうすれば蝶は蜜と勘違いして寄ってくる」

「……！　それ、は……」

「箔徳妃、あなたが姜貴妃を大事に思っているのはわかります。でも、こんな形で守るなんて駄目よ。姜貴妃はきっと、あなたのことをなんとも……」

ここから先は言葉にするのは躊躇われたが、それでも箔徳妃を止めるために言う。

「あなたがどれだけ犠牲になっても、姜貴妃はなんとも思わない」

朝礼殿で箔徳妃に罪を着せられるとわかったとき、姜貴妃は笑っていたのだから。

「……それ、でも……人の本質は、そう変わらない……」

「箔徳妃？」

話す速さが遅くなり、その身体がぐらりと前に傾いた。私は近づくなと言われていたのにもかかわらず「箔徳妃！」と彼女に走り寄る。

床に落ちた彼女をなんとか受け止めると、その顔色が先ほどよりもさらに悪くなっているのに気づいた。急いで脈をとろうと肌に触れると、その体温の低さに驚愕する。

速い脈、全身に冷や汗、小刻みに痙攣する身体、手足などの末端の冷たさ……血圧が急激に下がってる！

「箔徳妃になにがあった」

こちらにやってきた琥劉殿下も膝をつき、私の腕の中にいる箔徳妃を見つめる。

「なんらかの原因で血圧が急激に低下してます！　このままでは、命に関わ──」

答えている途中で、箔徳妃の手が私の服の胸元を掴んだ。

「平気、です……だから、このまま聞いて……うっ」

ごほっと箔徳妃が吐き出した血が、私の顔や白い襦袢に飛び散った。

「え……」

一瞬、頭が真っ白になったが、すぐに我に返る。吐いた血を誤嚥しないよう箔徳妃の顔を横に向けた。

「これは……毒か？」

琥劉殿下の視線は、私の黒変した首飾りに注がれている。先ほど箔徳妃が吐き出した血に反応したのだとわかった。

「そんな……ヒ素だけじゃ吐血しないわ。他にも、胃腸が蝕まれるほどの数の毒を飲んだの？」

「は、い……どうか、私の覚悟を……お受け取り、ください……」

朦朧としながら、箔徳妃はまだそんなことを言っている。

命を懸けるほどの覚悟で、私や琥劉殿下に姜貴妃の情状酌量を訴えていたのだ。

「なんてことを……！　これはショック状態よ。こうなったら、もう……」

「それほどまでに、姜貴妃が大事か」

苦しげに眉を寄せ、そう尋ねた琥劉殿下に少しも迷わず頷く箔徳妃。そんな彼女を見ていたら、涙で目の前がぼやけた。

「なんで……っ、そこまでしないと駄目だったの？　貴妃でなくなったって、あなたがそばにいて、彼女が立ち直るまで支えてあげたらよかったじゃないっ。ふたりで生きる道は選べなかったの？」

「そう、できたら……よかった……のだけれど……」

悲しげに笑い、箔徳妃は自分の髪を結っていた桃色の布紐を外すと、私に手渡す。

「わたくしにとって……麗玉は……いつでも、憧れのお姉様だったと……そう、お伝え……ください……」

「わかったわ、必ず」

布紐と彼女の手を強く握りしめれば、見守っていた徳妃付きの女官がすすり泣く。

「どう、か……あの人を、お救い……くださ……」

ぱたりと彼女の手から力が抜け、固く閉じられた目の端から涙がひとしずく流れていった。箔徳妃を腕の中で看取った私は、込み上げてくる嗚咽を我慢できなかった。

「っ……ああっ……なんでっ、死なきゃいけなかったの？　生きたくても生きられない人だっているのに、死ぬことでしかっ、解決できなかったことなのっ……？」

箔徳妃の亡骸（なきがら）を抱きしめて、人目もはばからずに泣き喚（わめ）いた。

「簡単なことじゃない！　ただそばにいて、手を離さずにいればよかっただけ、じゃない……っ」

それで気持ちが伝わらないなら、わかるまで一緒にいればよかったのだ。

でも、それがとてつもなく難しいことを私は知っている。繋いだ手なんて、ちょっとしたきっかけで、ほどけてしまうものだから。

「……酷な目に遭わせた」

私の肩に手を乗せた琥劉殿下は、控えていた徳妃付きの女官を仰ぎ見る。

「箔徳妃を丁重に弔（とむら）ってくれ」

女官は「はい、殿下……」と震える声で答え、箔徳妃の亡骸を受け取る。それからどう医仙宮に戻ったのかは覚えていない。ただ、琥劉殿下の体温だけを感じていた。それから

箔徳妃が亡くなってから、数日が経った。それで気を紛らわせろとでも言われているみたいに、妃嬪たちの治療を任されていた私は後宮を忙しく渡り歩いていた。

冷宮に入れられている姜貴妃は、箔徳妃が亡くなった事実すら知らないのだろう。

それが心に引っかかっていたが、冷宮へは姜貴妃の処遇が決まるまで足を運べない。

これを渡せるのは、いつになるだろう。

私は後宮の外廊下で立ち止まり、胸元にしまっていた箔徳妃の髪紐を取り出して見つめた。そんな私を気遣ってか、猿翔が明るい声で話しかけてくる。

「白蘭様の治療の甲斐あって、妃嬪たちの肌のただれはよくなっていきましたね」

「え？　ああ、そうね。どうなることかと思ったけど、それに関してはほっとしたわ」

とびひになってしまうと他の人にうつってしまうので、湯浴みは妃嬪たち自身にしてもらい、衣服や寝具は他の人のものと一緒に洗わないよう徹底した。

それから爪を短く切ってもらい、これ以上皮膚を掻いて傷を作り、菌が入らないよう痒み止めを飲んでもらった。それらが功を奏し、部屋から出られるようになった妃

たちが元気を取り戻してくれたのが、なにより嬉しかった。箔徳妃は助けられなかったけれど、私にはまだできることがある。それだけが心の救いだ。

「それにしても、冷えるわね……」

はあーっと両手に息を吹きかける。この寒さの中、冷宮にいる姜貴妃は防寒する服も布団もなく、寒い思いをしているのだろう。当然の報いと思えないのは、箔徳妃が命がけで守ろうとした相手だからだろうか。

珍しく晴れた空を見上げて、私は胸にある消化不良のやりきれない感情を吐き出す。

「ねえ、猿翔。罪って、死んだり体罰を与えたりしたら償ったことになるのかな」

「……？　どうでしょう。極限状態になれば、自分がしたことを悔い改めるのでは？」

「でも、許すか許さないかは相手が決めることよ。自分のしたことに責任を負うなら、小屋に引きこもってないで、傷つけた相手になにかすべきではないの？」

変えられない過去の代わりに良い行いをしたとしても、傷つけた相手への罪は消えない。傷つけた側は思い出すたび罪悪感に襲われ、傷つけられた側はトラウマになる。

「傷つけた相手と向き合おうとすれば、必然的に過去の自分と向き合うことになるわ。そうやって罪を自覚する方が、相手も悪いと思ってるんだって少しは納得がいくんじゃないかな。それが、傷つけられた側と傷つけた側のどちらもが救われる道だと思ってしまうの」

私はまだ、あの平和な世界の価値観で生きているところがある。だから、こんな考え方は甘いのだろうけれど、どうか手当てが遅れて傷が化膿する前に向き合ってほしい。どれだけ時間が経っても、古傷は痛むものだから。

「……お前は、罪人も救われるべきだと言うのか」

空から声の主に視線を移すと、英秀様と武凱大将軍を引き連れて琥劉殿下が歩いてくる。後宮は男子禁制だが、皇子の琥劉殿下がいれば男の側近でも入れるようだ。

「琥劉殿下、どうしてここに？」

「姜貴妃の廃妃が決まった」

それを伝えに殿下自ら？　忙しいだろうし、宦官や女官に言伝を頼んだらいいのに。

私の前で立ち止まった琥劉殿下を、戸惑いながら見上げていると――。

武凱大将軍がニヤニヤしながら、琥劉殿下に視線をやる。

「それを伝えに来ただけじゃねえだろ、殿下。箔徳妃のことで嬢ちゃんが悩んでないか、心配で様子を見に来ちまったんだよなあ？」

「えっ、そうだったんですか？」

驚いて琥劉殿下を見ると、ばつが悪そうに顔を背けられた。その耳が心なしか赤い。

「……話の腰を折るな」

武凱大将軍をため息交じりに窘め、琥劉殿下はようやく私と目を合わせた。

「姜貴妃の処遇に、納得がいっていないようだな」

「納得がいってないというか……姜貴妃を閉じ込めたところで、被害者の傷が癒えるわけではないですから。中には姜貴妃が冷宮に閉じ込められたり、廃妃になることですっきりする人もいるかもしれないけど……」

「だが、罰は必要だ。罪を身をもって感じさせるために」

「傷つけてしまった相手に対して、行動を起こすことが誠意。どれだけ償っても、『自分が楽になりたいだけだろう』『許せるわけがないだろう』って反発されるかもしれない。でも、そのときに感じた痛みを受け止めていくことが本当の罰。違う？」

心から悔いるために、痛みを知るのだ。でなければ、姜貴妃は箔徳妃の死を悼むことすらできない人間になってしまう。それを箔徳妃は望まない。

「姜貴妃に温情をかけるのですか？　あれだけのことをしでかしているというのに」

「では英秀様は、姜貴妃の破滅をお望みですか？」

私の視線を受け、わずかに英秀様が身を引く。それを武凱大将軍は「ほう」と、なぜか感心した様子で見ていた。

「人間なにもしなくたって、明日には世界が終わっているかもしれない。なら、死ぬのも絶望するのも人生を諦めるのも、今じゃなくたっていい。どんな人だって過ちを犯します。私は……やり直す機会が誰にでもあったらいいって、そう思います」

「機会を与えられても、更生できない者がほとんどですよ」

「そうかもしれません。でも、箔徳妃が言ったんです。それでも人の本質はそう変わらないって。だから私も、箔徳妃が命を懸けられるほどの相手を信じてみたいんです」

「そ……うですか。なら、勝手にしなさい」

英秀様が引き下がると、武凱大将軍が「がっはっは！」と盛大に笑い、私の頭に手を乗せる。

「あの英秀を狼狽(うろた)えさせるたあ、さすがだ。嬢ちゃんは甘いけどな、俺はその考え方は好きだねえ。若いもんは先が長いんだ、今変わることができりゃあ、傷つけたぶん誰かを救える人間になってるかもしれねえな、姜貴妃様も」

言いたかったこと、全部代弁してくれた……。武凱大将軍って、お父さんみたい。

自然と口元が緩んだとき、琥劉殿下が武凱大将軍と私の間に割り込んできた。

無言で前に立ち続ける琥劉殿下に「あの?」と困惑していると、武凱大将軍がまたニヤニヤする。琥劉殿下は居心地悪そうにしながらも、私に向き直った。

「お前はどうしたい」

「琥劉殿下……私は、箔徳妃をこの腕の中で看取りました。私には、彼女の想いを彼女の大切な人に伝える責任があります。でも、そのためには後宮に来て曇ってしまった姜貴妃の目を覚まさなくては」

真っすぐに琥劉殿下を見つめて、私がすべきことを伝える。静かに私の視線を受け止める琥劉殿下の瞳は、その覚悟を試しているようで緊張した。

「お前がどう姜貴妃を変えるのか、この目で見たくなった」

琥劉殿下がくれた答えに、じわりと胸が熱くなる。

向けられているのは期待か、求められているのは一時の戯れか、ただの気まぐれか、琥劉殿下の揺らがない表情からは読み解けない。

でも、この悪意と陰謀が渦巻く世界にいれば、嫌でもわかってしまう。気を張っていなければ足元を掬われ、今の地位を簡単に失う。医仙の私が妖魔として査問会にかけられ、死罪になりかけたように。皇后に最も近かった姜貴妃が廃妃になったように。

琥劉殿下が感情表現に乏しいのも、城の人たちが余裕な態度や笑みの裏側に本心を隠しているのも、弱みを見せた瞬間に死が待っているからだ。そうして心を殺しているうちに、感情が石になってしまったのだろう。この城という世界に、琥劉殿下は絶望している。そんな彼が私になにかを求め期待するというのは、たぶん特別なことだ。

「……わかりました」

この人の感情を揺さぶりたい。だから、真剣に応えてみることにした。どんなに情に訴えかけても頑なに動かない琥劉殿下の無表情を、今度こそ崩してやるために。

「どんなに瞳が曇り、飛び方を忘れた鳥も、空の青さを見れば自然と羽ばたきたくなし上げます」

るはずです。命を絶たずとも得られるものがあるって、そんな希望を殿下に見せて差

「なに、私を笑いに来たの？」

冷宮に来て早々、手痛い歓迎を受けた。廃妃になることを悟っているのか、なげやりな態度だが、取り繕わないこの姿こそが素の姜貴妃なのかもしれない。

「そう言えば、顔のただれよくなったのね。今度からは専属女官が用意したもの以外の洗顔水で安易に顔を洗わないことね」

「専属女官が用意したものじゃないって知ってるってことは、あの毒入り洗顔水もあなたが？　酷いわ、あの日は最悪な朝だったのに、追い打ちをかけるなんて」

強気に振る舞ってはいるが、寝台に腰かけている姜貴妃の髪は以前の艶がなく乱れたまま下ろされ、肌襦袢だけでいたせいか手にもしもやけができ、寒さに震えている。

「ここへは、あなたの親友のために来ました」

それから自分のためでもある。なぜかあの人の心を動かしたくて、なぜかあのがらんどうの瞳に驚きや喜び、なんでもいいから感情を映してほしくて。

私は彼女の前に立つ。後ろにある冷宮の扉の向こうには琥劉殿下たちが待機しているのだが、姜貴妃には言わなかった。殿下の前では本音を口にできないと思ったから。

「……これを」

胸元から箔徳妃の髪紐を取り出し、彼女の前に差し出した。腕組みをしてそっぽを向いていた彼女は、ちらりと髪紐を見やる。

「それ、箔徳妃の髪紐じゃない。なんで、あんたが持ってるのよ」

「これがわからないほど目は曇ってないのね、安心した」

「だからどうして、それをあんたが持ってるのかって聞いてるのよ！」

姜貴妃は噛みつかんばかりに叫んだ。彼女がこれを酷な事実だと受け止めてくれたらいい、そうでなきゃ箔徳妃が浮かばれない。

「――箔徳妃が自死しました」

「箔徳妃が、死んだ……？」

今、姜貴妃の頭の中で、私の言葉が繰り返し響いていることだろう。

「あはは！　なにその冗談、笑えない」

「そうね、冗談じゃないから。これは、彼女を看取ったときに預かったんです」

引きつった笑みを浮かべていた彼女は、すっと表情を消し、声を低くして言う。

「……いつ？　いつよ、あの子が死んだの」

「四日前です」

姜貴妃は「はっ」と吐き捨てるように笑う。

「すぐに教えてもらえなかったのは、私がもう後宮妃じゃないから？」

食ってかかってくる姜貴妃だが、虚勢であることは強張った顔を見ればわかった。

「そんなこと、重要ですか？　もう箔徳妃はいないのに」

「あんた……なにが言いたいのよ！」

姜貴妃は目を吊り上げて立ち上がり、大股で歩いてくると、私の胸倉を掴む。だから私も、姜貴妃の胸倉を掴み返した。

「そんなことより、箔徳妃の最期を聞くとか、ないのかって言ってるのよ！」

箔徳妃にとっては親友でも、私にとっては別に特別な相手じゃない。それでも自分の神経を擦り減らして向き合うのは、箔徳妃が私に親友を救ってと頼んだからだ。

「それともなに？　自分が奪ったものをまざまざと見せつけられるのが怖くて、話題を避けてるの？」

「好き勝手言って……あんたになにがわかるのよ！」

「……っ」

ドンッと思いっきり突き飛ばされた。床に転がった私の上に姜貴妃が乗ってきて、容赦なく頬を引っかいてくる。

「女なのに好きなように生きられたあんたには、わからないわよね！　女ってだけで、夢も女としての幸せも奪われた人間の気持ちなんて！」

「……っ、それは薬師になりたかったっていう夢のこと？」

姜貴妃の腕を掴んで、私を引っ掻く手をなんとか止めながら尋ねる。

「そうよ！　私が薬店の娘だってことは知ってる？　生まれたときから薬草に囲まれて、弟と一緒に薬学を学んだわ。私の方が人一倍勉強もしたし、自分で言うのもなんだけど、薬師として優秀だったと思うわ。でも……！」

眉を寄せ、姜貴妃は怒りをぶつけるように言葉を放つ。

「跡を継げるのは、長女の私ではなくて男に生まれた弟！　女は薬師にすらなれないのよ！　当然、父様も母様も跡継ぎの弟の方が可愛くて、弟が怪我をしたりすると、『お前がついていて、どうしてこうなった！』って、私を叱りつけたわ！」

大臣になるにも、医者になるにも、まずは男に生まれなければならない。女は子供を産み育て、夫を支えるのが当然の役目だというのがこの国の人の考え方だからだ。

「この世に生を受けた瞬間から将来が決まってるなんて、不公平よ！　でも、薬店にいれば、私が学んだことを生かす機会はある。それで弟を助けていこうって、そうやってなんとか自分を納得させてきたの！」

どうして自分だけがって、歯を食いしばることもあっただろう。それでも姜貴妃は、どんな状況でも今の自分にできることをしようと頑張ったのね。この苦悩を知っていたから、箔徳妃は彼女の味方でいられたのかもしれない。

「でも、父様が弟に店を任せて、薬師として紅禁城でお勤めを始めると、どんどん出世していって……四大臣にまで上り詰めた。それでもまだ自分の地位に満足できなかった父様は、私を後宮に入れると言い出したわ！」

「姜貴妃が皇后になれば、父である姜大臣は一気に権力を握ることができるから？」

「そうよ、自分が四大臣の中でも優位な立場でいられるように、私を出世の道具にしたのよ！　私がどれだけ薬師として生きたかったのかを知っていたのに！」

出世の道具……他人事とは思えなかった。琥劉殿下にとって、私も同じようなものだったから。でも、今は少し違う。利用されてる事実に変わりはないけれど、琥劉殿下なりに私を尊重してくれているんじゃないかと思えることも増えた。

「それに、私が後宮に入れば、うちの薬店は皇室といい取引ができるようになる。『役立たずの女に生まれたんだから、それくらいは親孝行しろ』って、家族は誰も止めてはくれなかったわ。だから……っ」

姜貴妃の腕から力が抜けていく。その刺々しい空気を静めた姜貴妃は天井を仰ぎ、自嘲的な笑みをこぼした。

「半ば意地……だった。私の価値を見せつけてやるんだって、伽椰琴（かやきん）に舞踊、書に所作に美しさを保つために、できることはなんでもやった。皇后になるために、血の滲むような努力をしてきたわ。そうすれば、私を見てもらえると……思ったから……」

私を見てほしい、それがすべてなのだと悟った。姜貴妃だけでなく他の妃たちも、この後宮で必死に自分の価値を見出そうとしてきたのだ。

「でも、全部無駄だった。殿下はあんたが来るまで一度も、夜に後宮へ渡られることはなかったのよ。そのくせ、あの子にだけは手を差し伸べた」

御花園で転んだ箔徳妃を、琥劉殿下が助けたときのことを言っているのだろう。

「私、心のどこかで、あの子を自分より下に見てたんだわ。だから、あの子だけが殿下の視線を奪えたことが許せなかった。ああ、私はあの子以下なんだって、無性に腹が立ったの」

「あなたのその脆さを箔徳妃は理解して、そばにいてくれたのではないの？」

「……っ、そうよ。少し手当てしただけなのに、あの子だけが私をすごいって褒めてくれた。歳も変わらないのに、お姉様って……慕って、くれて……」

つううっと姜貴妃の頬を伝っていく涙が、私の顔に落ちてくる。

「お化粧を真似してきたり、伽椰琴を教えてほしいって頼ってきたり、あの子がいたから、私は……自分を認めてもらえたように、思えて……救われて、た……っ」

失ったものの大きさを今になって知るのは、身を切られるような痛みだろう。

「わ、私……謝らなく、ちゃ……あの子に謝らなくちゃ……」

魂が抜けたように呆けた顔で、姜貴妃は私の上から退くと、ゆらゆらと冷宮の出口に向かおうとする。私はその痛々しい背中を呼び止めた。

「謝る機会はもうないのよ、姜貴妃」

ぴたりと彼女の足が止まるが、現実を拒絶するように、こちらを振り返らない。

「箔徳妃に何度もその機会を与えてもらったはず。でも、それをあなたが自ら潰した」

例えば蝶の毒を浴びせたとき、例えば朝礼殿で庇ってもらったとき、いくらでも彼女の信頼に報いる機会はあったはずだった。

でも、姜貴妃はむしろ箔徳妃に罪を着せられてツイていると思った。後悔が先に立たないことを、姜貴妃は身に染みて感じているだろう。

「そう……もう、謝ることすら……できない、のね……」

虚ろな目をした姜貴妃は、地面に落ちている箔徳妃の髪紐を見つける。おぼつかない足取りでその前まで歩いていき、崩れ落ちるように座り込んだ。

「下劣で卑しい……私、本当に下種ね。琥劉殿下の寵愛を奪われてしまうかもしれないって、勝手に嫉妬して……あの子を傷つけた。だって、あの子は本当にいい子だから……そうなったら、私の価値をなにで証明したらいいのって、焦って……」

唇をわななかせながら、震える手で髪紐を掬い上げる姜貴妃。彼女の周りだけ、時が止まっているように見えた。

「私の廃妃が決まれば、殿下も家族ももっと私を見てくれなくなる。あの子だけだったのに……何者にもなれなくても、私を肯定してくれたのは……っ」

　そんな人を手放してしまったのだと、後悔が伝わってくる。両手で顔を覆い、肩を震わせて泣いている姜貴妃は、今ぽっきりといろんなものが折れてしまったのだろう。

『姜貴妃は殿下のいちばんになることがすべてだと思っているけれど、本当はそうじゃなかったはず。思い出してほしいの、本当の自分を。だからどうか、姜貴妃を救ってあげて』

　箔徳妃の声が聞こえた気がして、私は目を閉じると深呼吸した。

　人間、いつかは死ぬ。世界だって唐突に壊れる。だったら、この世界でひとりくらいは、手を差し伸べたっていいじゃないか。その相手が重い罪を犯していたのだとしても、武凱大将軍の言うように今変わることができれば、傷つけたぶん誰かを救える人間になっているかもしれないのだから。

「誰かに大切にされたり、認められたりすることで自分に価値や存在意義を感じられるのはみんなそう。でも、それが琥劉殿下やお父様だけでなくてもいいんじゃない？」

　頑張っても頑張っても報われないとき、心は無気力になってしまう。

　あの世界では女も男と肩を並べて働けたけど、ここでは違う。姜貴妃のような女人には生きづらいだろう。この世界でも生き方を選べた私は、恵まれていたのだ。

「いろんな幸福の形があるとは思うけど、私はずっと医術と生きてきたから、誰かを助けられたことに満たされた気持ちになる。愛されるだけがすべてじゃないって、誰よりも知っていたのは、あなたでしょう？」

私は姜貴妃のもとへ行き、背中合わせに座り直した。

「それにね、人の気持ちって天気みたいに、時間とか気分とか立場でコロコロと変わってしまうものよ。そんな頼りない他人の判断に自分の価値を任せても、あなたが欲しいものは得られないと思う。他人任せにしない価値ある自分を見つけるの。私にとっては医術がそれ、あなたにもあるでしょう？」

「私にも……でも、珠燕の未来を奪った私が、なにかを望むこと自体が許されないっ」

口にするのを躊躇っている姜貴妃の背を押すように、彼女の手に自分の手を重ねた。

「もし、あなたに望む未来があって、それを箔徳妃に申し訳ないと思うから言葉にできないのだとして、箔徳妃が死んだっていう事実が変わるの？　あなたがどれだけ自分を戒めたところで、傷つけた人の傷は消えないし、箔徳妃は帰ってこない。その罪は一生背負っていくしかないわ」

「私には背負いきれない……重すぎる……っ」

「そう、重いの。だから、その贖罪を放り出して死ぬことも、もってのほかよ」

誇りや意地、誰かを守るため、罪を贖うため、この世界の人は簡単に命を捨ててしまうけど……。

「人生なんて、きっとほとんどが後悔でできてるのよ。その中で人を傷つけても悔やむことすらしない無神経な怪物だっている。でも、あなたは今ちゃんと傷つくことができたじゃない。あなたにはまだ心がある、怪物にはならなかった人間よ。過去はどうにもならなくても、これからの人生はいくらでも変えられる。生きている限り」

私は一度だけ繋いだ手に力を込め、立ち上がる。そして扉の方へ歩いていき、バンッと勢いよく開け放った。その向こうには、目が覚めるような青空が広がっている。

「わたくしにとって麗玉は、いつでも憧れのお姉様だった」

「……！」

姜貴妃は勢いよく振り返った。

「箔徳妃がそう伝えてほしいって。彼女があなたにどう生きてほしいと望んでいたのか、あなたがいちばんわかっているんじゃない？」

「珠燕……っ、馬鹿な子。死に際まで、なんで私のことばっかなのよ！」

くしゃりと顔を歪める姜貴妃。その諦めに満ちていた瞳が大粒の涙を流していくたびに澄み切っていく。

「籠の扉は開いてるわ。飛ぶかどうかはあなたが決めて」

手を差し伸べれば、姜貴妃は外の世界に焦がれるように腰を上げる。

「私、あの子に憧れのお姉様だって言ってもらえるような自分でいたい。あの子が教えてくれた、私自身が大切にしたいと思えた自分の価値を、誰かの声で見失うことはしたくない」

額に箔徳妃の髪紐をくっつけ、姜貴妃は目を閉じる。そして、その布紐で髪をひとつにまとめた。

「もし、もう一度……飛んでもいいのなら……私、薬師に……薬師になりたい——」

こちらへ歩いてきた姜貴妃が、私の手を取る。一緒に冷宮を出ると、そこで待っていた琥劉殿下の存在に気づき、姜貴妃は瞬きすら忘れて立ち尽くしていた。

「飛び立つ前に、成すべきことを果たせ。そうすれば、空はどこまでも開けるはずだ」

琥劉殿下の言う成すべきことというのは、犯した罪に向き合うことだろう。それを理解した姜貴妃は瞳に涙の膜を張り、その場に膝をつく。

「今、殿下の瞳に自分が映っているのだと実感できます。私が後宮妃であろうとなかろうと、関係なかったんですね……。私がただ殿下の興味を引く対象でなかっただけ。当然です、今までの私は誰かに好かれるような人間ではなかった。珠燕を除いて」

その言葉に、琥劉殿下はわずかに目を開いた。廃妃となったことを悟っているだけでなく、傲慢さもなくなり、どこか吹っ切れている姜貴妃に驚いている様子だった。

「殿下、廃妃の私がこのようなお願いをするのは、厚かましいとは思いますが……」

「構わん、申してみよ」

「……私は、自分が傷つけてしまった人たちに償いたく思います」

「償うとは、具体的にどうするのだ。口先だけなら、いくらでも言える」

厳しく突き放したのは、その覚悟を試してのことだろう。負けるな、と私は姜貴妃を見つめる。姜貴妃は緊張の面持ちで喉を鳴らし、それでも殿下から目を逸らさない。

「はい、薬を作りたく思います。後宮妃たちの肌を治すための薬を」

黙っている琥劉殿下に、英秀様は懸念を口にする。

「殿下、毒を広めた人間の薬ですよ。よろしいんですか？」

「……医妃の監視のもとであれば、許可する。叱責を受けることもあるだろう。だが、それでも続けるか、逃げ出すのかは、お前が決めることだ」

琥劉殿下の許可が出ると、姜貴妃は深々と拝礼をした。

「恐悦至極にございます、殿下……っ」

こんな場所でも希望はある。そんな光が少しでも多く琥劉殿下の暗い瞳に差し込めばいい。その闇が薄まれば、琥劉殿下の見る世界も少しは明るくなるのではないか。そんなことを思いながら琥劉殿下を見つめていると、ぱちっと目が合ってしまう。

「その頬……」

琥劉殿下の手が触れるか触れないかの絶妙な距離で、私の頬に添えられる。

「ああ、これですか。そこの猫に引っかかれました」

姜貴妃を指差せば、「猫？」と英秀様や猿翔が首を傾げた。姜貴妃はというと、らしくなく萎れたように「悪かったわよ」と俯いている。

まったく……手がかかる。私は息をついて、膝をついたままの姜貴妃の前に立った。私を見上げた彼女に、にこりと笑ってみせる。

「悪かったで済むなら、警吏はいらないのよ？」

そう言って、手加減なしに姜貴妃の頬を引っ叩いた。それに絶句する皆はさておき。

「な、なにすんのよ！」

頬を押さえ、涙目でびびっている姜貴妃の前にしゃがむ。そして膝に肘をつき、両手に顎を乗せ、頬杖の姿勢で彼女を見た。

「これで喧嘩両成敗よ」

ふふっと笑えば、姜貴妃は目を丸くした。それから、ぷっと吹き出して泣き笑いを浮かべる。

「やっぱ、あんたおかしい」

随分な言いようだが、気が強くて裏がない彼女の方がずっといい。

箔徳妃、私にできることはそう多くないけれど、あなたの親友は私が連れていくね。彼女が自分の道を歩き出すまで、できるだけ遠い先の未来まで。

「喧嘩両成敗……」

取っ組み合いで傷だらけ、髪もぼさぼさ。そんな私たちを見ていた琥劉殿下はそう呟き、微かに口端を上げた。

あ、初めて笑った……。

とくんっと鼓動が音を立てる。昼間の日差しを浴びた琥劉殿下の笑みは眩しくて、私は目を細めながらそれを眺めた。

たぶん、山小屋の薬草園で泥をつけ合ったときのことを思い出しているのだろう。ちゃんと笑えるんじゃない。こんなのを見せられちゃったら、願わずにいられない。少しずつでいい、琥劉殿下の瞳に光が差し込みますように、と。


冷宮の一件のあと、姜貴妃は正式に廃妃となり、身分を持たない姜麗玉となった。ふたりで毒の被害に遭った妃たちの治療にあたったが、当然彼女は『毒妃の治療なんて受けられないわよ！』と責められ、時には作った煎じ薬を投げつけられたりもした。

『麗玉、どうする？　もうやめる？』

煎じ薬を頭から被り、床に座り込んだままでいる麗玉の方を見ずに問う。一緒に行動するようになり、私たちはお互いを名前で呼び合う仲になった。

『やめないに決まってる、でしょ……だって、これが私の受けるべき罰だもの。それに、あの子が好きになってくれた自分をもう裏切らないって決めたの』

麗玉は箔徳妃から貰った形見に触れる。彼女から貰った布紐はふたつに切られ、頭の両側にあるお団子のところに結びつけられている。私にとっての約束のように、それが彼女の心の安定剤であり、前に進むためのお守りになったようだ。

麗玉はちゃんと、傷つけられた側の痛みを受け止めている。だから私は、箔徳妃のことを抜きにしても彼女のそばにいてあげたいと、そう思うんだろう。


「お前の目から見て、あれはどうだ」

夜、医仙宮に渡ってきた琥劉殿下が寝台に腰かけたまま尋ねてきた。

かまどの前で麗玉と過ごしたこの一週間を振り返っていた私は、琥劉殿下の煎じ薬を器によそいながら答える。

「麗玉はめげずに、自分のやるべきことをやっています。それに、薬師としても学ぶことが多いです」

麗玉が作る『十味敗毒湯』は化膿する皮膚の病によく効き、妃たちの肌が綺麗になった。

「医仙のお前でも知らぬことがあるのか」

私はもともと看護師だ。それにあの世界では漢方に触れる機会はそうなかったので、薬師に比べれば私の知識なんて遠く及ばない。

「薬って、睡眠薬ひとつとってもいろんな種類があるんです。寝つきが悪いときの薬、熟睡できないときの薬、それから琥劉殿下のように……心の不調から眠れないときの薬というように」

　麗玉に調合を手伝ってもらったこの煎じ薬は『加味帰脾湯（かみきひとう）』といって、精神不安による不眠に効く。それをこぼさないよう、私は琥劉殿下のもとへ行く。

「ここでは不眠は不眠でしかないので、その原因はお構いなしに睡眠薬を出してきますが、麗玉は私が欲しい薬を適切に用意してくれます」

　差し出した煎じ薬を飲む琥劉殿下の隣に座り、私は思い切って頼んでみる。

「私は、麗玉が欲しいです」

　そう言った瞬間、琥劉殿下がぶほっと煎じ薬を吐き出した。

「殿下!?　貴重な薬を吐き出すなんて！」

　慌てて手ぬぐいで琥劉殿下の口や衣を拭いていると、彼は苦い顔をこちらに向ける。

「……心配するのは薬だけか」

　それはどういう意味？　自分の心配をしてほしかったってこと？

　なんでか照れくさくなり、私は琥劉殿下から視線を逸らした。

「や、火傷をするほど熱くした覚えはありませんよ」

　琥劉殿下は気落ちした様子で私を見たあと、意を決したような面持ちになった。

「……お前に聞いておきたいことがある」

改まった口調で言うので、私も身構えてしまう。

「お前は……女人が好きなのか」

頭の中で『女人が好きなのか』という言葉が三回ほど響き渡った。

「は、はあ？」

なに今の、空耳？

つい素っ頓狂な返事をしてしまうと、琥劉殿下は気まずそうに続けた。

「湯浴みでは、猿翔と仲睦まじくしていた。麗玉のことも欲しいと言ったではないか」

「猿翔は、私が溺れそうになってたのを助けてくれただけよ。麗玉のことも、前々から私の専属薬師がいてくれたらなって思ってたから、お願いしたんです。おかしな勘違いをしないで」

まったく、改まってなにを言い出すかと思えば……。半ば呆れつつ敬語も忘れて説明すれば、琥劉殿下は「そう、なのか？」と失礼なくらいに目を瞬かせていた。

「それで、麗玉は私にいただけるのでしょうか」

「お前があの山小屋のときのように、気兼ねなく俺に接するというのなら、医妃付き薬師として取り計らう」

「そ……んなことでいいんですか？」

敬語を使う私に、琥劉殿下は無言の圧を放ってきた。

「あ……わかったわ、敬語はやめるから」

「……いいのか？　お前は俺を憎んでいるだろう」

いいのかって……自分で要求したくせに、なにを今さら。

でも、私も人のことを言えない。騙されて攫われてきたのに、自分を利用しようとしている相手なのに、気づけばこの人の心配ばかり。

「私にも、自分の気持ちがよくわからないの。出会ったときから、どうしてか……あなたの無表情以外の表情を見てみたい、そんなふうに思ってしまうのよ」

たとえどんなに、この人を遠く感じても。

琥劉殿下はなぜか切なげに眉を寄せ、じっと私を見つめたあと、静かに目を伏せる。

「……冷宮で、俺は初めて姜麗玉という人間を見た気がした。皇太后が勝手に連れてきた後宮妃のことなど、少しも眼中になかった。俺にはそれよりも目を光らせておかねばならない政敵がいるからな」

自分の思いを語るその姿は、朝礼殿で声を張り上げていた琥劉殿下と同一人物とは思えないほどに小さく見えた。

「女でなければ、後宮妃でなければ、父に認められるために……そんなしがらみを脱ぎ捨て、籠の外に出た姜麗玉の目は、俺とは違い輝いていた。あんなふうに、自分もしがらみから解き放たれ、変われるのなら、どんなにいいだろうと……思った」

空に焦がれる鳥のように、琥劉殿下は天井を見上げる。

「麗玉は罪を忘れたわけではないわ。でも、それを誰かを助けていくことで昇華しようとしてる。そう踏み出させたのは箔徳妃の存在があったからで、大切な誰かがひとりでもいれば、人は何度落ちても、何度でも飛べるものなのかもしれないわね」

私は琥劉殿下の顔を両手で包み込み、目を合わせる。

「あなたをがんじがらめにしてるものをどう昇華していくのか、自分なりの答えを見つけられれば、あなたも飛べるわ。それを一緒に探していきましょう」

「……やはり、お前はお人好しだ」

あ、また笑った。

琥劉殿下の唇に、苦い笑みが滲んでいる。それだけで、鼓動がとくんっと跳ねた。

「俺に酷い目に遭わされているというのに、俺を励ますなど」

「あなたも大概よ。箔徳妃を看取ったとき、私は取り乱したでしょう？　そんな私に夜通し寄り添ってくれた。利用しようと思ってる相手にすることじゃない」

あの晩、私は自分の無力さに途方に暮れていた。彼女の目的にも気づかず、犯人を見つけてしまったこと。毒薬を飲んで苦しむ彼女に、なにもできなかったこと。そのすべてが一気にのしかかってきて、自分の足で立ち上がれなくなっていた。

「……見ていられなかったからだ。俺がこの後宮に連れてきたせいで、お前の心が壊れていくかもしれないと思ったら……恐ろしくなった」

「あなたは……私の心を守ろうとしてくれたのね」

琥劉殿下は『優しくするのは打算からだ』と言ったが、それだけではないと、ちゃんとわかったから、もう彼から目を背けなかった。

「今度は私が支えるわ。あなたが自分の抱えるものに向き合えるように。私はあなたの心を治す夜伽係だから」

「白蘭……感謝する。こんな俺に、まだ真心を尽くしてくれること」

私は笑みを返し、一旦寝台を離れると、文机の上にあった帳面を手に琥劉殿下の隣に戻る。

「琥劉殿下は自分の気持ちを表に出すのが苦手なようだから、この帳面に日記をつけて。文字でその日に感じたことを綴って、心の状態を把握しておくの。心と身体は一体だから、今日は調子が悪いなと思ったら必ず休む。どちらも労わらないと」

「わかった、明日から実施する」

「ええ、一日の終わりに提出ね。さあ、もう横になって。睡眠薬が効いてくる頃よ」

私は琥劉殿下を自分の寝台に寝かせる。一応、名目上はこの医仙宮に通っていることになっているので、琥劉殿下がここに泊まるのは初めてではない。

「お前は……また、患者用の寝台で眠るのか」

「ええ、そのつもりよ」

「こちらの寝台で眠ればいい。ふたりで寝ても余る広さだと思うが」

「え……冗談？　ちょっと笑えないわ」

「……？　本気だ。お前の身体に無理をさせたくない」

自分がおかしなことを言っているとは、微塵も思っていない顔だ。まさかの天然？

「あのね、皇子殿下の寝込みを襲ったとか、そういう罪で私の首が落とされたら、殿下に縫合ができるの？」

「……それこそ笑えない冗談だ」

不服そうな琥劉殿下に布団をかければ、その瞼がゆっくりと閉じられた。

「ふふ、おやすみなさい、琥劉殿下」

「ああ、白蘭も……」

——え！　今、名前を呼ばれた気がした。それも、ものすごく自然に。

すやすやと寝息を立て始めた琥劉殿下に、私は脱力して寝台に座る。とくとくと、うるさい胸を鎮めるように手で押さえ、琥劉殿下の寝顔を見つめた。

やっぱり私は、この人が気になってしょうがない。

明確な理由はわからないけれど、ほっておけないと心が何度も訴えかけてくるのだ。

三章　仕組まれた狩猟大会

「これは、私に喧嘩を売っているわけではないのよね？」

私が琥劉殿下の顔の前に突きつけたのは、数日前から始めている例の日記だ。琥劉殿下の心の調子を把握するためのものなのだが、その内容がまあ酷い。

【寅の刻、起床】【卯の刻、朝餉をとる】【辰の刻、朝議に出る】【巳の刻、政務にあたる。滞りなく遂行】……で、最終的にこうだ。

「【特筆すべきことなく、一日を終える】……じゃない！　そうじゃないのよ！」

何日かは様子をみようと思っていたのだが、こう一文字も違えず同じ内容で提出してくるので、もう言わずにはいられなかった。

「これじゃあ、ただの時間割りじゃない！」

「……他に書くものが思いつかなかった」

琥劉殿下の眉尻がわずかに下がっている。日記の書き方がわからないというよりは、心動く出来事がなかったのかもしれない。

「あのね、朝起きて初めに感じたことは？」

「……特にない」

夜の静けさと薬草の香りに包まれた室内で、私は琥劉殿下と寝台に広げた日記帳を覗き込んでいた。

「朝餉はどうだった？　おいしかった？」

「美味いも不味いもない」

「そ、そう……じゃあ悪夢の方は？　薬を処方してから、私が見る限り、よく眠れてるみたいだけど……」

「それは……問題、ない」

淡々と答えていた琥劉殿下の歯切れが悪くなり、私は眉を顰める。

最初の夜伽の日は私が先に寝てしまい、琥劉殿下は眠っていなかったので悪夢を見ることはないだろうが、それ以降は薬を飲んだあとにうなされたりもなく寝息を立てて眠っている。その間、琥劉殿下が悪夢に苛まれてもすぐに起こしてあげられるようにしばらく見守っていたのだが、一度もそういう素振りは見せなかった。

熟睡できているのならいいことなのだが、琥劉殿下の不眠の原因は心の傷。睡眠薬や抗不安薬をいくら使おうが、簡単によくなるものではない。

「あなた、まさか……」

私がにじり寄ると、琥劉殿下は微かに狼狽えた様子で身を仰け反らせる。やましいことがないなら、はっきりそう言えばいい。そうしないということは――。

「今まで寝たふりをしてたのね!?」

琥劉殿下を寝台に押し倒し、その顔の横にバンッと両手をつく。瞠目する琥劉殿下の頬をこれ見よがしに引っ張った。

「……おひ、はひほふふ」

「おい、なにをする……じゃない！　眠らないって、本当に危険なことなのよ!?」

なんで今まで見破れなかったんだろう。琥劉殿下は思っていることを言わない、顔に出さない、隠してしまう。強引にでも聞き出さないと、本心を見せてくれない。

「私の観察不足のせいね……」

琥劉殿下の頬を摘まんでいた手から、力が抜けていく。

初めから心を開いて、あれこれ話してくれる患者ばかりではない。そもそも誰かに相談して頼ることができているなら、心の病になんてならなかっただろう。

琥劉殿下の立場上、気持ちを外に出さないように生きてきただろうから、それを私が引き出してあげなければいけなかった。

「それができなかったのは……私があなたのことで悩んだり、心を振り回されるのが嫌で、あなたに目を向けてこなかったのもあるんだわ」

私情で患者をちゃんと診られないなんて、医療者失格よね。

情けなくて項垂れていると、琥劉殿下は首飾りに触れてくる。前屈みになったとき、胸元から出てしまったようだ。

「……嫌いな相手の治療をしているのだから、仕方ない。お前が気に病む必要はない。それに、治療を頼んでおいて、眠れているふりをした俺がそもそも悪い」

「なんで、そんな嘘を？」

「……後宮は気を張るだろう。慣れない場所に来たばかりで、さらにお前に負担をかけるようなことはしたくなかった」

そう言ったあと、琥劉殿下は自嘲気味に続ける。

「自分でも、なぜこう矛盾した行動をとってしまうのか……皆目見当もつかない。お前に治してもらうために、利用するために攫ってきたというのに」

「……それよ。あなたが私を突き放したり、優しくしてきたりするたびに、どっちが本当のあなたなんだろうって戸惑うわ」

私を利用するために優しくするなら、ずっとそのふりをしていればいい。

なのに琥劉殿下は『優しくするのは打算からだ』と、わざわざ私を傷つけるようなことを言って距離をとろうとした。

「あなたは私の意思を無視して、即位に役立つからと後宮に閉じ込めた。そのくせ、泣いていれば涙を拭ってきたり、つらいときには夜通し寄り添ってくれたりする」

「お前を突き放したのは……攫ってきたくせに、優しくする権利などないと……思ったからだ」

琥劉殿下は私が吐き出した想いに、たどたどしく返事をくれる。

「俺がここへ連れてきたせいで、お前は恐ろしい目に遭っただろう。俺を責めている方が楽なら、その役目は俺が背負うべきだ。だが、お前は普通の女と違った。俺を責めたって、自分が解放されるわけでもないからと、ここで生き抜こうとしていたな」

あれは、暗くなるのも悩むのも嫌で言った強がりでもあった。

『私は約束を果たす、そして自由になるため。あなたは病を治して皇帝になるため、協力関係になる。これはいわば、利害の一致です』

お互いに利用し合ってると思った方が、いくらか胸の痛みが和らぐと思ったのだ。

「お前が俺のために、そう言ったわけではないのはわかっている。だが、あのとき、自分も俺を利用するのだから、これは協力関係だと言われて、心が軽くなった。お前が塞ぎ込むことなく、前を向いていてくれたことに救われた」

「それって……あなたは私を攫って来たことに、罪悪感があったってこと？」

「攫ってきたこともだが……力を貸してほしい、ついて来てほしいと、お前の真心を信じて頼めなかったことを後悔している。お前はきっと、話せば助けてくれただろう」

その言葉を、私はずっと聞きたかったのだと思う。

「……っ、私ね、あなたの言う無意味なあの時間の中で出会ってしまった、どこか寂しげなあなたの姿が、ずっと頭にこびりついて離れなかった」

寂しくこぼれ落ちた琥劉殿下の一言が忘れられない。

『こんなふうに、無意味な時間を過ごしたのは……初めてだ』

勘違いかもしれないけれど、あの時、この人にとってもあの時間が特別なのだと思った。私も寂しさや痛みを知っている人のそばにいるのは、自分を強く見せる必要がないから居心地がよかった。

「ありのままでいられたあの時間は、私にとっては特別だった。そして、あなたにとってもそうであってほしいって、思ってた」

この世界に生まれ変わってから、あの子以外に誰かを心に住まわせたのは琥劉殿下が初めてだ。だからかもしれない、自分が求めるのと同じだけ、琥劉殿下にも私を必要としてほしいと思うのは。

「けど、あなたに騙されたんだってわかったとき、私とあなたの間にはなにもないんだって、信頼すらされてなかったんだって落胆した」

だから、この人の不器用な気遣いが計算でないことに薄々気づいていたのに、気づかないふりをした。これは私が大切だからではなく、利用するために優しくしているんだと期待しないようにしていた。その方が、あとで傷つかずに済むと思った。

「でも、私が勝手に琥劉殿下に仲間意識を持ってただけなのよね。それなのに、なんで信じてくれなかったの？　あなたにとって、あの時間は取るに足らないものだったの？　そう責めたことは、間違ってたと思う。出会ったばかりの人間を信じろなんて無茶言って、本当にごめんなさい」

やっと、私の気持ちを押しつけて責めてしまったことを謝れた。少しだけ胸の内がすっきりする。

「……俺も同じだ。仲間意識なのかは、わからないが……お前を前にすると、どうしてもなにかせずにはいられない」

琥劉殿下も私と同じだった……？　突き放したいのに、ほっておけない。お互いの共通点を見つけるたび、まるで自分自身であるかのように見えて優しくしてしまう。同情、共依存、似た者同士……そのどれでもあるようで、そうじゃないような、形容しがたい繋がりが私たちの間にはあるのかもしれない。

「俺はある時から、自分を殺して生きてきた。だからなのか、今悲しいのか、嬉しいのか、なにが欲しいのか……自分の感情がわからないことが多々ある」

琥劉殿下はいつも、抽象的に負った傷について打ち明けてくる。それは私も同じで、まだその傷に触れる勇気が、触れられる覚悟が持てないのだと思う。

『……泣けるうちに、泣いておいた方がいい。堕ちるところまで堕ちると……涙も、出なくなる』

琥劉殿下はどこへ、どこまで堕ちてしまったのだろう。私がこの人を泣かせてあげられる日は来るだろうか。

「だが、お前と山小屋で過ごした時間は……短かったが、息がちゃんとできているような、そんな気がした。俺にとっても、特別だった……」

琥劉殿下も、あの時間を特別に思ってくれていたんだ。

喜びが心の底から溢れ、心と身体を満たしていく。

「それから、お前に贈ったこの紅翡翠……俺は赤が嫌いだったはずなんだが、お前の瞳の色だと思うと、不思議と美しく見えて……お前の紅だけは、好ましいと思った」

赤が嫌いなのは、血を思い出すからだろう。好ましいっていうのは、他意はないのよね、きっと。でも、紅翡翠を選んでくれたのは、そういう理由だったんだ……。

私は胸が熱くなり、首飾りに触れている琥劉殿下の手を握る。彼の心を表すように冷たい肌……それを温めるように繋いだ手に力を込めた。

平凡な暮らし、なんてことない会話……琥劉殿下はきっと、普通の幸せに焦がれている。彼が求めているものは、そういう当たり前に息をつける場所。

『大事にしたくても……できないときはどうすればいい』

琥劉殿下が大事にしたかったのは、一見無意味に見えて、きっと生きていくうえで必要な時間。

「明日からはできる範囲で、あなたが息をつける時間と場所を作っていきましょう」

不思議そうにしている琥劉殿下を見ていたら、胸がきゅっと締めつけられた。優しさに慣れていないゆえの反応に、やっぱりほっとけない人だなと笑う。

これは庇護欲？　ふたりでいるときの琥劉殿下は、皆を圧倒する威厳を潜め、少し気が抜けているようにも見えるので、目が離せないのはそのせいもあるかもしれない。

そんなことを考えていると、琥劉殿下が居心地悪そうに身じろいだ。

「……この体勢はどうにも情けない気持ちになるんだが……そろそろ退いてくれるか」

下から私を見上げている琥劉殿下に「え？」と気の抜けた返事をしてしまう。

そう言えば、琥劉殿下を押し倒してたんだった、私！

「ごめんなさい、違和感すらなかったわ」

私が退くと、琥劉殿下は前髪を掻き上げながら起き上がった。夜伽の時間では、琥劉殿下は結い上げている髪を下ろしているので、いつもより隙があるように見える。

「……お前は、俺をなんだと思っている」

それを聞いてどうするのかはわからないが、そのままの意味なら――。

「そりゃあ、皇子？」

「……それだけなのか」

琥劉殿下は、じとーっと見てくる。この人、なんでもかんでも目で訴えてこようとするのよね。これはどういう視線だろう、少し怒ってる？

「それだけなのかって……それ以外になにがあるの？」

聞き返せば、逆に琥劉殿下の方が狼狽えた。やがてため息をつき、琥劉殿下は「そろそろ眠る」と布団の中に入ってしまう。

「寝たふりをする、の間違いでしょう？」

体裁が悪いのか、琥劉殿下はだんまりを決め込んだ。こういうところは子供みたいだなと、小さく笑ってしまう。

私は目を瞑った琥劉殿下の手をそっと握った。すると瞼を持ち上げた琥劉殿下が、〝これはどういう了見だ〟とばかりにこちらを向く。

「知ってる？　人の体温って、どんな薬よりもよく効くのよ」

琥劉殿下は繋がれた手に視線を落とし、遠い目をする。

「昔にひとりだけ……こうしてくれた人がいた」

「そうなの……」

なんとなくだが、その人はもうこの世にはいないのではないかと思った。

「これからだって見つけられる。こうして心を温めるみたいに手を握ってくれる人が」

そう自分で言いながら、私はあの子のことを思い浮かべていた。離れてしまった温もりもあるけれど、その代わりに得る温もりもあるんだって、そう信じたい。

「……お前は、誰を思い浮かべた？」

「え……」

それは昔にこうしてくれた相手のことを言っている？　それとも、これからこうしてくれる相手のこと？　それなら、あの子と今目の前にいるあなたを思い浮かべた。

「いや、忘れてくれ」

私が返事をするより先に、琥劉殿下は目を閉じて身体の力を抜くように、ふうっと息をついた。それなのに、私の手を握りしめる力だけは強くて、胸がざわめいていた。


今日は野生鳥獣を捕らえ、その大物さを競う狩猟大会。後宮妃たちも参加するらしく、紅禁城の後ろにある森――狩場の前に集まっていた。

寒い外へ出るときも、後宮妃たちは着飾るのを忘れない。私も毛皮つきの薄青（うすあお）の華やかな外套を着せられた。もちろん、猿翔と先日医妃付き薬師になった麗玉にだ。

「兄上、兄上はどんな大物を仕留めるんですか？　僕、見るのが楽しみです！」

はしゃぐ声がしてそちらに目をやると、朝礼殿でも見た第四皇子の劉奏殿下の姿があった。自分に纏わりつく弟をちらりと見やり、琥劉殿下はため息をつく。

「……遊覧（ゆうらん）に来たのではないのだぞ」

そんな仲睦まじいふたりを眺めていたのは、私だけではなかったようだ。

「歳はそう変わらないというのに、劉奏殿下は振る舞いが幼すぎる」

「劉奏殿下は遊んで暮らせれば、それでいいんだろう」

ただ兄弟が一緒にいるだけで、ああして比べられてしまうんだ。でも、遊んで暮らせればって？

武将たちの噂話に首を傾げていると、外套を羽織った猿翔が耳打ちしてくる。

「劉奏殿下は最も多く後宮妃を迎えています。気に入れば誰でも後宮に入れてしまう」

純粋で無邪気そうなのに……と軽く衝撃を受けていると、麗玉が呆れたように言う。

「いつまで見た目に騙されてんのよ。ああいう明らか無害ですってやつの方がヤバいんだからね。後宮では毎晩、お楽しみだそうよ」

「麗玉、あなたいろいろ吹っ切れて口が悪くなったわね」

「ありのままの私で生きていくって決めただけよ。悪い？」

「いいんじゃない？　今のあなた、好きよ」

ここでは本音で語り合える人は貴重だ。そういう相手が増えていくことに喜びを覚えていると、猿翔が私の服の袖を引っ張った。ちらちらと私の背後を見ているので、振り返ってみれば……。英秀様と武凱大将軍に挟まれながら、琥劉殿下が無言で立ち尽くしている。今なら琥劉殿下の言いたいことがわかる。

「早とちりしないでよ？　今のは友達として好きって意味だからね？」

この人はまた、私が女人を好きだと勘違いしているのだ。私の言葉を信じているのかいないのか、相変わらず無表情なままの琥劉殿下。その隣にいる英秀様はというと、〝うちの主に馴れ馴れしいですよ〟という目で凄んでくる。とんだ二次災害だ。

「よう、嬢ちゃんに麗玉嬢。弓の腕前に自信はあるか？」

武凱大将軍はこの場に流れる微妙な空気をものともせず、世間話をしてくる。

「まったくないです。弓なんて生まれてこのかた持ったこともないし……後宮妃も狩りをするなんて、後宮に来てから一位、二位を争う衝撃です。てっきり観戦だけかと」

「なら琥劉殿下に教わってみたらどうだ？　殿下は器用だからな、教えれば剣も弓も槍も、なんでもそつなくこなしちまう」

武凱大将軍につられるようにして琥劉殿下を振り返れば、首を横に振られる。

「白蘭の手は救うためにある。殺すためにはない」

琥劉殿下が私の手をそんなふうに思ってくれていたなんて……なんかじんときた。

「へぇ……白蘭、ね」

意味深に笑う武凱大将軍に琥劉殿下は無を貫いているが、私はどうも落ち着かない。

「ぶ、武凱大将軍と琥劉殿下って、付き合い長いんですか？」

「おお、あいつがこんくらいのときから知ってるな」

武凱大将軍は自分の膝のあたりに手をやる。身長からするに十歳くらいだろうか。

「あいつの親父――先帝は俺の親友でな、あいつから託された子だ。自分の子供みてえに可愛いったらないね」

「失礼ですけど、武凱大将軍はご結婚は……」

「いいや、してねえが心に決めた女がいてな。それがいい女なもんで、他ってのが思いつかねえ。まあ、俺の手の届かない相手なんだけどよ」

その視線が遠くなった気がして、なんとなく悟ってしまった。叶わない恋だとわかっていても、武凱大将軍はその人以外と添い遂げるつもりはないのだと。

「ああ、子供と言えば、義理の息子がもうひとりいるな」

「え、そうなんですか？　同じ武将とか？」

「おう、けどあいつは綺麗な顔して山猿みたいに身軽でなあ、単独任務が多いんだよ。ま、嬢ちゃんもすぐに会えるだろうよ」

片目を瞑ってみせる武凱大将軍に既視感を覚えていると、後ろからため息が聞こえた。振り返る前に猿翔が私の背後に立ち、張り付けたような笑みを浮かべる。

「山猿のお父上の武凱大将軍は、例えるなら大熊といったところでしょうか。細かいことは気にせず、大雑把なところとか」

「え、猿翔？」

あなた、ときどき発言が勇者すぎはしない？　前は琥劉殿下に向かって、湯浴みでのぼせた私を運んで差し上げたらどうかとか言ってたし……。

ひとりでひやひやしていたら、ガバッと腰に誰かが抱き着いてきた。

「あなたが医仙だよね！」

「わっ、えっ、劉奏殿下!?」

いつの間にこんなに距離を縮められていたのか、まったく気づかなかった。

「医仙は飛ぶ鳥をどう撃ち落とすの？　やっぱり、神通力を使って？」

「え、それは……あはは、どうでしょう」

ここで神通力なんて使えません、って言うのもまずいわよね。

否定も肯定もできずに苦笑を返していたら、琥劉殿下がやってきて私の腕を引いた。

「あっ……」

琥劉殿下はそのまま私を背に隠し、厳しい声音で言う。

「俺の妃だ。お前の戯れに巻き込むな」

劉奏殿下は目を丸くしたあと、あどけなさの残る顔でにこりとする。

「兄上、他の後宮妃でも、今みたいに庇った？　医仙には特別目をかけてるの？」

「だったらなんだ」

琥劉殿下が否定しなかったことに、胸のあたりがそわそわした。

「ううん、なんも。そうだ兄上、今日は僕も大きな獲物を狩るんです」

「そうか。俺は小物でも目障りなら捕らえるだろうな」

ふたりは狩猟大会の話をしてるのよね？

確認してしまいたくなるほど、周囲の空気が張りつめている気がした。

ふたりの会話を堂々と観察する者、視界に入れないけれど神経をこちらに向けて尖らせている者、全員が注目しているのを感じる。皇子同士というだけで、皆の頭に帝位争いの四文字がよぎってしまうせいかもしれない。

「さすが兄上！　じゃあ僕も、可愛い兎に大虎……数で勝負しようかな。それがもし、つがいでも……勝つためには避けられない犠牲ですもんね！」

「そうだな、それがもし親兄弟であっても」

琥劉殿下の声からさらに抑揚が消えた気がして、私は後ろからその腕を引く。振り返った琥劉殿下の瞳は眩しい金色をしているはずなのに、くすんで仄暗かった。

「私は大会だからって、生き物を射るのは嫌よ」

「……？」

今やっと瞳に世界を映したかのように、琥劉殿下が私を見る。

「殺さずに捕まえればいいじゃない。ひとりでは無理でも、仲間とこう取り囲んで逃げ道を塞ぐとか、いろいろあるでしょう？」

もしこれが狩猟大会の話でなく、その言葉の裏側に別の意味が含まれているのだとしても、こうするしかないと琥劉殿下が追い詰められるのは見ていられない。

「……そう、だな。お前といたら……俺は獣に成り下がる前に踏みとどまることができるのだろうな」

琥劉殿下の表情が心なしか和らぐ。なにに悩んでいるかは知らないが、深刻に考えすぎないでいい。なんてことないことなんだと、心に重荷を詰めすぎないで軽くしていってほしい。事情を話してもらえていない今、私が彼にできるのはそれくらいだ。

「あなたがもし獣になったとしても、弱っている誰かに夜通し寄り添ってくれるんだから、可愛がって飼う動物には最高ね」

あなたが何者になっても、あなたの弱さと優しさを知っているから怖くない。

箔徳妃も麗玉が貴妃であることにこだわった結果、人が変わってしまってもそばにいた。本質は変わらない、そういうことなのだと思う。

それを真面目に返すのは違う気がして、笑い話に変えて伝えれば、琥劉殿下は面食らった様子で固まっていた。やがて小さく「ぶっ」と吹き出し、すぐさま真顔に戻る。

「なあに？　笑いたいなら遠慮なく笑えばいいのに」

琥劉殿下の顔を下から覗き込んで、代わりに笑ってみせる。そんな私を眩しそうに見つめる琥劉殿下を、忠臣たちが驚いた様子で眺めていた。

「兎と虎のつがいかー。じゃ、お互いに武運を」

劉奏殿下はそう言って、大きく手を振りながら去っていく。彼が向かった先は、ひとりの武将のもとだった。三十後半くらいの男で、こちらを鋭く睨みつけている。

「第四皇子派の泰善か。相変わらず、俺は嫌われちまってるみてえだ」

「武家の出でもないのに、禁軍大将軍にまで上り詰めた武凱に対抗心を燃やしているんでしょう。年寄りはさっさと引退しろって目ですね」

「英秀、そりゃあないぜ。俺はまだ年寄りって歳じゃないだろ？」

彼らのやりとりを聞きながら、ふと視線を感じた。振り返れば、嘉賢妃が私を見ている。麗玉もそれに気づいたらしい。

「久しぶりに顔を見たわね。嘉賢妃の目、なんか据わってない？」

「そ、そうね。私、なんかしちゃったのかな？」

嘉賢妃は体調がすぐれないのか、ここ何日か朝礼殿にも顔を出していない。一度、賢妃宮に診察させてほしいと文を出したが、その必要はないとあしらわれてしまった。

「琥劉殿下と仲良くしてたからじゃない？　負けず嫌いだし。あとは武家の血が騒ぐとか。後宮では弓の名手だって有名よ。闘争本能剥き出し中なのかもね」

「そう、なんだ……嘉賢妃の矢で射貫かれないように、気をつけないとね……」

ははは、と乾いた笑みがこぼれる。

「ま、そのときは私が薬を塗ってあげるわよ」

確かに麗玉の薬ならよく効きそうだ。ただの狩猟大会とはいかなそうで気が重たくなる中、狩りが始まった。私は琥劉殿下の前に跨り、馬で森の中を駆ける。

「血が苦手なのに、狩りなんてして大丈夫なの？」

琥劉殿下は「問題ない」と言うが、顔色が悪い。

本当にこの人は……強がりなんだから。

弱音を吐いてもらえない寂しさを胸に、私は琥劉殿下を振り返った。

「琥劉殿下、狩りはやめてこのまま散歩しない？」

「だが……」

「医妃にせがまれたって言えばいい。獲物が必要なら、うちには頼りになる禁軍大将軍と宰相軍師がいるんだから、あとはよろしくって頼ってみたらどう？」

体裁を気にして渋っている琥劉殿下に提案してみれば、両側に馬に乗った英秀様と武凱大将軍が並ぶ。

「そうだぞ、琥劉。お前はなんでもひとりでやろうとしすぎる。人に頼るのも仕事だ」

「武凱に先を越されましたが、殿下には殿下にしかできないことがあります。それ以外のことは、どうぞ私共にお命じください」

武凱大将軍が人目がないところで琥劉殿下を名前で呼ぶのも、英秀様の眼鏡の奥の瞳が琥劉殿下を映すときだけ柔らかくなるのも、そこに深い絆がある証。ふたりの言葉を受け止めるように琥劉殿下はじっと黙ったあと、微かに口元に笑みを滲ませた。

「……少しばかり、ふたりで過ごしたい。あとは頼む」

琥劉殿下から頼み事をされるのは珍しいのか、英秀様が感極まった様子で息を呑む。

「承知いたしました、殿下。この英秀、殿下のためならば虎の一匹や二匹――」

「護衛はうちの猿にでも頼むかねぇ」

　武凱大将軍がちらりと背後を見やる。でも、最後尾にいるのは馬に相乗りしている麗玉と猿翔だけだ。

　不思議に思っていると、私のお腹に回っている琥劉殿下の腕に力がこもる。

「飛ばすぞ」

　馬がぐんぐん加速していく。琥劉殿下が支えていてくれると思うと怖くはなく、風の気持ちよさに身を委ねた。やがて木々のざわめきの中に微かな波音を拾ったとき、一気に森を抜ける――。

「海!?」

　新鮮な潮風と太陽を砕いて散らしたような海に迎えられた。その広大さに心まで解放的になったようで、琥劉殿下も表情が和らいでいる。たぶん、注意深く見ていないとわからないほどの変化だ。

「城の裏手は海に繋がっている。そして、この華京の前方を囲むように、大河によって仕切られた七つの州がある」

　思えば華京に来てから、紅禁城以外の場所に行っていない。海がこんなに近くにあったことさえ知らなかった。

「そうなんだ……ねえ、琥劉殿下。遠くに行きたいって思ったことはある？」

地平線を見つめながら尋ねれば、琥劉殿下も同じように海の向こうへ視線を投げた。

「考えたこともない」

きっと、帝位争いでそんなことを考える余裕もなかったということよね。

「じゃあ、これからは考えてみてもいいんじゃない？　あなたは皇子だけど、雪華琥劉っていうひとりの人間でもあるのよ。立場上、すべて自由にとはいかないでしょうけど、だからといって、あなた自身の幸せすべてを手放すことはないと思うわ」

「お前は……不思議な女だ」

琥劉殿下は馬の歩を緩め、ゆっくりと海辺を進む。

「ずっと帝位を意識して生きてきた。それは俺だけでなく、他の皇子たちもそうだ」

果てなく広がる海に心も解き放たれたのだろうか。琥劉殿下の口もいつもより軽い。

「生まれた瞬間から皇帝になる自分以外、想像することも許されなかった。俺の意思など関係ない、それ以外の世界に目を向けるのを周囲の人間たちは良しとしなかった」

誰だって、つらいことがあったときに発散する方法を持っている。琥劉殿下が自分を追い詰めがちなのは、他に逃げ道を知らないからだ。

「それに俺には、帝位のために犠牲にしてきたものがある」

城の人間は皆、なにかを犠牲にしてそこにいる。琥劉殿下が今の場所にいるために犠牲にしたものがなんなのかは、聞かない方がいいのだろう。少なくとも琥劉殿下が話してくれるまでは。琥劉殿下は、なにかを犠牲にして平気でいられるような人じゃない。痛みに鈍感でいられたなら、心を病んだりしないからだ。

薄々感じている。琥劉殿下の心の傷と、その犠牲にはなにか関係がある。だからこそ、ゆっくり琥劉殿下の歩調に合わせて寄り添っていこう。ひびだらけでも、なんとか形を保っている彼の心が壊れてしまわないように。

「払った犠牲が大きければ大きいほど、引き返してはいけないと、なにかに急き立てられているような気がする。そうして、頭の中から目的を果たす以外のことを除外している自分がいた。だが……」

琥劉殿下の柔らかな視線が、海から私に移された。

「お前がこの城に来てからだ。俺の視線は、お前という外の世界を目で追ってしまう。お前のことばかり考えてしまう」

「えっ……私？」

そこで自分が出てくるとは思わず、どきりとしてしまう。

「この城では聞けないお前の正論が、心地よく聞こえる。無論、必ずしも正しい方法がとれるとは限らないが、『ああ、それが人としての正しい感覚か』と……お前の言葉や反応が人間を見失いそうになったときの道標になる」

自分の気持ちをこんなに話してくれる琥劉殿下は貴重で、私は聞き入っていた。

「皇帝代行は多くの決断を求められる。その采配ひとつで何千、何万の命が消え去る。それが重荷だった。だが迷ったとき、お前ならどうするだろうと考えると、迷いが晴れていく。どうせ答えを出せぬなら、お前が選ぶような真心ある選択をしたいと……」

熱弁を振るっている途中で、琥劉殿下はみるみる気まずそうな表情になる。

「……すまない、ひとりで話していた」

「いいの、あなたの話が聞きたい」

琥劉殿下は息を呑み、やがてその唇に緩やかな弧を描いた。

「つまり、なにが言いたいのかと言うと……たとえこの城から出られなくとも、お前がいる。ただそれだけで、十分だということだ。それ以上の幸せは望まない」

「琥劉殿下……」

少しずつ見せてくれるようになった琥劉殿下の笑みに目を奪われていたときだった。ビュンッと、なにかが風を切る音がした。馬が嘶き、高らかに両足を上げる。

「――白蘭！」

落馬の瞬間、琥劉殿下が私を抱えて一緒に砂浜の上を転がった。

「……っく、大事ないか」

顔をしかめた琥劉殿下が、私を抱えたまま起き上がる。

「琥劉殿下こそ、私を庇ったでしょう！　怪我は!?」

その腕や頬に触れ、怪我がないか確かめていると、琥劉殿下に手首を掴まれた。

「馬をやられた」

私が「え？」と馬を見れば、その腹部に矢が刺さっている。

「大変っ、手当てしないと！」

「その時間はない。俺たちは狙われている」

琥劉殿下は私の両脇に腕を入れて立たせると、手を引いて駆け出した。

「ここでは目立つ、森に入るぞ！」

砂浜を走る私たち目がけて、どこからか矢が飛んでくる。琥劉殿下は剣を抜き、それを薙ぎ払いながら進んでいく。不穏な空気にあてられてか、雲行きも怪しくなってきた。ごろごろと空が鳴き始め、湿った風が肌に纏わりつく。

そしてなんとか森に入った瞬間、五人の伏兵に囲まれた。息をつく間もなく矢を射られ、琥劉殿下が剣の柄を握りしめたとき――。

「遅くなってごめんね、ふたりとも」

木の上からくるりと一回転しつつ誰かが下りてきて、その矢を柳葉刀で弾く。そのまま目にも留まらぬ速さで投げられた暗器は、矢を射た伏兵の額に刺さった。

「ここは、俺が引き受けますんで」

彼はそう言って、梔子色の長髪をなびかせながら振り返る。

立襟で左に打ち合わせがある柚子色の長衣は、瞳と同じ色の帯で絞られ、スリット部分から茶色い下衣と長靴が見える。柔和な藤色の瞳と右目の下にあるほくろには見覚えがあり、食い入るように凝視していたら、彼が片目を瞑って笑った。

「俺の姫さん、それからついでに皇子も気をつけて」

俺の姫さん？　私、この人にどこかで会ったことあったっけ？

なおもじっと観察していたら、琥劉殿下は「任せた」と言って躊躇いなく走り出す。

「えっ、あの人ひとりで大丈夫なの!?」

「あれが武凱の養子だ。お前の護衛を任せていた。あれの強さはよく知っている」

「私の護衛を？」

気づかなかったわ……。

振り返れば、護衛役の彼は木と木の間を飛んで暗器で攻撃したり、猫のように高いところから落ちても体勢を整えて着地したりしている。敵と距離を詰めれば、二本の柳葉刀を手に、宙で回転しながら戦っていた。

み、身軽なのね……。

彼の身体能力の高さに驚愕しつつ、前に向き直ったときだった。

落馬の際にどこか負傷したのか、額に脂汗をかいて顔をしかめている琥劉殿下と、木の陰に潜んでいた伏兵が弓を構えているのを同時に視界に捉える。

琥劉殿下は痛みのせいで、恐らく伏兵に気づいていない。迷いなど少しもなかった。

「危ない！」

琥劉殿下に抱き着き、ふたりで地面に倒れ込む。どすっと鈍い音と共に左腕が激痛に貫かれ、「ああっ」と悲鳴をあげた。恐る恐る目を向ければ、矢が突き刺さっていて傷口が燃えるように熱い。

「白蘭！　くっ――」

心配と痛みに眉を寄せたのは一瞬。琥劉殿下は地面に尻餅をついたまま、即座に背負っていた弓矢で射返し、伏兵を倒してしまった。

「なぜ俺を庇った！」

悲痛の声をあげながら、琥劉殿下は私の左腕に刺さった矢の幹を真ん中で折って短くする。その振動に痛みが走ったが、動きやすくするためだ。唇を噛んで耐えた。

「うっ……自分だって、さっき……落馬のとき、私を庇った……くせ、に……」

笑おうとするも痛みで引き攣る。琥劉殿下は泣きそうな顔で、私を強く抱きしめた。

「……っ、すまなかった。伏兵の数が多すぎる、まずはここから離れるぞ」

琥劉殿下は私を抱き上げ、周囲に鋭い視線を走らせつつ森の奥へと進む。その途中、ぽつぽつと雨が降り出し、やがてザーッと私たちを打ちつけた。バシャバシャと泳ぐように雨の中を走り、鬱蒼と茂る木々に隠れた洞窟を見つけ、ふたりで身を潜める。

「傷を見せてみろ」

琥劉殿下は岩壁に背を預けて座る私の服の帯を緩め、矢が抜けないように丁寧に肩から襦裙を下ろす。露わになった私の腕の傷を見て、悔しそうに顔を歪めた。

「傷口が変色している」

「そう、ね……」

どうりで意識が朦朧とするわけだ。寒気が止まらないのに、矢が刺さった部分はじくじくと灼熱感を持って痛む。

「矢先に毒が塗られてたのね……琥劉殿下に当たらなくて、本当によかった……」

琥劉殿下はぎりっと奥歯を噛み締め、俯いた。

「いいわけがない。お前になにかあったら……」

私の肩を掴む琥劉殿下の手に力がこもる。

「大丈夫……医仙は……っ、不老不死、なんでしょう……？」

私は人間だけれど、他に彼を励ます言葉が思いつかなかった。

「そう……だな。そうだ、取り乱してすまない。まずは矢を抜く」

琥劉殿下は自分に言い聞かせるように頷き、傷口を広げないよう垂直に矢を抜いた。

私が痛がると琥劉殿下が傷つく。そう思った私は「ぐっ……」と悲鳴を噛み殺した。

「はあっ……はあっ……」

「もう少し、耐えてくれ」

琥劉殿下は躊躇いなく私の傷口に顔を近づけ、毒を吸い出しては地面に吐き出す。

「く、琥劉殿下……そんなことをしたら、あなたも毒に……うっ……」

口腔粘膜からだって毒を吸収するかもしれないのに、琥劉殿下はそんなことを少しも気にしていないのか、口元の血を拭いながら必死な表情で言う。

「……っ、他に……俺にできることはあるか？」

「あ……それなら……」

私は胸元から手ぬぐいの包みを取り出した。中を開けば、そこにあるのは蓬の葉。私はそれを口に含んで噛むと、手ぬぐいの上に吐き出した。

「これ、を……布ごと私の傷口に……」

「巻きつければいいのだな」

蓬の葉が載った布を私の腕に巻きつけると、琥劉殿下は服を着せてくれる。

「……あなたも、腕……怪我したでしょう……弓を引くとき、痛そうにしてた……幕舎(ばくしゃ)に戻ったら、ちゃんと治療をして……」

「お前は人のことばかりだ。こんなときくらい、自分の心配をしろ。身体もこんなに冷え切って……だが、火は起こせない。すまないが、これで我慢してくれ」

明かりは居場所を知らせるようなものだ。大丈夫よと頷けば、琥劉殿下は岩壁に寄りかかり、私の身体を後ろから抱きかかえるようにして座り直した。

体温が濡れた衣服に奪われていく。ぶるぶると震えれば、それに気づいた琥劉殿下が自分の外套の中に私を入れた。触れ合った部分からじんわりと流れ込んでくる熱。琥劉殿下の髪からぽたぽたと、私の頬や鎖骨に滴り落ちてくる雫までもが優しい。

「この狩猟大会に紛れて、俺たちを亡き者にするつもりらしい」

「え……？」

「言っていただろう、劉奏が。狩られる大きな獲物……大虎が俺で、兎はお前だった」

その瞬間、狩猟大会が始まる前の劉奏殿下の言葉が蘇る。

『そうだ兄上、今日は僕も大きな獲物を狩るんです』

『さすが兄上！　じゃあ僕も、可愛い兎に大虎……数で勝負しようかな。それがもし、つがいでも……勝つためには避けられない犠牲ですもんね！』

あれって、私たちを殺すって宣戦布告だったの？　今になって血の気が失せる。

「ごめんなさい……私、よくわかってなくて……散歩しようなんて……軽率に言うべきじゃなかったわ……」

「お前のせいではない。あそこで狩猟大会を棄権したりすれば、劉奏を調子に乗らせることになる。余裕を見せつけるくらいでちょうどいい。それに、宮廷行事を利用して命を狙われることは、今まで数え切れないほどあった」

「伏兵を放った劉奏殿下を……捕まえることはできないの……？」

「……そうだな。権力者を帝位争いの盤の上から降ろすには、皇族に相応しくないという証拠をいくつも押さえ、権力を行使しても逃れられないよう水面下で確実に追い詰める必要がある。狩りと同じだ。じっと確実な勝機が見えるまで待つ。それができなければ、逆にこちらが盤上から追放される」

声が苦しそうで琥劉殿下の顔を覗き込めば、その額に汗の粒が浮かんでいた。

「琥劉、殿下……？　腕が痛む？　それとも、私の毒が回ったんじゃ……」

「問題ない。お前は自分の身だけ案じていろ」

琥劉殿下のことは気がかりだが、勝手に瞼が閉じてしまう。琥劉殿下の腕の中でぐったりとしていたら、大きな手が頬に触れ、張り付いていた髪を耳にかけてくれた。

「死ぬな……」

死なないわ。そう返したいのに、声にならない。そうして、どのくらい夢とうつつを行ったり来たりしただろう。ふいに身体が浮き上がる感覚がした。

うっすらと目を開ければ、琥劉殿下が私を抱えて洞窟の外に飛び出したところだった。私の身体を冷やさないためか、自分の外套で包んでくれている。

「琥劉殿下……？」

「起こしたか、すまない。足音が近づいてくる気配がしてな、場所を移動する」

走りながらそう言った琥劉殿下だったが、勢いよく足を止める。

不思議に思って、その視線の先を見れば、そこにはずぶ濡れの嘉賢妃が立っていた。

どうして、嘉賢妃がここに……。

「琥劉殿下は、なぜ……その女ばかりを庇うのだ？」

ゆらゆらと左右に頭を傾けながら歩いてくる嘉賢妃の手には、弓が握られている。

「ふふ、ふふふふっ、だから私は……この身を別の男に明け渡したのだ。でも、一時とはいえ満たされた……」

嘉賢妃は恋い慕う人でも思い浮かべるかのように胸に手を当て、頬を染めた。

「琥劉殿下に見向きもされないよりは、惨めな思いをせずに済んだ！　こんな私でも、あの方は愛してくれた！」

目をかっぴらき、涙をこぼしながら笑う嘉賢妃は明らかに様子がおかしい。笑ったり、怒鳴ったり、嘉賢妃はこんなに喜怒哀楽を見せる女人ではなかったはずだ。

最近、部屋にこもられていたので会ってはいないが、私の知っている限り彼女は武家の出身なだけあって強気で勇ましさがあった。でも、今は……。

「ふふふ……あの方に強く気高い女であると褒めてもらえたとき、誰かの特別であると実感できた。これが女の幸せなのだな！　あはははは、はあ〜……」

自分の言葉に興奮して、陶酔している嘉賢妃は、片手で顔を覆い俯いた。その身を折って散々笑ったあと、ばっと起き上がって、背負っていた矢筒から矢を引き抜く。

「あの方が望むなら、私はかつての夫の心の臓とて捧げて見せようぞ！」

嘉賢妃は弓に矢をつがえ、引き絞った弦を一気に離した。雨の中でも真っすぐにこちらに向かってくる矢を、琥劉殿下は私を抱えたまま避ける。

「ここから動くな。すぐに終わらせる」

私を木のそばに座らせ、琥劉殿下は剣を抜くが、その身体がぐらりと揺れた。

琥劉殿下、やっぱり私の毒が……！　幸い利き手ではないものの、腕も負傷している。なんとかして、嘉賢妃の意識をこっちに向けないと。

「嘉賢妃の言うあの方が誰なのかは存じませんけど……琥劉殿下に見向きもされなかったから、他の誰かを代わりに……したんですか？」

挑発に乗ってくれるのかハラハラしたが、嘉賢妃は真っ赤になって怒る。

「この私を愚弄するのか！　殿下を惑わす妖魔の分際で！」

「白蘭、やめろ。嘉賢妃を刺激するな」

琥劉殿下は再び弓を構えた嘉賢妃から庇うように、私の前に立つ。

ごめんなさい。でも、あなたを死なせるわけにはいかない。

「かわい……そうに……琥劉殿下は、毎晩私を抱いて……くださいますよ……」

たら――。

もう少し……嘉賢妃は負けず嫌いだ。それを上手く利用して、敵意を私に向けられ

「黙れ！」

「嘉賢妃は勇ましいだけで……殿下を誘えるだけの色香が……ないのでしょうね……」

頭が朦朧とする。喋るのも億劫だったが、すらすら嘘が口をついて出た。火事場の

馬鹿力というのは本当にあるらしい。今、見せかけでも威勢を張れている自分に驚く。

「嫉妬に狂う姿は、なんて……見苦しいんでしょう……」

「黙れと言うのが聞こえないのか！」

弓を持つ手に力がこもったように見えた私は、四つん這いで琥劉殿下の背から出る。

嘉賢妃はこちらの狙い通り、私に矢を放とうとした。

「させるか！」

剣片手に駆け出した琥劉殿下は、やむを得ないと嘉賢妃を斬ろうとした。だが、嘉

賢妃は急に「ううう」とうめき出す。その瞬間、嘉賢妃の手が弦から離れてしまう。

「白蘭！」

琥劉殿下が振り返りながら叫ぶと、木の上から降ってきた影が矢を叩き落とした。

「姫さん、お怪我は？」

先ほども会った護衛役の彼だ。双剣を手に、こちらを向いた彼に「大丈夫……」と

なんとか答える。彼は私の顔色が悪いのに気づき、目の前にしゃがみ込んだ。

「姫さん、どっか悪いんじゃ……」

「さっき、毒矢を……」

「……！　そっか、見つけるのが遅くなってごめん。でも、もう大丈夫だから。ちょっと足止めくらってるけど、すぐに英秀先生と親父も来るから」

「そう……あなたは、一体……」

誰なのかを聞こうとしたとき、嘉賢妃が突然「ぎゃああああっ」と胸を掻きむしり、痛みに悶え始めた。さらに涙と鼻水を垂らし、「うっ、おえっ」と嘔吐する。

「いだいいいいいっ、いだいよおおおっ」

豹変した嘉賢妃に、皆が気を取られていた。嘉賢妃はよろよろと前に出て、すぐそばにいた琥劉殿下の剣を奪う。

「おい……！」

琥劉殿下が止めるも、遅かった。嘉賢妃は「ああああっ」と叫び、自分の首を剣で切りつけた。頸動脈から血が噴き出し、琥劉殿下に降り注ぐ。

私が唖然としている横で、護衛役の彼も「なっ……自死した……？」と言って目を疑っていた。だが、呆けている間もなく、伏兵がぞろぞろと私たちを取り囲む。

「まずいな……」

護衛役の彼の不安の種がなんなのか、すぐにわかった。

「ぐっ、うう……黙れ……頭の中で……喚くな……」

琥劉殿下が頭を押さえながら、その場に片膝をつく。なにが聞こえているのかはわからないが、きっとなにかがフラッシュバックしているのだ。

「いたぞ！　皇子の首を取れ！」

伏兵たちが剣を持って、一気に襲いかかってくる。私を守るように護衛役の彼が立ち、剣を構えた。でも、伏兵たちの狙いは琥劉殿下ただひとりだった。

「琥劉、殿下……逃げ、て……！」

こんなときに、どうして私は動けないの……っ。

私の心配をよそに、琥劉殿下は嘉賢妃の手から剣を取り返し、静かにその場に立ち上がる。俯きながら、まるで幽鬼のようにゆらりと揺れ――ぶんっと襲いかかってくる伏兵たちをひと薙ぎした。敵兵たちの耳を塞ぎたくなるほどの悲鳴がこだまする。

でも、それが聞こえていないかのように、琥劉殿下は無心で剣を振るっていた。返り血を浴びて真っ赤に染まっていくごとに、その表情は消え、あっという間にひとりで敵を一掃してしまう。それでも収まらないのか、琥劉殿下はこちらを振り返った。

「ふーっ、ふーっ」と獣のような息遣いを繰り返しながら、歩いてくる。

「まずいな、ああなった琥劉殿下は始末が悪い」

護衛役の彼が、私を背に庇う。

「劉坊、兄上……あなたは亡霊になってまで、俺を……苦しめたいのか」

劉坊兄上？　それって、先帝暗殺の罪で琥劉殿下が討ったっていう……？

ずるずると剣先を引きずりながら近づいてくる琥劉殿下。彼が囚われている闇がなんなのか、たぶんだがわかってしまった。

琥劉殿下は謀反を犯したからとはいえ、お兄様を討ったことを悔いている。

そこへ「琥劉殿下！」と英秀様の声がした。武凱大将軍も大薙刀を肩に立てかけるようにして持ち、駆けてくる。ふたりの身体にも返り血が飛んでいるので、ここに来るまでに伏兵の相手をしてきたのだろう。

「これは……」

英秀様は難しい顔で事切れている嘉賢妃と、正気を失った琥劉殿下を見比べる。

「今は他のやつらが来る前に琥劉を元に戻すぞ。こんなところを見られちゃあ、殿下の威信に関わる」

だが、武凱大将軍の懸念も虚しく、「何事だ！」と険のある声が飛んできた。

第四皇子派の武将、泰善殿が武官を引き連れてやってくる。その隣には劉奏殿下の姿もあり、うきうきした様子で私たちに向かって手を振った。

「うわあ～、派手にやったね」

周囲を見回したあと、劉奏殿下は両手のひらを天に向け、さも困ったように笑う。

「今日は確かに狩猟大会だけど、人を狩るとは聞いてないよ？」

他の兵たちも琥劉殿下を見て、「殿下を見てみろよ」「あの返り血……どんだけ斬ったんだ」「流血皇子の名は伊達じゃないな」と畏怖している。

まるで血に狂った獣。これが流血皇子と呼ばれる理由なのだろうが――。

『俺は正気を失うわけにはいかない。俺が膝をつけば、その瞬間に命を落とす者が、涙を見る者がいるからだ』

この人は獣じゃない。彼が皇帝になりたいというのは、きっと私にとっての看護師や麗玉にとっての薬師のような夢とは違う。

生まれた瞬間から用意された道、その途中で犠牲にしてきたものの分まで進むしかない目的地。どんなに追い詰められても、逃げるわけにはいかないからそこにいる。

でも、琥劉殿下は自分にしかできないことだとわかっている。だから、ここまで死に物狂いで来たのだ。そんな彼の努力が今、踏みにじられそうになっている。

周囲の者たちが今の琥劉殿下を見て乱心したと判断すれば、琥劉殿下が築き上げてきたものが崩れ落ちてしまう。

『……そう、だな。お前といたら……俺は獣に成り下がる前に踏みとどまることができるのだろうな』

琥劉殿下は、ああ言ってくれたのに……たぶん、私がこの人を狂わせてしまった。私が死ぬかもしれないという不安を胸に抱きながら、あんなふうに血を浴びれば、あとは坂道を転がり落ちるように理性を保てなくなるのはわかりきっていた。

おまけに今日は雨だ。私もだが、この湿った土の臭いを嗅ぐと、雨の日に起きた嫌な過去の出来事が急に脳裏に蘇る。

『俺も……雨が……好きではない』

琥劉殿下も前に、雨が好きではないと言っていた。私と同じで、トラウマの引き金になっているのかもしれない。

「止め……ないと……それ、ちょっと貸してくれますか？」

護衛役の彼は「え？」と目を瞬かせている。私は返事も聞かず、勝手に彼の剣の刃に右手を伸ばして、強く握りしめた。

「ううっ……」

当然だが、手のひらが切れて血が流れる。

「ちょ――なにしてんの！」

護衛役の彼が仰天しながら、剣を私から離す。痛みのおかげで、少し頭がはっきりとしてきた。私は立ち上がり、剣を持って迫ってくる琥劉殿下に自分から歩み寄る。

「姫さん、今の琥劉殿下に近づいたら駄目だ！」

護衛役の彼に腕を掴まれたが、前を向いたまま「行かせて」と言って、その手をやんわり振り払った。

「劉坊兄上……っく、亡霊は何度斬っても消えない。だが、俺は……はあっ、立ち止まるわけにはいかない……っ」

鋭利に光る剣先を向けられる。琥劉殿下には私のことが劉坊殿下に見えているのだろうか。私を見ているはずのその瞳には、恐れが映っている。

「……琥劉、殿下……あなたの目の前にいるのは亡霊じゃない。私、白蘭よ」

琥劉殿下の傷の大きさも深さもわからないけれど、いつでも絆創膏を貼ってあげられる距離にいる。今はそれくらいしかできないから、どうか手の届かないところに行かないで――。

次の一歩を踏み出したときには、この剣に貫かれているかもしれない。怖くないと言えば嘘になるが、足を止める気にはならなかった。

私が剣の刃にすうっと触れながら近づくたび、琥劉殿下は後ずさる。痛みをこらえながら血がついていない方の手を伸ばせば、ようやく指先がその腕に辿り着いた。

琥劉殿下はびくりと震えるが、足を止めてくれる。

「ほら……さわられた感覚、ちゃんとある……でしょう？」

喜びも悲しみも凍りついてしまったような琥劉殿下の表情を前に、胸がじくじくと痛むのを感じながら、私はその腕を引いた。

「幻は幻でしかない……現実との境がわからないなら、私の体温を感じて……あなたのそばにいるのは……本物の私」

大きいのに頼りない身体を、そっと抱きしめる。初めは強張っていたものの、琥劉殿下は少しずつ力を抜いていき、壊れ物に触れるように背に腕を回してきた。

「……俺の目の前にいるのは……白蘭……」

「そうよ。だから、ちゃんと現実の私を見て。でないと……寂しいみたい、私……」

琥劉殿下がゆっくりと瞬きをする。開かれた瞳には涙が滲んでいたが、ちゃんと私の姿が映っていた。

「俺、は……お前を……」

劉坊殿下の幻のせいで、私に剣を向けようとしたことを悔いているのだとわかった。だから私は、彼の背をぽんぽんと優しく叩く。

「違う……あなたが斬ろうとしたのは幻であって……私じゃない」

私は琥劉殿下の顔についている血を、襦裙の袖で拭き取った。

「ねえ、これ……あの山小屋で泥をお互いに拭き合ったときのことを思い出さない？」

悪夢を楽しい記憶で塗り替えることができたら、苦しみの中にいる彼を救い出せると思った。

「ああ、覚えている……お前は、顔に泥をつけていても、綺麗……だった……」

「え……」

「綺麗、だった……っ」

琥劉殿下の目から涙がこぼれ落ち、頬を伝っていった。

ああ、たった一粒だけど、この人は悲しみを外に出すことができたんだ。それが嬉しくて、私はその涙を拭わずにいた。きっとその方が、彼の心が楽になる。

「尚香！」

琥劉殿下の涙を温かい気持ちで眺めていたとき、悲鳴じみた叫びが聞こえた。彼女の父だろう、血相を変えて走ってくるや娘の亡骸の前に崩れ落ち、強く掻き抱く。

「尚香！　尚香！　琥劉殿下、あなたが娘を手にかけたのですか！」

「嘉将軍、嘉賢妃は自死した」

「その言葉をどう信じろと!?　尚香の喉元は斬られているではありませんか！　この傷は、殿下がお持ちになっているものと同じ、長剣によるものです！」

涙を浮かべ怒鳴る嘉将軍には同情の目が、琥劉殿下には疑惑の目が向けられていた。

この状況はよくない――。

「本当です……私も、見ていました……その、嘉賢妃は少し様子がおかしかったんです。陶酔感に浸っているような感じで現われて、それから急に苦しみ、始めて……」

手の痛みと毒の影響でめまいがする。それでも琥劉殿下がこれ以上責められないように、と、見たままを説明している途中で引っかかった。

強い陶酔感、身体に走る激痛、嘔吐……これって、まさか……。

「ちょっと、いいですか？」

私は琥劉殿下から離れて、嘉賢妃のそばに行こうとした。だが、足元がおぼつかず、琥劉殿下が「無理をするな」と、すかさず支えてくれる。

「ありがとう」

お礼を返して、今度こそ嘉賢妃のそばに膝をつき、その手を取って臭いを嗅ぐ。微かに臭うのはアンモニア臭、指先には黒褐色の屑のようなものが付着している。

「これは……阿片……！　嘉賢妃は阿片を使って精神錯乱を起こし、私たちを矢で射殺そうとした……」

阿片は芥子の実から採取される果汁を乾燥させたもので、麻薬の一種だ。

嘉賢妃が私たちに矢を向けたことを知った取り巻きたちは「なんだとっ」「では、謀反を起こしたのは嘉賢妃の方だったのか？」とどよめく。

「尚香が殿下を狙った？　出まかせを言うな！」

「真実ですよ、旦那。これをご覧になってください」

私を守ってくれた護衛役の彼がやってきて、折れた矢を一本持ってくる。

「これは俺が叩き落としたものです。嘉賢妃の矢には、嘉家の紋が刻まれているでしょう？　それがなによりの証拠では？」

「そんな、まさか……」

嘉賢妃の矢を目の当たりにした嘉将軍は、青い顔で卒倒しそうになっていた。これが事実なら、嘉家は謀反の罪で罰せられる。

「嘉将軍、嘉賢妃は私の目から見ても、意思の強いお方とお見受けします。ですが、嘉賢妃は……琥劉殿下に愛されない寂しさから、他の誰かと関係を持っていたと……」

「尚香はそこまで弱くはない、信じられん……」

「たぶん、なのですが……誰かが嘉賢妃に阿片を服用させた可能性もあります。嘉賢妃はここ数日、部屋にこもられていたようですし、薬漬けにされていたのかも……」

あくまで憶測だが、嘉賢妃は悪い縁があって阿片を手に入れてしまい、使ってしまったのではないだろうか。どんなに強い人にも、現実から逃れたいという願望はある。

「一度使えば阿片のもたらす快感が忘れられなくなり、使用を繰り返すようになります……依存性が強いんです。そして……一刻から一刻半ごとに使わなければ……全身に激痛が走り、嘔吐や失神等の激しい禁断症状に苦しむことに……。そのあまりの苦しさから精神異常をきたし、琥劉殿下の剣を奪って自死したのではないかと……」

この世界は十二辰刻（じゅうにしんこく）という時法がとられている。一日を二時間ずつの十二等分にし、十二支を割り振ったものだ。なので一刻は二時間、一刻半は三時間になる。

私は開かれたままの嘉賢妃の瞼をそっと閉じた。

「この涙や鼻水も……退薬症状です。阿片は黒褐色で特殊な臭気と苦みが……あります。嘉賢妃の指からその臭いがしました。もしかしたら……」

失礼します、と胸元を漁れば、丸まった手ぬぐいが出てくる。それを開くと、中には黒い塊があった。

「やっぱり……これが阿片です」

周囲から、どよめきが起こる。

「なので、嘉賢妃だけが必ずしも悪いわけではないこと、それから琥劉殿下が殺めたわけではないと……ご納得いただけましたか……？」

「あ、ああ……嘉賢妃を一方的に疑わずにいてくれて、感謝する。医仙」

深々と頭を下げる嘉将軍に、私は首を横に振る。

「私は……たとえ自分から手を出してしまったのだと、しても……阿片のようなものを売ったり、渡したりする者の方が悪と……考えます」

「医仙……」

「嘉賢妃は……弱さに付け込まれた……嘉将軍も、娘さんを亡くされて……おつらいでしょう……どうぞ今は、嘉賢妃のことだけをお考えになってください」

嘉将軍は何度も頷き、嗚咽をこぼしながら娘を抱きしめていた。

ひとまず、琥劉殿下の嫌疑が晴れてよかった。

安堵したら一気に眠気に襲われ、ぐらりと身体が傾く。

「白蘭！」

私を抱き留めてくれた琥劉殿下を、力なく見上げた。顔は血の気を失っていて、瞳は深い絶望に満ちている。私のせいで、綺麗な金色が翳ってしまった……。

「大丈夫……私は死なない……から……」

そう言いながら、ふっと意識を手放した私はなんの説得力もない。

琥劉殿下の「逝くなっ」という悲鳴が遠くで聞こえた気がした。

＊＊＊

気を失った白蘭を抱えて、自分の幕舎に戻ってきてから、どれくらい経っただろう。

狩猟大会に潜んでいた伏兵の正体、嘉賢妃に阿片を渡した者の特定……考えなければならないことはたくさんあるはずなのだが、思考が鈍って上手く働かない。

俺は寝台の上に片膝を立てて座り、剣と白蘭を片時も離さずに抱いていた。俺の腕の中で固く目を閉じている白蘭の身体は、解毒薬を飲ませたのにもかかわらず冷たい。

痛いくらいに心臓が脈打っていた。全身から嫌な汗が噴き出し、白蘭の傷口から漂う血の臭いが鼻腔にこびりついて吐き気がする。

見える世界が過去と交錯し、嫌でも思い出す。体温を失っていく劉坊兄上の亡骸を抱えたときのことを。

武術に長け、豪快で人を惹きつける強さがある兄上に、いつも追いつきたくて必死だった。そんな尊敬する兄上が謀反を起こしたと聞いたときは、なにかの間違いだと、証拠が出るまでは信じたくないと駄々をこねた。もし自分が皇族でなければ、見たくない現実から目を逸らし、見て見ぬふりもできただろうにと思ったこともあったが、俺は逃れようもなく皇子で、いちばん心を許していた兄上を殺した。

『一生、俺の亡霊に怯えながら生きよ』

息を引き取る間際、兄上が残したのは呪詛。あの日、兄上を抱き起こした手が真っ赤に染まり、俺は気づきたくないことに気づいてしまったのだ。俺は国のためなら、大切な人の命さえも奪えるのだと。これが、俺の払った大きな犠牲だ。

もう国のためだとか、俺が皇子であるばっかりに、心を許した人間を失うのは懲りだ。失うくらいなら、適度な距離を保って、初めから深入りしない方がいい。

「琥劉殿下、失礼いたします」

英秀と武凱が中に入ってくる。

剣と白蘭を抱えたまま視線だけを忠臣らにやると、英秀は息を呑んだあとに武凱同様、厳しい眼差しを向けてきた。この世で最も俺が苦手とする目だ。

「報告するぞ、殿下。殿下が一蹴した伏兵だが、生きてるやつは全員拷問にかけた。わかったのは満蛇商団の一味だってことだな。阿片もそこで売られてたみてえだ」

「満蛇商団は拠点を持たずに、常に移動しているそうです。やましい取引をしているからでしょうね。移動経路は兵に探らせていますが、そこまで徹底している商団が自分たちの痕跡を残すような真似はしないでしょう。今回の伏兵は恐らく捨て駒です」

こんなときでも報告に冷静に耳を傾けている俺は、すでに人ではないのかもしれない。血に酔って、大事な手がかりである伏兵を容赦なく斬ったのがなによりの証拠だ。

「……これ以上、捕らえた伏兵から聞けることはないということだな」

「そうだ。それから今回の暗殺未遂の一件と劉奏殿下との関係性についてだが、伏兵は一切吐かなかった。下っ端すぎて、本当になにも聞かされてねえんだろうよ」

だが、劉奏は嘉賢妃が死んだのを見計らって現れた。俺が血に狂っているところを皆に見せるためか、はたまた俺の死体を回収するためか、あるいはその両方か。

どちらにせよ、劉奏は大会が始まる前にあれだけこちらを挑発していたのだ。黒で間違いはないだろうが、簡単に尻尾は掴ませてくれないだろう。

「劉奏の関与を明らかにするなら、満蛇商団の上役を問い詰めた方が早い」

「頭は働いてるみてえだな、琥劉」

武凱が俺を呼び捨てにするときは決まって、俺を叱るときか、励ましたいときのどちらかだ。そして今は前者だろう。

「そうして、ずっと剣と嬢ちゃんを抱えてるつもりか？」

なにも答えられなかったのは、俺自身がどうしたいのかがわからないからだ。

白蘭と出会ってからは落ち着いていたというのに、一度目を閉じれば血の記憶が俺の意識を侵食しようとする。

『よりにもよって、お前が討ちに来るとはな』

兄上の声がどこからか聞こえてくると、喉がひゅーっと細く鳴る。

「血に呑まれるな」

過去に沈みかけていた俺を目覚めさせたのは、武凱の声だった。

白蘭の人間としての正しい価値観と、俺の価値観はあまりにもかけ離れている。

俺は一度大きな犠牲を払ってしまったからか、今さら犠牲がひとつふたつ増えようと大差ないと思っていた。ただ、ひたむきに命を尊び救う白蘭といると、俺も彼女と同じようにその命を大切に扱わなければと思う。そうして誰かを救った瞬間は、俺も彼女と同じ普通になれたような錯覚を覚えた。

だが、白蘭が死ぬかもしれない。ただそれだけで心が乱れ、血を浴びた瞬間に理性が崩れ去った。気づけば血に酔って、伏兵を狩る獣になり果てていた。

白蘭は息をするのと同じくらい自然に、心に入ってくる。それが心地よくもあり、戸惑いもする。

そばにいたい……だが、俺のような血生臭い人間が近づいたら、綺麗な彼女を穢してしまいそうで恐ろしい。心が振り回されるなら、大事な者は作らない方がいい。

——やはり、白蘭の存在が俺を弱くする。

＊＊＊

二日後、狩猟大会はとっくに終わっているはずなのに、私は幕舎の中で目覚めた。

捕らえた伏兵やその見張りにあたっていた兵、治療にあたっていた軍医らが次々と体調不良になり、疫病を紅禁城に持ち込むわけにもいかず、狩猟大会に参加した者たちのほとんどが幕舎生活を強いられているのだそうだ。幸い城が近いので食料には困らないが、疫病が収束しない限り紅禁城には帰れない。

「あの、体調が悪くなったっていう兵たちの治療、私にさせてもらえない？」

伏兵が阿片を流した満蛇商団の者たちだとわかり、これからその行方を追うという琥劉殿下を私は呼び止めた。だが、幕舎の外で二日ぶりに顔を合わせた琥劉殿下は、私と目を合わさず、素っ気ない。

「それは許可できない。病み上がりで得体の知れない病に侵された者たちの治療をさせるなど、医仙になにかあれば、この国の大きな損失になる」

医仙になにかあれば、この国の損失……。私自身ではなく、医仙を失えないと言われているようで、胸のあたりがモヤモヤする。

いや、初めから琥劉殿下は、医仙という道具を大切にしていただけだったはずだ。今までなら、そう思う方が楽になれた。それなのに、私自身も大切にされている。そう思えることが増えた今では、ただただ苦しい。

「伏兵は今回の事件の重要参考人でしょう？　彼らの病を医仙が治せば、大事な証拠を守ったとして、あなたの出世にも貢献できるはずよ。そのために、私をこの紅禁城に連れてきたのよね？」

「…………」

「それに、私は約束のためにも、自分が生き残るためにも、彼らを治したいの。これは協力関係だって言ったはずよ」

「だとしても、今回は大人しくしていろ」

そう冷たく言い放ち、背を向けて歩いていってしまう琥劉殿下。

笑ってくれるようになった、涙を見せてくれるようになった。近づけた気がしていたのに、まるで他人かのように離れていく彼を呼び止める言葉が思いつかなかった。

とはいえ、やっぱり気になってしまうのが看護師の性。

「あの、例の伏兵がいる幕舎ってどこですか?」

「い、医妃様……それは答えかねます」

近くにいた兵に場所を尋ねたら、見事に教えてもらえなかった。私が言うことを聞かないとわかっていて、琥劉殿下が根回ししたのだ。

でも、そんな圧力に屈してたまるもんですか!

もはや意地だった。幕舎を渡り歩き、ついに自力で伏兵のいる救護幕舎を見つける。

「いけません、医妃様!」

「あなたを通すなと、殿下から命令が……!」

見張りの兵には止められたが、「ちょっとだけなんで」と、こっそり中を覗く。

すると、きつい臭気に頭痛がした。これは汚物や糞便の臭いだろうか。しかも、患者たちは軍医が治療しているそばから嘔吐している。

こ、これは……地獄絵図! こんな中で治療していたら、軍医たちも危険だ。

いざ行かんと突入していこうとすると、後ろから両腕を引っ張られた。振り返れば、困ったように微笑む猿翔と、むくれている麗玉がいる。

「先ほど白蘭様が眠っているはずの幕舎に行きましたら姿がありませんでしたので、

麗玉さんと捜し回りましたよ。もう大丈夫なんですか？」

「まったく、本当に解毒薬を作ることになるなんて思わなかったわよ！」

狩猟大会が始まる前、麗玉が冗談で言っていたことが本当になってしまった。

『嘉賢妃の矢で射貫かれないように、気をつけないとね』

『ま、そのときは私が薬を塗ってあげるわよ』

実際、私を射抜いたのは伏兵だが。

「麗玉の薬がよく効いたのね。おかげでもう平気！　ごめんね、心配かけて」

ガッツポーズをしてみせると、ふたりは半信半疑の様子で私を凝視したあと、諦めたようにため息をついた。

「やっぱり気になりますか？」

猿翔の視線は、私の後ろにある幕舎に向けられている。

「うん、自分にできることがあるって、すごく幸せなことよ。それなのになにもしないでいるのは、私にとって息を止めろと言われてるのと同じことだから」

琥劉殿下の命令であっても、これだけは聞けない。

「じゃあ、行くわよ。あんたが窒息する前に」

麗玉が私の背を押すと、猿翔が幕舎の入り口を開けてくれる。なんだかんだ付き合ってくれるふたりに口元を緩めつつ、私は地獄へと足を踏み入れた。

つんとくる刺激臭に猿翔と麗玉は顔をしかめ、袖で鼻を覆う。そこへ軍医のひとりがやってきて一礼すると、咎めるように私たちを見た。

「医妃様？　ここは軍医以外、立ち入り禁止です。外にお出になってください」

「私たちにも手伝わせてくださいませんか？」

「ここにいる伏兵は琥劉殿下の暗殺を目論み、嘉賢妃を阿片中毒にした犯人に繋がる大事な証拠です。なので琥劉殿下も絶対に死なせるなと仰せです。付け焼き刃の医術で患者を死なせられては困ります」

それに「なんですって!?」と噛みつきそうな勢いで軍医に向かっていこうとした麗玉を、猿翔が「落ち着いて、麗玉さん！」と後ろから羽交い締めにして止めた。

そのとき、別の軍医が「うわっ、またかよ！」と寝台から飛び退いた。皆を押しのけて、その寝台に近づくと、患者のお尻の下が排泄物でぐっしょりと濡れている。

「米のとぎ汁みたいな水様性の便……コレラだ」

「白蘭様、この病に心当たりが？」

猿翔が隣に来ようとしたので、慌てて腕を前に出し、後ろに下がらせた。

「なんの防具もなしに近づいたら駄目。これは患者の糞便からもうつる」

それを聞いた軍医たちは、慌てて寝台から離れた。

「適当なことは、言わないでいただきたい。これは寒湿困脾（かんしつこんぴ）、寒湿の邪が脾胃（ひい）に停滞したことで泄瀉を生じたのです」

　簡単に言えば、軍医たちは身体を冷やしたことが原因で胃腸の機能が低下し、水分が代謝できずに下痢を招いたと言いたいらしい。

「でも、排便の色を見てください。ただの下痢なら、こんなふうに白くはならない」

「だったらこれは、その……これ、ら……とかいう病のせいだと？　失礼ですが、私は軍医になって四十年、患者を診てまいりましたが、そのような病は聞いたことがない。後宮に来たばかりで、殿下の目に留まろうと必死なのはわかりますが、こちらの領域にまで踏み込まれますと大変困ります」

「なっ、そんなつもりは……っ」

「お引き取りください。琥劉殿下も、あなたを近づけるなとお命じになられた。医妃とはいえ、お若く経験もない者に任せられないとお考えになったのでしょう。彼らを死なせるわけにはいかないのです」

　私が関わったら患者が死ぬ、とでも言いたげだ。結局、私は軍医のお局らしき男に幕舎から追い出されてしまった。幕舎の前で立ち尽くしていると、「これでもう何人目だ？」「また死亡者が出てるみたいだな」と、兵たちの噂話が耳に入ってくる。

「琥劉殿下が私に関わるなって言ってる以上、医妃の権力は役に立たなそうね」

　がっくりと肩を落としていたら、両肩にふたりの手が乗った。

「図々しい、お節介があんたの取り柄でしょう?」

「麗玉、私のHPを削らないで」

「えいち、ぴー……なんちゃらは知らないけど、それで私は救われたわけだし、怯(ひる)んでんじゃないわよ」

「麗玉……」

励まし方はいろいろツッコミどころ満載だが、胸にじんときてしまった。

「琥劉殿下の命を覆すなら、殿下に意見できる人間を味方につけるしかありませんね」

猿翔の言葉に浮かんだのは、英秀様と武凱大将軍の顔だった。あのふたりなら、確かに琥劉殿下を説得できるかもしれない。

「猿翔は私の最強軍師ね。ありがとう、ふたりとも。大好きよ！」

ふたりの腕を掴んで、ぎゅっと抱きしめる。ふたりはなぜかカチコチに固まっていたが、麗玉は赤面しているし、猿翔は耳が赤かったので、きっと照れているのだろう。

私たちはすぐに英秀様と武凱大将軍の姿を捜して、幕舎内を歩き回った。満蛇商団を追うと聞いていたので、もしかしたらもう出立(しゅったつ)してしまっただろうか。そんな不安がよぎったとき、城の方角から英秀様が歩いてくるのが見えて、急いで駆け寄る。

「英秀様！　やっと見つけました！」

「騒がしいですね。あなたは仮にも後宮妃、大股で走るだなんてはしたない」

顔を合わせて第一声が嫌味なのはいつものことなので聞き流し、私は要件を伝える。

「すみません、ずっと英秀様たちを捜し回っていて……ふう」

「殿下と武凱は満蛇商団の行方を追って、ここを離れています。殿下が不在の間は私が城を任されていますので、残っていたのですよ。それで、私になにかご用でも？」

「はい！　例の伏兵の幕舎に蔓延している疫病ですが、あれは発病後三日ほどで死に至る病です」

コレラ菌で汚染された水や食物などを介して感染する。上下水道も整備されていないこの世界でのコレラの抑え込みは、なかなか難しい。

「もう病を突き止めたのですか？」

「はい、排泄物がこの病特有の色をしていたので。この病は一日数十リットル……とにかく大量の水分を失います。その大量に喪失した水分の補給が治療の要になるかと」

下痢症状が軽い場合には、経口補水でも対応が可能だが、重症な場合には点滴や抗生物質による治療が必要になる。でも、さすがにこの世界にはないので、できるだけ悪化しないようにしなければ。

「今のままでは病が救護幕舎の外にも、どんどん広がっていきます。すぐに病の原因である生水(なまみず)や生食品(せいしょくひん)を特定して、飲食しないように手配もしなければ……っ」

「わかりました、まずは息継ぎをなさい。こちらが呼吸困難になりそうです」

ぜーっ、はーっと肩で息をしていたら、英秀様にため息をつかれてしまった。

「すみません、早く対処しないとって思って……ふう。でも、琥劉殿下からは動くなと言われてしまっていて……」

「それで私にどうにかしろと……他力本願ですね」

「うっ、はい……」

英秀様の言葉がズサズサと胸に刺さる。

「なぜですか？」

その問いの意味がわからず、「え？」と私は目を瞬かせてしまう。

「あなたは伏兵の放った矢のせいで二日も寝込んだ。運が悪ければ、死んでいたかもしれないのですよ。それでも敵兵を治療しようとするその意が知りたい」

「それは……もしこれで私の目が見えなくなったとか、大切な人を奪われたとか、そういう事態になっていたら違っていたのかもしれませんが、酷い目に遭わされたから死にそうになっている人を見殺しにするっていうのは、なんか違う気がしますし……」

ただ奉仕したいわけじゃない。私は医術を施す者として、その職業を選んだ責任を果たしたいだけだ。その結果が人を助けるという行為に繋がっているだけ。

「それに、患者のこともちろん心配ですが、琥劉殿下を助ける大事な証拠なら、なんとしても守らないとと思うんです。私は私なりのやり方で、あの人ができるだけ血を流さずに済むように助けたい」

「あなたは……琥劉殿下を愛しているんですか？」

「……は？」

「いえ、忘れてください」

——忘れられないんですけど!?　どうして英秀様はそんなふうに思ったんだろう。

「こたびの疫病は水や食べ物を介して広がるんでしたね。そうなると、伏兵たちの口封じに意図的に蔓延させられた可能性もあります」

「え……」

生きたくても生きられない人もいるのに、口封じのために殺すなんて……。後宮での毒蝶騒ぎのときといい、医者が治せない唯一の病は人の悪意や欲なのかもしれない。

「疫病の蔓延具合によっては、幕舎を患者ごと焼く話も朝議で出ています」

「そんなっ……」

「私たちも易々（やすやす）と証拠を奪われるのは不本意です。なんとしても食い止めてください。そうすれば、琥劉殿下もあなたが並んで歩くことを認めてくださるかもしれません」

「それは、どういう……」

「殿下はあなたを守るべき存在だと思っている、そういうことです。それでは、必要なものがあれば言ってください。すぐに手配させます」

そう言って、去っていってしまう英秀様の背を見送る。

琥劉殿下の中で私は、守らなきゃならないほど弱い存在だっていうこと？　だから、隣を歩くことを許してくれないの？

悔しさにぐっと拳を握りしめ、私は猿翔と麗玉に「行こう」と言い、踵を返す。

琥劉殿下は私が死にかけて、きっと怖くなったんだ。失うかもしれない、だから守らなければって。私は武器を持って戦うことはできないけれど、それでも死なせちゃいけない人の命を守って、琥劉殿下を助けることはできる。そうして、あなたを支えることができるんだってことを証明してみせるから！


幕舎に戻ると、私はまず樽いっぱいの酒を用意し、幕舎の入り口に設置した。入退室時に手指を消毒し、病原菌を外に出さず、中にも入れないためだ。

また、後宮妃たちも暇そうにしていたので、布マスクを手ぬぐいで作ってもらった。嫌な顔をされる覚悟で頼んだのだが、毒蝶騒ぎの際に治療してくれたお礼だと言って、協力してくれた。裁縫が得意な妃嬪が多く、私が手本で作ったものより出来がいい。

私たちは布マスク着用のもと、糞便や吐物がついた衣服や敷布はすべて綺麗なものに取り換えて、幕舎の換気をするなどして患者のいる環境を清潔にした。そんな私たちを軍医たちは呆れたように見てくる。

「おいおい、医妃様は治療じゃなくて掃除に来たのかね？」

そんな悪口は聞こえないふりをして、硬い床に寝かされた患者たちを用意した布団に運んでいく。

「これで全員、布団に寝かせられましたね。皆、身体が軽くて驚きました」

患者の移動は私と麗玉がふたりがかりでもやっとなのに、猿翔はひとりでやってのけてしまった。女人なのに、本当に力持ちだ。

「それだけ痩せこけてるってことでしょ」

麗玉は憂い顔で、ぼーっと天井を仰いだまま動かない患者たちを見る。

私も沈みそうになる心を奮い立たせ、小声で猿翔と麗玉に告げた。

「頻回な嘔吐と下痢で脱水になれば、患者はもって三日よ。なのに、私が眠っている間に二日も経過してる。今日が正念場になると思うわ」

ふたりは深刻な面持ちで息を呑んだ。コレラ菌は酸に弱いので多くが胃の中で死滅するけれど、栄養状態が悪かったり、免疫力が下がっているとかかりやすくなる。なので食事や脱水の改善をして、免疫力を高めるよう関わる必要があった。

私は沸騰させて冷ました清潔な水に食塩や砂糖を入れ、檸檬汁で味を調整した経口補水液を作る。経口補水液は水分やミネラルを吸収しやすくした飲料のことだ。

「じゃあ、この経口補水液を飲ませてください」

軍医たちにも経口補水液が入った器を差し出したのだが、誰も反応しない。

なるほど、無視を決め込むつもりですか。なんて大人げない！

ここには伏兵の治療にあたって感染した軍医をあわせて、二十人ほどの患者がいる。皆で協力すれば、それだけ早く治してあげられるのに……。

憤りが募りながらも、私は自分にできることをした。新しい手指消毒用の酒樽を転がしながら運んでくれれば、「医妃様、そんな重いものも持てるんですね」と馬鹿にされるし、少し目を離した隙にその酒を手で飲んでいる軍医もいたが。

「ちょっと！　あなた、今なにをしたの!?」

さすがに見過ごせず軍医のもとへ行くと、その鼻が真っ赤だった。

「なにって……ひっく、もったいないから飲んだんですよー」

酔っぱらっている軍医は懲りずに酒をもう一口飲む。さすがに頭を抱えたくなった。

――どうしよう、殴りたい。そんな私の心を代弁するかのように、患者に水分を与えていた麗玉がこちらを振り返って〝殴る？〟と言いたげに拳を構えていた。

「あのね、どうしてわざわざ酒樽のそばに手勺を置いたと思うの!?　あなたの手の汚れが中に入らないためよ！　それなのに、これじゃあ取り換えなきゃじゃない！」

「そう声を荒らげないでくださいよ。女ならこっちで仕事したらどうです？」

かなり酔っぱらっているのか、軍医が私の尻を撫でた。

「ちょっ、私は妓女じゃないのよ！」

私が殴るより先に、猿翔が軍医の手首を捻り上げた。

「いてててててっ」

「この方が琥劉殿下の妃であることを、お忘れですか？　それほど酔っておられるとは……あなたこそ、軍医を辞めて酒楼ででも仕事をなさってはいかがです？」

爽やかな笑みで酔っ払いの軍医を突き飛ばす。

「な、なんて馬鹿力だ！　お前っ、本当に女か!?」

軍医は地面に尻をついたまま手首を押さえ、猿翔を怯えるように見上げていた。

やがて、「やってられるか！」と立ち上がると、幕舎を出ていってしまう。それに他の軍医たちもぞろぞろと続いた。

「医仙ならば病も神通力で治せるでしょう。我々は要りませんよね」

「ああ、これも返しますよ。布の無駄ですので」

軍医たちは布マスクをその場で捨て、わざわざ踏みつけて去っていく。

「後宮妃たちが頑張って作ってくれたものなのに……」

泣きたい気持ちになりながらしゃがむと、猿翔と麗玉も一緒に拾ってくれた。

「悔しい……」

布マスクを握りしめたら、うっかり涙が出そうになって奥歯を噛みしめる。

ふたりが心配そうに見てる。なんでもないって笑わないと……。

でも、我慢できなかった。

「人の揚げ足取ってる暇があるなら、ひとりでも多く患者を助けなさいよ！　誰のために医者になったのよ！　人を助けるのに、性別も年齢も関係ないでしょうが！」

つい大声を出してしまうと、目を丸くした猿翔と麗玉の肩がびくっと跳ねる。

「そ、相当参ってるわね……まあ、あの無能軍医たちの妨害には、私も腸が煮えくり返りそうよ。いっそ、野鳥の餌にでもしてやればいいんだわ」

「麗玉さん、今回ばかりは同感です。気位ばかり高くて、あげく患者を放置ですし」

腹が立っている。でも、それは軍医たちにだけではない。琥劉殿下が私を頼ってくれなかったことが堪えているのだ。そこに軍医たちの態度が追い打ちをかけた。

『お前の仕事は治すことだ』と言ったのは琥劉殿下なのに、どうして私に任せてくれなかったのか。私を守るためだとわかってはいるけれど、彼の無機質な瞳を前にしたら、お前はもう必要ないと言われているようで怖くなった。

「……それ、今洗わないと汚れが落ちなくなりますね。白蘭様、日が暮れないうちに行かれてはどうでしょう」

桶に入ったマスクを見ながら、猿翔が言う。たぶん外の空気を吸ってきたらどうかと、そういう意味なのだろう。押しつけがましくない気遣いがありがたかった。

「そうするわ。中はお願い」

軍医たちがボイコットしてしまったので、猿翔と麗玉だけに患者の世話を頼んでしまうことになるが、あとは見守りだけなので素直に甘えることにした。


夕陽に染まる川で汚れたマスクを洗う。外に出たものの、私の心の中は変わらずぐちゃぐちゃで、冷水が手の傷に沁みるわで、気持ちはなかなか浮上してくれない。

琥劉殿下にも、軍医たちにも必要とされていない。普段ならそれくらいで折れたりしないのに、役立たずになってしまうことが無性に恐ろしい。

あの子とたくさん助けるって約束したのに、琥劉殿下を支えたいのに。

私の根幹が揺らいでしまっているような……自分で自分がわからない。

「私、いつからこんなに弱くなったんだろう」

「嬢ちゃんのどこが弱いんだ？」

ついこぼした独り言に返事があった。弾かれたように振り返れば、「よう」と片手を上げながら、武凱大将軍が私の隣に胡坐（あぐら）をかく。

「武凱大将軍!?　阿片を流した商団を追ってたんじゃ……？」

「収穫なしだ。拠点がない商団だからな、こりゃあ長期戦だな。で、それはなんだ？」

私の手元を怪訝（けげん）そうに覗き込んだ武凱大将軍に「マスクです」と口に当てて見せた。

「嬢ちゃんは相変わらず面白ぇなあ。聞いたぞ、伏兵の治療をしてるんだってな」

「あー……その……琥劉殿下は怒ってました？」

「んー……そうだな、無言の圧はすごかったな」

ものすごく怒ってるんだ！

私はため息をつき、マスクを洗いながら「実は……」と悩みを洗いざらい話した。

「なるほどなー、嬢ちゃんは医仙だ。医術を封じられるのは、俺たち武人が武器を持つなと言われるのと同じくらい苦しいもんだわな。そんでもって、琥劉殿下にも軍医たちにも必要とされてないような気がして、悩んでたわけか」

「はい……」

「嬢ちゃんは、なんで殿下の役に立ちたいんだ？」

「それは……平気そうな顔をして、実は脆いあの人をほっておけないからでしょうか。私が琥劉殿下を心配するなんておこがましいですけど、私が見てなくちゃって……」

でも、私があの人のそばにいたところで、なにかできているんだろうか。

伏兵と戦ったとき、あの人を不安にさせたのは私だ。私が弱いから、琥劉殿下は気が気でなくなってしまう。

「でも、自分が守っているようで、私が琥劉殿下の足を引っ張ってたんです。琥劉殿下の弱点になりたくない、そうなったら私にできることって、医術くらいしかないじゃないですか……」

「ぶははっ、嬢ちゃんはやっぱ面白ぇなあ！」

　自分の膝を叩いて笑う武凱大将軍に、釈然（しゃくぜん）としない感が拭えない。

「今、笑うところですかね？」

「だってなー、あの殿下を守るって言うんだからよ。嬢ちゃんの勇ましさには度肝（どぎも）を抜かれるぜ。でもよー、お互いに弱点になりたくないってのは無理じゃねえか？　英秀から聞いてねえか？　殿下は嬢ちゃんが倒れてから、片時も離れなかったんだぜ」

「……え？」

　寝耳に水だった。目が覚めて話をしたときは、あんなに素っ気なかったのに……。

「剣まで持って、よっぽど嬢ちゃんを傷つけられたくなかったんだな。それがなんでなのか、本人は自覚なさそうだが」

　私が眠っている間、琥劉殿下はどんな気持ちでいただろう。きっと怖かったはずだ。

「いいか、嬢ちゃん。大事な存在ってのは、失えない存在ってことだ。つまり誰かを一度懐（ふところ）に入れちまうと、同時にそいつは弱点になる。だから、そばにいるってのは簡単そうでいて、一番難しい」

「あ……」

　弱点になりたくないというのは無理、それがどういう意味かようやくわかった。

裏を返せば、相手が弱点になったということは大切な存在になったということ。私にとってもそう、いつもなら耐えられることも、琥劉殿下のことが絡むと心が揺らぐ。

『あなたは……琥劉殿下を愛しているんですか？』

今なら、英秀様にそう問われたのがどうしてかわかる気がする。琥劉殿下に抱く想いが恋慕（れんぼ）の情なのかどうかはまだわからないけれど、私にとって琥劉殿下は大切な存在だ。あの子との約束を抜きにしても、血に狂うあの人を助けたいと強く想うほどに。

「嬢ちゃん、俺には心に決めた女がいるって言ったろ？　あれ、皇太后のことな」

「……は!?」

うっかり、マスクを落としそうになった。

「秘密にしといてくれよー？　でないと俺は……こうなっちまうからよ」

親指を立てた手で自分の首を斬る仕草をする武凱大将軍に、私はこくこくと頷く。

絶対に言いません、それを知った私の首も落ちるんで！

「俺は先帝と親友でな。出会ったのは、あいつがまだ皇子だった頃だ」

武凱大将軍が話してくれたのは、親友との出会いと始まってすぐに失った恋の話だ。

海賊だった十八歳の武凱大将軍は、公務で港に来ていた先帝を自分の船に攫い、金品を盗もうとしたらしい。だが、先帝は強く、武凱大将軍と互角に渡り合ったそうだ。

武凱大将軍はひとりで船員を倒した先帝の強さを気に入り、先帝もまた物怖じしない武凱大将軍の性格と圧倒的な戦闘力に惚れ込んで、自分のところに来いと軍に勧誘した。そうして軍に入った武凱大将軍は、飛ぶ鳥を落とす勢いで功績を上げていった。

先帝も十七と武凱大将軍と歳が近かったこともあり、すぐに唯一無二の存在になったそうだ。先帝の信頼を得て、武凱大将軍は主君の婚約者だった皇太后の護衛役を任されると、女人なのに気が強く、凛とし[りん]ているところに惹かれていったそう。

「つらくないですか？　だって、その恋は……」

「報われないからか？　そうだな、苦しいっちゃ苦しいが……それ以前に俺は先帝のことも皇太后のことも好きだからなあ。だからあいつらも、あいつらの大事なもんも勝手に守るって決めてんだ」

そう言ったあと、武凱大将軍の顔に自嘲的な笑みが浮かぶ。

「まあ、親友は守れなかったんだが……」

「武凱大将軍……」

親友を殺されて、悔しかっただろうな。

しんみりとした空気を振り払うように、武凱大将軍が明るく言う。

「つまりなんだ、相手に必要とされてようがなかろうが、自分のすべきことはひとつしかねえんだ。自分が誰のためになにをしたいか、ただそれだけを考えてりゃあいい」

武凱大将軍は、私の頭をわしゃわしゃと撫でる。

「そっか、私……難しく考えすぎてたんですね。ふふ、大雑把だけど、武凱大将軍のそういう豪快な考え方、好きです。なんか、オヌフ族のみんなのことを思い出します」

「オヌフ族と付き合いがあるたあ、やっぱ野生児だなあ。で、迷いは晴れたか？」

「はい！　……よっこらしょっ」

桶を抱えて勢いよく立ち上がり、柔らかい赤みを帯びた太陽を見つめた。すぐそばで、「よっこらしょって、お前なあ」と武凱大将軍が呆れたように笑っている。

「自分が誰のためになにをしたいか、はっきり見えました！」

というより、最初から決まってた。でも、余計なことをぐるぐると考えてしまって、見えなくなっていただけだ。

うん、自分のするべきことはひとつしかない。私は琥劉殿下のために、あの幕舎の兵たちを助けよう。たとえ、琥劉殿下自身に拒絶されたとしても。


夜は猿翔と麗玉と交代で、患者を診ることになっていた。

最初は私なので、手燭台（てしょくだい）を持ちながら幕舎内を見回っていると、顎を上下に動かしながら呼吸をする患者を見つけた。これは脳が酸素不足になると起こる下顎（かがく）呼吸。

この患者に残された時間は、十二刻——二十四時間ということになる。

この人は私と琥劉殿下を狙った伏兵だけれど、この人にも会いたい家族がいたのだろうか。その代わりにと言ってはなんだが、私は患者の手を握った。

「家族の手じゃなくて、ごめんなさいね……」

それから一時間ほどで、患者は息を引き取った。感染症に気をつけつつ、髪を洗い、身体を拭いて、最後に手を組ませる。すぐに火葬されてしまうだろうが、できるだけ綺麗な姿で旅立たせてあげたかった。

「どうして……そこまでする。俺たちは、あんたらを殺そうとしたんだぞ」

死後の処置を終えたとき、後ろから声がした。振り返れば、患者が解せないという顔でこちらを見ていた。彼は比較的症状も軽く、数日もすれば起き上がれる患者だ。

「人を助けるのが仕事だからです。それから、あなたたちは満蛇商団に繋がる大事な証拠なので」

それと琥劉殿下が血に酔って誰かを殺したわけではなく、ただ敵兵を斬ったのだと周りに証明するためでもある。あの光景を見た者たちは、少なからず琥劉殿下の正気を疑っているだろうから。私があの人を流血皇子にはさせない。

「だからって……死んだやつを綺麗にすることにどんな得がある？」

「私くらいは、目の前の死を悼んでもいいじゃないですか」

麗玉のときと同じ理屈だ。人間いつかは死ぬ、世界だって唐突に壊れる。だったら、この世界で誰かひとりくらいは、敵だろうが、その死を悲しんでもいいじゃないかと。

「お前、変なやつだな」

「よく言われます」

そう言って笑えば、患者もわずかに口端を上げた。

それから私は、亡くなった患者を火葬してもらうため、外に出た。自軍の兵に亡骸を託し、弔ったあと、幕舎に戻ろうと歩き出す。するとゴロゴロと空が轟き、世界が彼の死に涙しているみたいに、ザーッと雨が降ってきた。

あの日、私とあの子の死を悼み、涙してくれる誰かはいたのだろうか。

雨の中で真っ暗な空を見上げたときだった。大地が横波を受ける小船のように揺れ、心臓が早鐘を打つ。雨の音が迫ってくるような気がした。

「はあっ、はあっ……地震……？」

ヒューッと喉が鳴り、足に力が入らなくなった私は、その場に膝をつく。金縛りにでも遭ったように動けない中、瞬きをすると、世界が昼間に変わった。崩れた天井、その隙間から微かに差し込む光、ぽたぽたと頬で弾ける雨水。そして——。

「め、い……？」

微かな光に照らされた彼女が、少し先にうつ伏せに倒れている。彼女の身体の下から垂れてきた血がつうーっと、私の方に伸びてきた。

「あ……あ、あ……っ」

『どこに行くにしても……私たちふたりでって……言ったのに……あなただけが……』

芽衣の恨み言が聞こえてきて、涙が込み上げた。

私だけが新しい世界で生まれ変わってしまった。それを許さない、お前もこちら側へ来いとばかりに手を伸ばしてくる赤。逃げられない、逃げてはいけない……。

「ごめ、ごめんっ……芽衣、私だけ……っ、生まれ、変わっ……て……っ」

泣きながら、心臓が潰されたように呼吸ができず、服の胸元を握りしめる。

私を侵食する過去は何度生まれ変わろうとも、こうして追いかけてくるのだろうか。だとしたら、この苦しみから逃がれる術はない。どれだけ必死に『あれは過ぎ去った時間だ』『あの子は、そんなふうに私を恨んだりしない』と自分に言い聞かせても、私だけが新しい人生を始め、今も医療者で在り続けていることへの罪悪感は消えない。

「ごめっ……」

「――白蘭！」

呼び声にさっと過去の残像が消え去り、瞬きと同時にまた涙がこぼれ落ちた。視界が鮮明になると、私は誰かの腕の中にいた。ゆるゆると目線を上げていけば――。

「あ……琥劉、殿下……」

「お前……」

琥劉殿下も気づいただろうか。私の中にも、彼の言うように闇があることに。

怪訝そうに私の顔を覗き込んでいた琥劉殿下だったが、無言で抱き上げてくれる。私の様子が変なことに気づいているはずなのに、なにも聞かずにいてくれることに内心ほっとしていた。

「手を出すなと言ったのに、お前はまるで聞かない」

伏兵の治療のことを咎めているのだろうけれど、今この状況で上手く説明できる気がしない。心ここに在らずな状態で「すみません」と答える。

琥劉殿下は救護幕舎の門番をしていた兵に、私が抜けることを伝え、自分が寝所として使っている幕舎に入った。寝台にそっと下ろされ、琥劉殿下も自然にそこに座る。

「お前が眠るまで見張る」

「見張るって……私は罪人ですか。寝るなら自分の幕舎に戻って寝るわ」

「そう言って、患者の看病をするのだろう」

これは、梃子でも動かないんだろうな。

寝台の端に腰かけている琥劉殿下の背を、苦笑いしながら見つめる。

「琥劉殿下、私から医術を取り上げたら、なにも残らないのよ？　ここにいる意味もなくなっちゃ――」

「お前はなぜ、医仙になった」

琥劉殿下は最後まで言わせてくれなかった。

それにしても、難しい質問をしてくれるな。単純に言えば、前世で看護師だったからだ。ただ、それを生まれ変わったあともしているのは……。

「約束のため、か」

「覚えててくれたのね……うん、そうかもしれない。たくさん助けるって約束したから、私はこの道を進み続けてるんだと思う」

「そこに、お前自身の意思はあるのか？」

「……どういう、意味？」

なぜか心臓がバクバクと鳴りだした。聞きたくない、けど聞きたい——そんな相反する感情が胸に渦巻いている。

「約束がなかったら？　お前はそれでも医仙の道を進んだか？」

「約束が、なかったら……わからない、わ。もしもの世界の話をされても、そのときの自分がなにを選んで、なにを捨てたのかなんて……」

——わかりたくもない。なのに、前世の記憶も持たず、あの子のことも約束も忘れ、新しい人生を謳歌する自分が頭の隅を駆け抜けていく。

「なら、私も聞いていい？」

振り返った琥劉殿下の瞳は優しい色をしている。この人と過ごした時間はそう長くはないが、その些細な変化に気づけるほど濃い交流をしているということだろう。

拒絶されていないことがわかり、私はずっと気になっていた問いをぶつける。

「あなたは……なぜ皇帝になりたいの？」

琥劉殿下の肩がゆっくりと上下に動き、深く息をしているのがわかった。やがて、その目が愁いを帯びて伏せられる。

「なりたい……というのとは違う。……俺が兄上を討ったことは知っているな？」

「うん……」

「お前のことだ、それが原因で俺が正気を失うことも気づいているのだろう」

「なんとなく、そうなんじゃないかとは……」

「血を見ると、兄上を殺したときのことが頭に浮かぶ」

片手で自分の前髪をぐしゃりと握りしめる琥劉殿下に、胸が締めつけられた。

「兄上が死ぬ間際、俺に向けて放った恨み言がいつだって俺を闇に引きずり込もうとする。お前の罪を忘れるなと、そう戒めてくる」

同じだ……消えない罪悪感、それがどんなに理不尽で、あるいは本当に自分のせいではなかったのだとしても責めずにいられない。その永劫の苦しみを私も知っている。

「俺は……国を守るため、兄上を切り捨てた。その瞬間からだ、もう後戻りはできないと思ったのは」

それは皇帝になる道のことを言っているのよね。

私もだ。あの子との約束と、あの子を置いてひとり生まれ変わったという事実。それが私に医療者で在り続ける以外の道を許してくれない。そして琥劉殿下も、お兄様を殺めたことで、皇帝になる以外の道を進むことを自分自身が許せなくなった。

「お前の約束も……俺と同じ、その道から逃れられなくなったきっかけではないのか」

「……そう、ね……」

認める声が喉に張り付いたみたいに掠れた。

心の傷を見せたくないと思うのに、理解されたいという気持ちもあって、私たちは恐る恐る、ひとつずつ自分の心を見せ合っていた。

「私は……雨が降ったり、地震が起こると……そばにいたかったのに、いられなかった人のことを思い出す。離さないって強く握ってたはずの手の感触も……鮮明に」

自分の手のひらを見つめる。

トラウマというのは、きっとパンドラの箱なのだ。普段は心の奥底にしまわれているのに、一度開いてしまうと、瞬く間に苦しみや悲しみという禍(わざわ)いをもたらす。だから触れないで、見ないでおこうとする。でも、その存在をいつだって感じている。

「遠い遠い場所にある私の故郷ね、天災でたぶん壊れちゃってるんだ。そこで大切な人と約束をしたの。生まれ変わった世界で、ふたりでたくさんの人を助けようって」

その故郷はどこにあるのか、きっと気になっただろうに、琥劉殿下は言葉を挟んでくることはなかった。

「でも、その約束は果たされなかった。この世界に私はひとり……そばにいてほしかった人はいない」

産声をあげ、この世界に生を受けたとき、隣にあの子はいなかった。あの子を捜すべきなのだろうけれど、それでももし見つからなかったら？　私はまた絶望する。

期待するのが怖くて、あの子がいない事実がつらいはずなのに、いないと思い込む方が楽だなんて、おかしいだろうか。

「私だけがここで誰かを助けていていいのか……でも、助けるって約束したのにって、いつも心苦しくて、罪悪感が消えなかった」

お互いを重ねているせいか、私たちの間に流れる空気の温度が溶け合っていくような感覚があった。だから私も、自分の心の内を語ることができた。

「でも……私たちがそうせざるを得なかったから、今の場所に立っているのだとしても、自分が望んでその道を進んだのか、そうじゃないのかわからないまま歩いてきてしまったんだとしてもね」

私は答えを探し続けているような琥劉殿下の瞳を見つめる。

「ここまで来たのは、やっぱり私の意思よ」

「どうして……そう言いきれる」

「誰かに決められた道なんて歩けない。ましてやそれがつらい道だって、わかってるのに」

それがわからないほど私は子供じゃない。見た目が十代の少女であっても、心は成人した女だ。でも、琥劉殿下は……見た目がどれだけ大人びていても、十代の青年だ。ただ、迷うことを許されない大人にならなくちゃいけなかっただけで。

首を傾げている琥劉殿下に、小さく笑う。やっぱり、私はこの人をほっておけない。

「嫌々（いやいや）進んだ道なら、引き返せばいい。進むも立ち止まるも違う道を行くも、私は選べるんだから。でも、私はこの罪悪感を抱えながらも、この道を進んでる」

琥劉殿下の手を取って、その瞳の奥にある心をそっと迎えるように見つめた。

「あなたは気が狂ってしまいそうなほどに苦しい思いをしているのに、皇帝になろうと足掻（あが）いてる。逃げられない道の中に、あなた自身で決めたことだってあったはずよ」

「俺が決めたこと……あるんだろうか。罪悪感だけではなく、俺自身が皇帝になりたいと思った理由が……」

「今はまだ、はっきり見えないのだとしたら、これから探していけばいいんじゃない？　あなたが皇帝になりたいと思う理由を」

お兄様を討ったときだって、自分しかいないと思って剣を手に立ち上がった。

でも、どうして自分しかいないと思ったのかを追及していけば、きっとそこに残るのは、曇りない琥劉殿下自身の意思だ。

「それにね、苦しいだけじゃなかった。約束があったから、私はここまで生きてこられたの。あなたの皇帝になるって決意も、きっと生きるための道標になってたはずよ」

「道標……確かにそうなのかもしれない。あの出来事がなければ、俺はいつまでも皇子である責任から逃げていただろう」

そこでふっと、琥劉殿下が口元を緩める。

「……敵わないな。お前を気遣わなければならないのは俺のはずなのに、気づけばこちらが励まされている」

しまらないなと小さく笑った琥劉殿下に、どきっとした。心の鎧を少しだけ外したときに見せてくれる、素の琥劉殿下がそこにいたから。

「俺は……お前といると、威厳を保てなくなる」

拒絶でないことは、この離れない手から伝わってくるので傷ついたりはしなかった。

「お前が倒れたとき、生きた心地がしなかった。お前のそばにいると心地がよくて、立場も責任も忘れて甘えてしまいそうになる」

甘えてくれればいいのに、自分に厳しい人だからそれができない。こちらから無理やり甘やかさない限り。

「だが、俺は皇帝にならねばならない。今はただでさえ、皇帝としての資質を試されているときだ。動揺を見せることも、正気を失うことも、腑抜けることも許されない。だから……お前を危険から遠ざけ、自分からも遠ざけてみれば、以前のなににも動じない自分に戻れると思った」

伏兵の治療をさせてくれなかったのも、素っ気なかったのも、そのせいだったんだ。

「だが、そんなのは無意味だった。お前を手放す勇気がない時点で、離れることなどできない……そういうことなんだろう」

「……武凱大将軍が教えてくれたの。お互いが弱点になったということは、同時にお互いが大切な存在になったってことなんだって」

琥劉殿下の目がみるみる開かれていく。

「でも、私はあなたと一緒にいて、弱くなるだけじゃないって思いたい。そばにいると痛みが和らいで、脆い自分を見せ合えて、不思議と息ができる……あなたと私なら、そういう関係になれるんじゃないかな」

「……それならもう、なっている」

その逞しい腕が私を抱きしめた。離れてしまった手の代わりに、私を包む琥劉殿下の温もり。それがじわじわと私の中に沁み込んで、冷えた心を温めてくれる。

雨の音が遠ざかっていくと、今度はとくとくと彼と私の鼓動が大きくなっていった。

ああ、本当だ……もうなってる。そばにいると心が安らぐ関係に。

琥劉殿下から正式に許可をもらい、伏兵の治療をさせてもらうこと七日、おかげで生命の危機に瀕している患者は今のところいない。

それから、彼らがコレラにかかったのは茘枝が原因だとわかった。日本でいうところのライチのことだ。狩猟大会の前夜、暗殺計画の決行前に開かれた宴で食したらしく、誰が差し入れたものなのかは本人たちにもわからないようだった。

「悪いな、あまり力になれなくて。俺らは商団の中でも下っ端だからな、本当になにも聞かされてないんだ」

仲間が世話になったからと、いろいろと話してくれたのは、私が患者を看取った夜に声をかけてきたあの伏兵だ。

「いいえ、あなたたちが自分の仲間のことを話すのは……心苦しかったでしょう?」

「お前……やっぱ変わってんな。敵の心情なんて汲んでたら、持たないぞ」

「それを言うなら、あなただって敵の私に助言してるわ。だからきっと、私たちの関係は敵味方ってだけじゃなくなったってことじゃない?」

私と琥劉殿下の関係のように、人と人は一緒にいるうちに情がうつって、繋がりが深まるものなのかもしれない。

「……そうよね、私たちだってわかり合えたんだもの。軍医たちとも和解できるかも」

「俺もよく弟とやり合っちまうんだが、男ってのは時間が経って自分が悪いって気づいても、言い出したらあとに引けないもんなんだよ。嬢ちゃんから折れてやるんだな」

敵だった彼に「ま、頑張れよ」と背を押され、勇気が湧いてくる。お礼を言いながら幕舎の出口に向かって歩いていけば、その後ろを猿翔と麗玉がついてきた。

「軍医たちって、今どこにいるかな？」

「なんで、あんなやつらの居場所が知りたいのよ」

露骨に嫌そうにしている麗玉と、顔には出さないものの訝しんで沈黙する猿翔に、思っていることを伝える。

「私は軍医たちと張り合いに来たわけでも、喧嘩しに来たわけでもないの。ただ、自分の職務を全うしたかっただけ。でも、自分の意見を通すにしても、人を動かすには敬う気持ちを忘れちゃいけなかった」

心のどこかで、この世界の医療は……と軍医たちを下に見ていたところがあったのかもしれない。それが私の言葉や態度に出てしまったのかも。

「なにそれ？　言いなりになるってこと？」

「違う。医術に関しては、私は正しいと思ったことは口にするわ。でも、人生の先輩を敬う、その礼を欠くのは間違ってたって意味」

納得がいっていなそうな麗玉だったが、猿翔が「まあまあ」と宥め、軍医たちの幕舎に案内してくれた。

無視される覚悟もしていたのだが、軍医たちは意外なほど素直に幕舎から出てきてくれた。でも、気まずそうに目を逸らしたり、うなじをポリポリと掻いたりしている。

「あの……生意気なことを言って、すみませんでした」

第一声はこれにしようと決めていた。私が来るまで前線で頑張っていたのは彼らだ。その礼を欠いたことへの謝罪だった。

頭を下げると、軍医たちは動揺したように仲間と顔を見合わせている。

「患者の苦しみをできるだけ早く軽減すること、それが私の役目です。そのために正しいと思うことを貫きたいと、いつも思っています。でも、その気持ちが急いて、きつい言い方になっていたり、命令口調になってることもあったかと思います」

ざわついていた軍医たちが静かになった。私の言葉に耳を傾けてくれている、それだけでもありがたい。

「でも、私たちの目的は同じはずです。皆さんと協力すれば、もっと早く疫病を収束できると思います。お力を貸していただけませんか？」

もう一度頭を下げれば、軍医たちは渋い面持ちになる。やっぱり一緒に治療をするのは難しいだろうか。諦めかけたそのとき、軍医のひとりが重い口を開いた。

「いや……謝らなければならんのは、私たちの方です」

今度はこちらが驚かされる番だった。私は思わず猿翔や麗玉と顔を見合わせる。

「役立たずは私たちの方です。医妃様が治療にあたられてから、死亡者は出ておりません。夜も服が汚れるのも構わず幕舎内を見回り、亡くなる患者がいれば、そばを離れない。その姿は医者のあるべき姿でした」

治療してるところ、見られてたんだ……。今さらどうしようもないが、間違ったことをしていなかっただろうかと緊張してしまう。

「本当に申し訳ございません。私たちの方こそ、経験がどうのと、若いやつはと、あなた方の優位に立とうとした。ただ、自分の誇りを守りたいがために、医者の本分を忘れていたのです」

こういう職場の付き合いみたいなもの、この世界に生まれ変わって、山にこもっていたせいで忘れてたな。まったく違う価値観、年齢、経験の人たちが集まって仕事するんだから、初めから上手く回る方がおかしい。

「こちらこそ、改めて医妃様のもとで治療にあたらせてください」

軍医たちに頭を下げられ、私は慌てる。

「そんな！　私も鍼治療のこととかは素人同然ですし、お互いに患者にとって最良だと思う方法をとっていけたらなと！」

がばっと頭を下げれば、猿翔と麗玉も肩を竦めながら笑い、私に続いた。

そうして軍医たちと握手をしていたら、その様子を琥劉殿下たちが遠目に見ていたことに気がついた。目が合うと、琥劉殿下が微かに笑みを向けてくれる。

「……っ」

カッと頬が熱を持った。苦しい……え、これって不整脈とかじゃないわよね？

つい自分の手首で脈をとってしまう。ちょっとばかし速いだけで異常はない。だったらこれは、〝ときめき〟によるもの……？

恋と呼ぶには曖昧で、友情と呼ぶには物足りない。この方面は専門外なので、今私の胸にある感情に、診断名をつけることはできなかった。


無事に病に臥せっていた伏兵たちが回復し、軍医たちと宴をすることになった。

楽しい空気を味わってほしい、そんな思いで琥劉殿下たちのことも誘ってみたら、

「……行こう」と真顔で了承してくれた。

朱色の丸机に並んだ冷麺や三層肉（サムギョプサル）、肉饅頭や色とりどりの果物。皆で豪華な食事を囲みながら、私が惹かれてやまないのは――。

「まさか、梅酒をここでも飲めるなんて……感激！」

こっちの世界では飲酒に年齢制限はないので、好きなだけ飲める！

宴会が始まって早々に梅酒に手をつける私を、同席している琥劉殿下や英秀様、武

凱大将軍に猿翔が驚愕の表情で見ている。

「後宮妃が酒豪というのは体裁が悪いですから、ほどほどに」

苦笑いする猿翔に『梅酒を前にそれだけは無理なんだ、ごめんよ』と心の中で謝る。

「猿翔、酒の席で硬いこと言うなって。そこの元後宮妃なんて、開始早々に突っ伏してんだからよお」

武凱大将軍の視線の先にいるのは、たった一杯で泥酔した麗玉だ。

猿翔はと言うと、笑みをぴきりと凍らせて、武凱大将軍に〝それは、あなたが勧めたからでしょう〟と無言の圧力を放っている。

「だ、大丈夫よ。これから浴びるほど飲めば、麗玉も鍛えられていくと思うわ！」

梅酒の入った杯を持ち上げて笑えば、琥劉殿下がため息をついた。

「……猿翔の言うように、ほどほどに頼む」

「私、これでもお酒は強いのよ。だから琥劉殿下も付き合ってね」

もちろん、それは転生前の話だが。琥劉殿下の杯にお酒を注げば、ふいっと目を逸らされてしまう。その耳が少し赤いのは、きっとお酒のせいだろう。

「それにしても、伏兵が病にかかった原因の茘枝は誰が持ち込んだものなんでしょうね。狩猟大会の前日から仕込み、役目を終えた捨て駒はいっせいに処分。親玉は残酷な手段も厭わない人間のようで」

「英秀ー、酒が不味くなんだろう？　まあ、その親玉の面は拝んでみたいがな。商団の首領がいきなり殿下を狙うとも考えづらい。考えられるとすりゃあ――」

杯に口をつけたまま、武凱大将軍がちらりと英秀様を見てニヤリとする。

「ええ、殿下の即位を阻もうとする皇子や大臣でしょう」

声を潜めながらもはっきりと聞こえた英秀様の言葉に、心臓が嫌な音を立てた。

「商団との裏取引でしょうから、なにかの専売権を与えるとでも言って手を組んだのか……ま、そんなことができるのは、やはり法を動かせる地位にいる者の仕業でしょう。それを探るのに、まだ時間はかかるでしょうが……」

英秀様の顔に陰が落ち、「ふふふふふっ」と不気味に笑いだす。

「そのあとはどうぞ覚悟していてください。今回は取り逃がしましたが、泳がせるだけ泳がせて、手のひらの上で転がしまくったあげくに海にでも沈めて差し上げます」

怖っ……酔ってるんだよね？　今の英秀様には、触れちゃいけない気がする。

無視してお酒を楽しもうとしたのだが、英秀様の鋭い視線に捕まった。

「今回の茘枝のことといい、どうやって敵を懐柔（かいじゅう）したんです？　堅物だらけの軍医たちも味方につけてしまうその人心掌握術には興味がありますね」

「英秀様、白蘭様は直球勝負ですので、立ち向かったら最後、相手の方が丸裸にされてしまうのかと」

猿翔が代わりに答えてくれたのだが、それは褒められているのだろうか？

疑問に思いつつも、私は参鶏湯が入った器を琥劉殿下の前にすーっと出した。

「これ、私が作ったものだから全部食べてね？　残したら駄目よ？　お腹をいっぱいにすると、心も自然と満たされるものだから、ね？」

笑顔で押せば、琥劉殿下は少しぎょっとしつつも頷く。

私に監視されながら参鶏湯を一口食べた琥劉殿下は、銀の匙を片手に目を見張った。

「……味がする」

「それ、前に山小屋でも言ってたわね。今回も調味料は入れ忘れてないわよ？」

丸鶏の中に高麗人参やもち米などを入れて煮込んだこの参鶏湯は、私が患者に栄養をとらせるために作ったものだ。余ったのでとっておいても仕方ないからと宴にも出したのだが、琥劉殿下は気に入らなかったのだろうか。

「……そうか、お前が作ったものだと味がするんだな」

「え？　それ、どういうこと？」

「俺は……食べ物の味がわからないはずなんだ」

味が、わからない……？　ある時から感情がわからなくなったと琥劉殿下は言っていたけれど……。それはきっと、お兄様を手にかけた時からなのだろう。

消えた表情、味覚……心が痛みや苦しみを感じないようにするために、感覚を切り離すしかなかったのかもしれない。そこまで傷が深かったのだと思ったら居ても立っても居られず、山小屋でもしたように、自分の器の中の鶏肉を琥劉殿下の器に入れる。

「これからは、あなたの食事は私が作るわ。夜と……そうね、朝なら一緒に食べられそうじゃない？　夜伽係の名目で」

匙で鶏肉を掬い、琥劉殿下は表情を緩ませた。

「それは楽しみだ」

少しずつ、琥劉殿下が失くしたものを取り戻していけたらいい。その手伝いができることが嬉しくて、お酒も進んでしまい……。

「うう……ああ、飲んでれば鍛えられるって言ったの……誰だっけ」

酔いが回ってしまった私の耳に、英秀様の「あなたでしょう」というツッコミが聞こえてくる。転生前は酒豪でも、転生したあとのこの身体で、お酒なんてほとんど飲んでいなかったのを忘れていた。

「まさか、たった五杯でこのざまとは……」

机に突っ伏しながらも杯を手放さない私に、武凱大将軍が「ぶわっはっは！　やっぱ面白ぇな、嬢ちゃんは！」と爆笑している。武凱大将軍も、お酒で気持ちよくなっているんだろうなと、ぼんやり考えていたら——。

「終いだ」

手から杯を奪われ、代わりに身体が浮き上がる感覚がする。ゆらゆらと心地いい揺れに身を任せ、私は微睡(まどろ)んでいた。

＊＊＊

あれ以上、他の人間にこの娘の無防備な姿を見せたくない。形だけの夫婦だというのに、気づけば勝手な独占欲で酔った白蘭を自分の幕舎に連れ帰っていた。

この娘は俺の目的のために囲った偽りの妃。自由を奪っただけでなく、俺の道に引きずり込んだがために、危険な目にも遭わせた。そばにいてくれているだけでも奇跡のようなものなのに、この娘をさらに望んではバチが当たる。自分を戒めるように、寝台に横たわらせた白蘭に背を向けようとしたとき、ぎゅっと服の裾を掴まれた。

「……くりゅ……しゃん」

――琥劉さん？

たどたどしく俺を呼ぶ声は甘く、縋るように引き止めてきた手には庇護欲を掻き立てられる。酒のせいか潤んで熱っぽい視線で俺を見上げる白蘭に、胸の奥が疼(うず)いた。

「まずいですよ、くりゅうしゃん」

「……なにがだ」

「知ってましゅか？　筋肉が硬直するとー、血の巡りとかリンパの流れとかが悪くなって、肌の老化を招くんでしゅよ！」

言っていることの半分は理解できなかったが、なぜか白蘭は老化について語っている。山小屋の薬草園でもしわがどうのと騒いでいたが、歳は俺と変わらないはずだ。今からそんな心配をすることもない。それに仙人であれば不老不死、どちらにせよ気にする必要はないと思うのだが、白蘭はなおも鬼気迫る勢いで続ける。

「つまり！　くりゅうしゃんの死んだ表情筋に鞭を打たねば、その顔は十年後には、おじいさんになってるかもなんでしゅ！」

「…………」

「十年後……まだ三十手前でしょうに……ううっ、かわいそう……っ」

両手で顔を覆い、今度は泣きだした。これはこれで見ていて飽きない。この娘はつくづく、愛嬌の塊だと思う。

「だから、今からいっぱい笑わせて、泣かせてあげましゅ。縋ってばかりいると、自分が見えなくなっちゃうから」

白蘭は泣き笑いを浮かべ、俺の頬に触れた。たくさんの人間を癒してきた手だからか、伝えてくる温もりは心地がいい。

今なら、すべてではないが、この娘に自分の過去を話した理由がわかる気がする。

俺は救われたかったのだ。この娘なら、俺の過去を知れば自分のことのように胸を痛めてくれると思っていた。だから、その良心につけ込んだ。

この娘は困っている者をほっておけない性分だ。俺の傷を知れば、そばにいてくれる。現に、自分を攫って妃にした俺のために心を尽くしてくれている。

「お前は……酔っていても、俺の心配をするのか」

胸が熱い。心の容器から、愛しいが溢れそうになる。

たまらず頬に触れている白蘭の手に、自分の手を重ねた。そのまま彼女の腕を辿り、顔の輪郭を確かめ、白く柔い肌に指先を滑らせる。ふっくらとした唇をなぞると、引き寄せられるように顔を近づけていた。

「くりゅう、しゃん……」

そうであってほしいという俺の願望か、焦れたように名前を呼ばれた気がして、心臓が張り裂けそうなほど高鳴った。

穢してはならない、そばにいてくれているだけで我慢しろと理性が俺を律している。

大事なものを作るから心が弱くなる。だから遠ざけたというのに、白蘭は同じ悩みを抱えながらも、俺との繋がりを手放さない。一緒にいて弱くなるだけの関係にはならないと、簡単に俺を光ある場所に引き込む。だからだろう、もう少しだけと踏み込んでしまいたくなるのは。そんな俺の迷いを感じ取ったのか、白蘭が手を握ってきた。

「だいじょーぶ、あなたの手は……離さないから」

白蘭は時折、誰かを懐かしむような切ない眼差しをして物を言う。

「俺じゃない誰かの手は……離してしまったのか？」

白蘭の瞳が涙の膜を張って、揺れた。

「それは……お前と約束をした相手か？」

彼女が約束を交わした相手は、想い人だったのだろうか。彼女の心を占める相手が自分以外にいることに胸が痛む。

お前は……かりそめでも俺の妃だろう。そんな子供じみた八つ当たりを心の中でしていると、白蘭は伏せた目からぽろぽろぽろと涙をこぼした。

「そう、もう……会えない……っ」

自分以外の誰かのために泣く彼女に苛立ちや息苦しさを覚えるのと同時に、誰かを想って流す彼女の涙を美しいと思う。

「世界が壊れて、あの子を失って……気づいたら雪華国に転生してて……ううっ、あの子もこの世界にいてくれたら、よかったのに……っ」

世界が壊れて、転生した……？　あまりにも自然に語られたので聞き流しそうになったが、今のはかなり重要な事柄ではないだろうか。

「壊れた世界、というのはなんだ？」

「日本……私が生まれた世界。そこで天災に遭って……二十七歳で死んだの、私」

「……！　それで、この雪華国に生まれ変わったというのか」

いや、待て。二十七と言ったか？　それが本当なら、俺たちは九歳差……白蘭からしたら、俺は子供みたいなものではないのか？

異性として見られていない現実が、俺の精神を根こそぎ削ってくる。

「そう……そんでもって、この世界は僻地すぎるんでしゅよ！　日本は暖房があるからいつもぬくぬくできたのにぃ～っ、ここは年中冬かってくらい、死ぬほど寒いし！」

なぜだか白蘭は怒りだす。酔うと喜怒哀楽がさらにはっきり出るタチらしい。

「お前のいた世界は……まるで仙界のように住みやすい場所だったのだな」

白蘭は、自分は医仙ではないと言っていた。酒に酔いさえしなければ、この世界の者ではないことも話す気はなかったのだろう。にわかに信じ難いが、彼女のように別の世界から来た人間を俺たちが勝手に仙人と呼んでいる、とも考えられる。

この娘のいた世界は医術や生活様式などが、この世界よりも進んでいるのではないだろうか。この国の人間に比べて簡単に人を信用し、物怖じせずに発言するところを見るに、その天災さえなければ平和な場所だったのだろう。

「……帰りたいか、元の世界に」

ぐずった子供のように、涙目で怒る白蘭の髪を優しく梳いてやる。すると、白蘭の呼吸が落ち着いてくるのがわかった。

聞くまでもなく、帰りたいに決まっている。それでも尋ねずにいられなかったのは、俺のそばで彼女も安らぎを感じていてくれたらいいなどと、高望みをしたからだ。

「それは難しい質問ですねえ、くりゅうしゃん」

帰りたい、そう即答されると思っていた俺は彼女の返答が意外で手を止めてしまう。するとと白蘭は、むっとした顔で「手！」と怒りだした。

「……すまない」

もう一度撫でてやると、白蘭はふにゃりと笑う。「かわ――」と言いかけ、慌てて口を噤（つぐ）んだ。なんなんだ、この生き物は。

「とりあえず、山に帰りたい」

「……ん？」

一瞬なんのことを言われているのかがわからなかったが、すぐに俺がした質問の答えかと口元が緩む。

「まだ、続いてたのか。だが、山には帰らないでもらえると助かる」

彼女の気を引きたかったからという不純な動機もあるが、兄上のことを話せたのは、過去を過去として受け止められるようになってきている証拠だ。すべての闇を曝け出せたわけではないが、それも彼女といれば浄化されていくのではないかと思う。

「どうして帰っちゃ駄目なの？」

精神が年上だからなのか、白蘭は凛としていて肝が据わった女人だ。だが、酔っているせいだろう。小首を傾げる彼女はいつもより幼く見えて、鼓動が速くなる。

「……どうしてもだ。離れることは許さない」

「えー……横暴って言うんれすよ、それ」

なにが許さないいだ、と自嘲的な笑みが口端に滲む。彼女の自由をいまだ奪い続ける自分に嫌気がさす。

『こんな形で真心を裏切らないでほしかった……』

後宮に捕らわれる未来を悟ったときの白蘭の絶望と、裏切られた悲しみが浮かんだ双眼が忘れられない。唯一の救いと言えば、目の前にいる白蘭が俺の言葉を深刻に受け止め、傷ついたりしないでいてくれていることだ。

「お前が実は医仙ではなくて、転生者であることをばらされたら、命はない」

「脅してるんですか？」

「いや……束縛している」

彼女が酔っているのをいいことに、好き勝手言っている自覚はある。

白蘭を自分の皇后にできたら、どんなに幸せだろう。後宮など廃してしまい、この娘だけを愛して生きていくことができたら、どんなに……。そこで気づいた。

——ああ、俺は……白蘭を愛しているのか。

後宮を失くすこと自体は、俺が皇帝になれば実現できるかもしれないが、そのとき白蘭が隣にいてくれる望みは薄い。

即位すれば、白蘭は自由の身となる。喜んで城を出ていくだろう。

身の程を弁えろ。愛する女を生涯守るという男としての幸せを失うことになったとしても、今そばにいられるだけで満足しなければならない。

「眠ろう」

彼女の身体をそっと横たえ、俺も隣に寝そべる。いつもの彼女なら、自分の幕舎に戻って眠ると言い出しただろう。実際、夜伽の時間では患者用の寝台で眠ると言って聞かないのだが、今日は酔っているおかげで素直だ。

「うん……くりゅうしゃんが眠れるように、そばにいてあげる」

しがみついてくる白蘭を、ここぞとばかりに腕の中に閉じ込める。いつもは湯浴みのあとだからか、薔薇の香りがする白蘭だが、今は薬草のせいだろう。彼女の髪に鼻先を近づければ、若葉のように優しく爽やかな匂いに包まれて落ち着く。

今日だけは、すべて酔いのせいにさせてくれ。

この温もりも香りも心に刻み込んで、忘れない。いつか彼女を手放さなければいけない日が来たときに、いつでも思い出せるように。

四章　道は違えど

「ううっ……劉坊、兄上……ぐうっ、申し訳、ありま……っ」

「――琥劉殿下！」

深夜、寝台に屈み込んで、うなされている琥劉殿下を慌てて起こすと、痛いほどしがみつかれた。

「はあっ、はあっ……ここは……雨、は……」

「ここは医仙宮よ、雨も降ってないわ。大丈夫、現実にいるのは私とあなただけよ」

琥劉殿下の背に腕を回し、ぽんぽんと叩く。

「すま、ない……今日は、どうかこのまま……一緒に、眠ってほしい」

「え？」

「酒に酔ったお前を抱いて眠った夜、信じられないほど熟睡できたんだ……」

遡ること七日前、宴で泥酔した私は琥劉殿下の幕舎で目が覚めた。そのとき隣に琥劉殿下はいなかったはずなのだが、まさか一緒に眠ってたなんて……！

「頼む……」

こんなふうに縋るように見上げてこられたら、断れない……。琥劉殿下はときどき捨て猫のようになる。目が合ったら最後、みんな連れ帰ってしまうだろう。

「っ、わかったわ」

これは治療、これは治療……。

私は緊張しつつ、彼の布団に入る。対面は気恥ずかしいし、仰向けでも隣の様子が視界に入って気になるしで、背を向けようとしたのだが――。

「……悪夢を見ていた」

ぽつりと話しだした琥劉殿下に、私は寝返りを打つのをやめた。恥ずかしさなど忘れ、彼に向き直る。

「眠ろうとはしてくれたのね。今までのあなたなら、寝たふりをして悪夢を避けようとしたでしょう？」

「……ああ、だが、お前と眠ったとき……自分がちゃんと寝れることに驚いて……それで、試してみようと……」

琥劉殿下なりに眠る努力をしたのだろう。やっぱり、睡眠薬でどうこうなる問題ではなかったのだ。心の安息、それがなにより効くらしい。

「夢に出てくるのは……いつも劉坊兄上だ。皇子の中でいちばん仲がよかったと……思っている」

自信なげな物言いに胸が痛み、私は琥劉殿下の手を両手で包み込んだ。琥劉殿下は不安を和らげるためか、私の手の形を確かめるように握ってくる。

「劉坊兄上は、どの皇子よりも勇ましくてな。武術において右に出る者はいなかった。決断力もあって、どんな不利な状況でも勇敢に戦う道を選べる。そういう人だった。

俺は……男としても、皇子としても迷わない劉坊兄上の背を……いつだって追いかけていた。だが……」

　琥劉殿下は口ごもった。焦らなくていい、そう伝えるように近づくと、琥劉殿下は強張っていた頬を少しだけ緩めた。

「俺はそれでも兄上を討った。俺は……必要ならば身内であっても犠牲にできる……兄上みたいな勇敢な決断力とは違う。俺にあったのは、そういう冷酷な決断力だ」

「違う、先に犠牲を払ったのはお兄様でしょう？　だって、先帝を討って帝位を奪おうとした。そのあとは誰を犠牲にするつもりだったと思う？」

　琥劉殿下はなにも言わないが、わかっているはずだ。先帝を殺しても、序列こそあれ、帝位継承権は皇子全員にある。ということは、次に殺されるのは兄弟たちだ。

「あなたは、自分が責められる理由を自分から探してるように見える」

　私もそうだ。あの子と一緒に転生できなかったこと、私だけが夢を追い続けられていることが申し訳なくて、自分を責め続けている。

「だが……兄上は『よりにもよって、お前が討ちに来るとはな』と……言ったんだ」

「それって……お兄様も、あなたには来てほしくなかったってことじゃない？　あなたが……他の皇子よりも特別だから」

　琥劉殿下は驚いたように、息を詰まらせた。

「それにね、あなたはお兄様を〝討たなきゃいけなかった〟のかもしれないけど、同じくらい止めたかったんじゃない？　大切だから、道を踏み外してほしくなくて」

琥劉殿下が劉坊殿下を大切に思っていたことを聞いて、なおさらそう思う。

「そう、なのだろうか……都合よく解釈してしまっていないだろうか……」

「だって、大切なお兄様だったんでしょう？　つらい選択だけど、あなたは国を背負う責任から逃げなかった。お兄様に負けず劣らず、勇敢な人よ」

「白蘭……お前がそう言うと、本当にそうなのではないかと思える」

ふっと微笑んだ琥劉殿下に、私の頬も緩んだ。

自然と会話が途切れ、私たちは手を繋いだまま瞼を閉じる。傷ついた羽を休めるつがいの鳥のように、静かに眠りについた。

翌日、私は医仙宮の前で茶会の席に着いていた。

「この花茶（はなちゃ）、見てるだけでもうっとりしますね」

硝子（がらす）の蓋椀（がいわん）と呼ばれる蓋つきの湯呑（ゆのみ）の中には花茶が入っているのだが、お湯を注ぐと茶葉がゆっくり開いていって、中から黄色の金盞花（きんせんか）が顔を出す。

「茉莉（まつり）金盞花というんですのよ」

答えたのは金淑妃だ。なんでも張り合う妃がいなくなり、することがなくて暇を持て余しているのだそう。それで勝手に医仙宮の前に茶会の準備をして誘ってきたのだ。

私は蓋を持ち上げ、密かに花茶に人差し指を浸けると、さりげなく首飾りに触れる。変色しないので、毒は入っていないようだ。ほっとして口をつけると、上品なジャスミンの香りとともに、ほのかな甘みが口内に広がって、思わず深い息をつく。

「気に入ったなら、あなたと殿下の分もお贈りしますわ」

「ぶっ」と貴重な花茶を吹き出してしまった。

夜伽係のことをよく思う後宮妃はいないだろう。腹の底でなにを企んでいるのやら。警戒する私とは対照的に、金淑妃は「うふふふっ」とおかしそうに笑う。

「わたくしね、皇后の地位に興味はあっても、殿下に愛されたい願望は特にありませんの。自分が頂点に立つことに意味がある、というのかしらね？」

「は、はあ……」

『ね？』と言われましても、私にはその価値観はなかなか理解しがたい。

「でも、張り合う相手がいないと腑抜けてしまいますわ。だって、残った四夫人はわたくしだけ。もう、勝ちは決まったようなものではなくて？」

自分に酔っている金淑妃。そばに控えている淑妃付きの女官たちは、いつものことなのか動じていない。うちの女官たち――猿翔と麗玉は笑みを浮かべつつも、【関わり合いになりたくない】と顔に書いてある。

「ですから、殿下とは好きなだけ熱い夜をお過ごしになっていいんですのよ？」

「熱っ……いかどうかは置いておくとして、ありがとう……ございます……」

ただ添い寝をしているだけだと訂正したいところだが、琥劉殿下の心の病のことは口外できない。そんなことをすれば、私が英秀様にこの世から消されてしまう。

「いいんですのよ、こちらこそ毒蝶の騒ぎがあったときは手当てをありがとう」

私の歓迎会で、金淑妃も麗玉の毒蝶の被害に遭っている。麗玉が居心地悪そうに視線を地面に落としているのが視界の端に見え、私は話題を変える。

「こちらこそ、狩猟大会のときは布マスクをありがとうございます。妃嬪の皆さんは、手先が器用なんですね」

「大したことありませんわ。それより、あの嘉賢妃が阿片に溺れて亡くなるなんて、少し意外な退場の仕方でしたわね。これで次の貴妃は、わたくしで決まりかしら？」

ふふっと金淑妃は麗玉に微笑み、挑発する。

今の麗玉は地位的にも、ましてや過去に犯した罪の負い目もあるので言い返すことはできない。麗玉を痛ぶって暇つぶししようなんて、悪趣味な。

「金淑妃、そんなふうに麗玉を煽（あお）っても無駄ですよ」

女官らが「煽……っ」と青ざめるが、金淑妃は笑みを湛（たた）えたままだ。

「麗玉の幸せは後宮の花になることではなかったので、貴妃に未練はもうないかと」

麗玉が「白蘭……」と呟いた気がした。

「薬師、でしたっけ？　いつ毒を盛られるやら」

「私が目を光らせておりますので、どうぞこれからの麗玉を見てくださいませ。きっと、後宮の妃たちを助けてくれるでしょう」

「随分と肩を持つのね。箔徳妃は彼女が原因で死んだようなものなのに」

麗玉は表情を凍りつかせ、その場に立ち尽くす。

「……もし、箔徳妃がそう思っているのだとしたら、麗玉に自分の髪紐を渡したりはしないでしょう。それから金淑妃、私は肩を持ったわけではありません。自分が人様を責められるほど、できた人間ではないだけです」

「うふふっ、本当にあなたって面白い。話していても歳の差を感じないし、実はさばを読んでいない？」

再び「ぶっ」と花茶を吹きそうになった。鋭い……しかも好かれたっぽい。

どっと疲労感を覚えたとき、宦官たちがこちらに向かって一直線に歩いてきた。

なんだろうと腰を上げれば、目の前に猿翔が立ち塞がる。

「医妃様、第一皇子の劉炎殿下がお呼びです」

猿翔の肩がびくりと跳ねた気がした。

「琥劉殿下の許可は得たのですか？」

「第一皇子、直々の命です。医妃様よりも位は上、許可など必要はないでしょう」

猿翔の横をすり抜け、宦官のひとりが私の腕を掴もうとした。だが、すぐに気づいた猿翔が、伸ばされた宦官の腕を掴み、そのまま引っ張るようにして地面に転ばせる。

「権力に物を言わせて、今度は白蘭様を囲うつもりか」

猿翔が忌々しげに、ぼそりと呟いた。

猿翔……？

彼女の横顔にいつもの笑みはなく、感情が消え失せている。様子がおかしい猿翔に気を取られていると、宦官らがいっせいに剣を抜き、麗玉と金淑妃が悲鳴をあげた。

「命令に従わなければ、斬れと仰せだ」

「そのような横暴がまかり通るとでも？」

猿翔が私たちを庇うように腕を広げ、宦官らを睨みつけた。

「待って、とりあえず劉炎殿下のところへ行けばいいのよね？」

「白蘭様！」

咎めるように振り返った猿翔の腕を引き、耳元で囁く。

「猿翔、落ち着いて。ここには女人しかいないし、戦える者がいないわ。あなたや金淑妃、麗玉を斬り合いに巻き込むわけにはいかない」

「……っ、わかり、ました」

渋々頷いた猿翔が麗玉に向かって〝琥劉殿下に報告を〟と目で訴えたのがわかった。

麗玉が宦官たちに気づかれないように小さく首を縦に振ると、猿翔は私の隣に並ぶ。

「ですが、私は医妃様付き女官です。おそばを離れることはできません」

「猿翔……」

なにをされるかわからないし、本当なら猿翔にもここで待っていてほしい。そんな私の気持ちを察したらしい猿翔が、眉尻を下げながら笑う。

「個人的にも、劉炎殿下には会っておきたいんです」

個人的に……？

気にはなったが、宦官の手前お喋りを続けるわけにもいかず……。心配そうな麗玉たちに見送られながら、「ご案内いたします」と歩き出した宦官のあとをついていく。

第一皇子の御殿である赤薔殿にやってくると、どこからか悲鳴がこだました。

「もう、お許しくださいっ」

——今のは⁉

思わず立ち止まった私の横を、勢いよく駆け抜けていく猿翔。「待て！」「その先は殿下の寝所だぞ！」と宦官たちが呼び止めるが、猿翔は構わず扉を開け放つ。

「姉上！」

そう叫んだ猿翔のあとを走って追えば、白襦袢姿の男が女人に拳を振り上げているところに遭遇した。ふたりの間に滑り込んだ猿翔の頬に、男の拳がめり込む。

「猿翔！」

　私は悲鳴に近い声をあげ、床に転がった猿翔に駆け寄った。

「猿翔っ、猿翔！」

「……っ、平気です」

　猿翔のそばに膝をついて、その顔を覗き込めば、口端が切れて血が滲んでいる。

　いつも余裕がある猿翔らしくない振る舞いに戸惑いを隠せないでいると、ギンッと目先に鋭利な刃を突きつけられた。

「なっ……」

「私の邪魔をするなど……許されないよ」

　こちらに剣を向けている男を見た宦官たちが「劉炎、殿下……」と恐れ慄いている。

　嘘……この人が劉炎殿下……？

　歳は二十代半ばくらいに見えるが、髪色と同じ茶褐色の瞳は疲れきっている。

　寝着のままだし、結わずに下ろされている髪はぼさぼさで、目の下のクマもすごい。

　普段は部屋に引きこもって滅多に外に出てこないようで、私も後宮に来て早くもひと月が経つが、初めてお会いした。

　劉炎殿下の異様な狂気にあてられ、固まっていると、殴られそうになっていた女人が床を這いながら前に出てきて、猿翔を背に庇う。

「あ……っ、ど、どうかお許しくださいっ」

劉炎殿下と同い年くらいだろうか。癖のある梔子色の長髪に藤色の瞳をした彼女は、私のよく知る人にそっくりな出で立ちをしていた。

「紫水……お前も私に逆らうのかい？　お前は私の妃だろう？　貴妃としての自覚がないのかな」

劉炎殿下の貴妃!?　そんな方に、こんな仕打ちを……？　まったく状況が読めない。貴妃が虐げられている理由も、自分がここに呼ばれた理由も。

「妓楼の妓女が皇子の私に目をかけてもらえるだけでもありがたいことなのに、こんなに頭が悪いなんて、仕置きが必要なようだね」

ゆらりと刀を振り上げる劉炎殿下に、とっさに叫んでいた。

「ま、待ってください！」

劉炎殿下の虚ろな双眼が私を捉え、背筋に寒気が走る。

「わ、私はなぜ呼ばれたのでしょうか！」

「お前を……呼んだ？　ああ、お前が医仙？」

「はい！　私が医仙ですっ」

手を上げて、どうにか猿翔と貴妃に目が向かないようにする。幸い、劉炎殿下は私に興味を持ったようで、振り上げた手を下ろさずにいてくれる。

「そう、じゃあ紫水の火傷の治療をしてくれる？」

「は……火傷？」

思わず貴妃を見れば、怯えたように視線を逸らされてしまう。

「ちょっと、失礼します」

貴妃に近づいて、襦裙の襟元を緩めれば、背中の広範囲に焼けただれた痕があった。その他にも、頭部にはこぶ、手足には痣まである。

「これ、は……なにが、あったのですか？」

猿翔も息を呑み、怒りと悲しみに満ちた眼差しで貴妃を見つめていた。

猿翔が貴妃のことを姉上と呼んだことについては気になるが、今は貴妃だ。女人が負っていい傷ではない。もしかしたら、痕が残ってしまうかもしれないほどの火傷だ。

「紫水が万が一にでも他の男に走らないように、傷をつけておいたんだよ。これなら、衣服を剥いでも抱きたいとは思わないだろう？」

ああ、そういうこと……これは夫による暴力だ。込み上げてくる怒りを鎮めようとしていると、後ろで「……なぜです」と猿翔の低い声がした。

「自分の妻なのに、なぜ優しくできないんですか！」

貴妃を抱きしめ、猿翔が声を荒らげる。それに気分を害したのか、劉炎殿下が冷めた目で私たちを見下ろした。

「……は？　うるさいよ、お前。自分の妻をどう扱おうが、自由だろう？」

剣を握る手に力がこもるのがわかり、私は慌てて口を挟む。

「き、貴妃を治したいんですよね？　それなのに傷つけたら、意味ないのでは？」

「正論ほど耳障りなものはないね」

「え……」

剣が振り下ろされる――。

瞬きも呼吸も忘れ、私を切り裂かんとする刃を見つめていた。そのとき、
誰かが叫んだ。走る足音が近づいてきて、目の前に人が滑り込んでくる。ガキーンッと甲高い音が響き、劉炎殿下の剣が弧を描きながら宙を舞って、床に突き刺さった。

「劉炎兄上！」

「あ……」

はためく藍色の衣、なびく黒髪。その広い背を見上げたら、涙が込み上げた。

「琥劉、殿下……」

来てくれた、琥劉殿下が助けに……っ。

劉炎殿下の剣を弾き飛ばし、庇うように前に立った琥劉殿下は、ちらりと私を気遣うように見る。ありがとうを込めて笑みを返せば、琥劉殿下は頷いて兄に向き直った。

「琥劉……お前はいつも、私の邪魔ばかり……！」

劉炎殿下は手を振り上げるが、叩かれる前に琥劉殿下がその手首を掴んで阻止する。

「このっ、どこまでも私をコケにしやがって！　お前のせいで私はいつも笑い者だ！

臆病で、臣下の前で意見もできず、剣術でもお前に勝てないってな！」

「俺はただ、自分の妃と部下を守っただけです、兄上」

「減らず口を……っ、お前のせいで……お前のせいで血の争いが始まったんだ！　次は誰だ？　次は俺を殺すのか⁉　帝位の鬼め！」

黙って、拳を握りしめている琥劉殿下。言い返さないのは、理由を抜きにしても、劉坊殿下の命を奪ったのは事実だからだろうか。どんなに私があなたのせいじゃないと伝えても、琥劉殿下の胸に刺さった罪悪感の棘は、簡単には抜けてくれない。

不甲斐ないな、ほんと……。できることなら、劉炎殿下に言い返してやりたい。

『血の争いが始まったのは、第二皇子の謀反からでしょう！』

『それを食い止めたのは琥劉殿下なのに、あなたは琥劉殿下が葛藤している間、なにをしていたのですか！　自分の宮殿に引きこもっていただけでしょう！』

『大好きだったお兄様を殺さなければいけなかった琥劉殿下の苦しみも知らないで！

守られていただけのあなたに、琥劉殿下を責める資格なんてない！』

口を開いたら、きっと止まらなくなるから唇を噛んだ。今の劉炎殿下を刺激すれば、琥劉殿下が戦わざるを得なくなる。この人にこれ以上、身内を傷つけさせたくない。

こらえなければ……。冷静に劉炎殿下を見れば、平静を失っていることは明らかだ。

落ち着け、私は医療者だ。まずは、みんなの安全を確保するのが先――。

「劉炎殿下、貴妃は完治するまで、私の医仙宮で診てもよろしいでしょうか？」

私は立ち上がり、琥劉殿下の隣に並ぶ。私を案じる琥劉殿下の眼差しを頬に感じつつも、「……なんだと？」と眉を顰める劉炎殿下から目を逸らさなかった。

「貴妃の頭には、こぶがあります。頭の怪我でいちばん恐ろしいのは、頭の外の傷ではなく中の傷です。そこから出血すると受傷後一刻半から三刻、時には一日経って徐々に意識消失や麻痺、呼吸困難などの症状が出現します。そして、そのまま……ということもあります」

ちなみに、ここでいう一刻半は三時間、三刻は六時間に相当する。

「つまり……死ぬってこと？」

ぶっきらぼうな物言いで、劉炎殿下は問う。

「はい。そうなれば、私にできることはありません」

頭の中の出血は血腫になる。ここでは開頭して血腫を除去できる医者はいない。ここまで脅せば、劉炎殿下はきっと頷くはずだ。劉炎殿下は貴妃に暴力を振るうけれど、恐らく疎ましいからではない。歪だけれど、愛しているから私に手当てを頼むのだ。

　ごくりと唾を飲みながら、劉炎殿下の出方を待っていると、案の定――。

「……わかった」

　怯んだ様子を見せ、劉炎殿下は頷いたのだった。


「白蘭、猿翔！　心配したじゃないっ」

　医仙宮に戻ると、涙目の麗玉が首に抱き着いてきた。「ごめん、ごめん」と彼女の背をポンポンと叩いて宥め、暗い顔で寝台に座っている貴妃に歩み寄る。

「初めまして、貴妃。私は白蘭、ここでは医仙とか、医妃と呼ばれています」

「あ……わたくしは桃紫水。皆は桃貴妃と呼ぶけれど、紫水でいいわ……」

「では、紫水さんと呼ばせていただきますね。まずはいろいろ、手当てをさせていただきたいのですが……」

　振り返れば、琥劉殿下はなぜか猿翔の首根っこを掴んで「行くぞ」と言い、部屋を出ていく。紫水さんと麗玉の三人になると、さっそく襦裙を脱いでもらった。

「水ぶくれが潰れた痕がたくさん……」

　水ぶくれの中にある液体には、傷を治す成分が入っている。かつ水ぶくれがあるから細菌を防ぐことができるのだが、背中なので眠るときに潰れてしまったのだろう。

「ねえ、麗玉――」

「紫雲膏？」

火傷の痕を見ながら声をかければ、欲しい薬をすでに用意してくれていた。

「さすが、麗玉」

なにかを押し当てられたような、不自然に点々とできた火傷。箸で濡らした薄布を摘まみ、傷口を綺麗にしていくと、沁みるのか、紫水さんは小さくうめく。

「すみません、もう少しだけ頑張って……」

紫雲膏の載った薄布を紫水さんの背に貼り付け、最後に布で自作した包帯を巻いて服を着せる。続いて紫水さんの前に回り込み、痣ができていた手首にそっと触れた。

「熱感、腫脹もなし……痣ができてるところも折れてはいなそうですね」

私は「もういいですよー」と、外で待っている琥劉殿下たちを呼び込む。

「猿翔、お姉さんは命に関わるような傷は負っていないから、安心して」

こちらへやってきた猿翔が胸を撫で下ろす。

「よかった……ありがとうございます、白蘭様」

「うん、それで……いろいろ聞きたいことがあるんだけど……まず、猿翔。あなたは紫水さんと姉妹なの？」

猿翔は、腕組みをして壁に寄りかかっている琥劉殿下を見る。すると、琥劉殿下はなにかを許可するように小さく頷いた。

「実は……俺、弟なんだ」

私と麗玉は動きを止め、耳を疑う。

麗玉の頭の中にも『弟なんだ』という言葉が繰り返しこだましていることだろう。

「ちょ、ちょっと待って。とりあえず、聞くわ」

出だしから引っかかっていたら、いつまで経っても先に進めない気がする。琥劉殿下と紫水さんは猿翔の正体に初めから気づいていたのか、さほど驚いていなかった。

「二年前、妓女だった姉上が第一皇子の劉炎殿下に見初められて、後宮入りしたのがすべての始まり」

猿翔はそう言って、この紅禁城で女官をすることになった経緯を話してくれた。

ふたりが妓楼に売られたのは猿翔が十歳、紫水さんが十三歳のとき。紫水さんは妓女に、猿翔は妓楼の用心棒として働いていた。ふたりは妓楼で美男美女として有名だったそうだ。

ある日、客として来た劉炎殿下が紫水さんを気に入り、すぐに身請けした。そして、側室として後宮に迎え入れた。

「妓楼よりは幸せな生活を送れるだろうって、そう思ってたのに……ある日、姉上からの手紙がぱたりと途絶えたんだ」

ふたりは文通をして、お互いの近況を報告し合っていたそうで、心配になった猿翔は紅禁城を訪ねたという。だが、身内といえど夫である皇子の許可なく後宮妃には簡単には会えない。何度も門前払いに遭い、しびれを切らした猿翔は女官のふりをして後宮内に潜入した。だが、姉は後宮のどこにもいなかった。

そんなとき、他の妃が話しているのを聞いてしまったらしい。

『最近、桃貴妃の姿を見ませんわね』

『劉炎殿下が赤薔殿に幽閉しているそうよ』

『まあ、恐ろしい。寵愛を受けられるのが後宮妃の幸せでも、劉炎殿下だけは……ねえ？　だって、なにをされるか……』

姉が酷い扱いを受けているかもしれない。

猿翔はすぐに妓楼に助けを求めたが、当然ながらたんまり金を貰っているので、『余計な真似はしないでおくれよ』と釘を刺されてしまったそう。

居ても立っても居られず、皆が寝静まった頃を見計らって、劉炎殿下の御殿に忍び込もうとした猿翔。そんな彼を捕らえたのが、酒楼帰りの武凱大将軍だった。

『おー？　お前、そんなところでなにしてんだ？』

後ろからいきなり話しかけられ、猿翔が大きく飛び退くと、武凱大将軍は酒壺を片手に、楽しそうに『おおっ、いい動きだ』と声をあげたという。

『お前、身軽だなあ！　よし、これはどうだ……！』

勢いよく距離を縮めてきた武凱大将軍を、避けようとした猿翔だったが――。後ろに回り込まれ、あっという間に羽交い絞めにされてしまった。

『離せ！　俺は姉上を連れて帰らなきゃならないんだ！』

『まあ、落ち着けって。その姉上を取り戻すまで、どんだけ城に潜入してたんだ？』

『ふた月だ……それがなんだっていうんだ』

『すげえな！　変装が得意な猿か、気に入った。ちょっと来い』

そう言って武凱大将軍は猿翔を肩に担ぎ、琥劉殿下の執務室まで運んでいった。

『殿下、面白ぇ拾いもんをしたぞ』

いきなり琥劉殿下のもとへ連れてこられた猿翔は『殿下!?』と驚く。

『嫌な予感しかしませんね』

英秀様は嫌そうな顔をするが、武凱大将軍に『殿下に事情を話してみろ』と促された猿翔は、駄目元で打ち明けた。

『猿翔、だったな。大方の事情は理解したが、皇子の側室を攫うのはやめておけ。運よく姉君を取り戻せたとしても、一生国から追われて生きるつもりか？』

琥劉殿下は咎めることなく、冷静に助言を返した。

『そうなったとしても、姉上を助ける』

『その姉君のことを考えろ。貴妃ともなれば皇后に最も近い存在だ。捕まれば最後、お前だけでなく姉君も死罪だぞ』

『今のままでも地獄、連れて逃げても地獄なら、俺はどうすればいい！』

琥劉殿下は息をつき、椅子から立ち上がると、真っすぐ猿翔を見据えて言った。

『俺はこの国の皇帝になる。そうなれば、不当な扱いを受けている妃たちを救うことも叶うだろう。だが、俺が即位できねばなにも成せぬ』

琥劉殿下は、武凱大将軍に担がれたままの猿翔に手を差し伸べた。

『愛する者のため、命を懸ける、か……俺にはできなかったことだ。その願いを果たすため、お前は姓も自由も俺に捧げられるか？』

息を呑んだ猿翔は、その言葉を噛みしめるように俯いた。そして意を決したように顔を上げる。

『俺に差し出せるものなら、なんでも』

『……そうか。武凱は俺の知る武将の中でも最強の武人。その武凱が気に入ったということは、お前には才があるのだろう。ゆえに俺は、お前の才のすべてを欲する。共に国を変えよ、猿翔』

差し出された手を取った猿翔は、武凱大将軍の養子となり、許可なく紅禁城に出入りできる身分を手に入れた。もともと才はあったが、さらに武を鍛えられ、わずか二年で武将にまで上り詰めたという。

「というわけで、俺は琥劉殿下の側近になった。今は姫さんの護衛役でもあるけど」

「護衛役って……まさかあなた！　狩猟大会のときに助けてくれた……？」

「そうだよ、改めましてよろしく。姫さん、麗玉嬢」

恭しくお辞儀をしてみせる猿翔に、ふと蘇る。

『間違っても、逃亡はお考えにならないことです。国から逃げ続けるのは容易ではありません。下手すれば、ここにいる以上の地獄が待っている。機を待つのです、安全に自由を手に入れられる、その時を』

『姉が白蘭様と似たような境遇でして、どうしても他人事には思えないのです。ですから、私は白蘭様の肩を持ってしまうのでしょうね』

今なら猿翔がどんな気持ちで、私にあの言葉をかけてくれたのかがわかる。初めから猿翔が私に好意的だったのは、紫水さんと重ねていたからだったのね。

男が後宮にいていいのかとか、私も麗玉も言いたいことは山ほどあるが、いろいろと許容量を超えていた。それに猿翔が何者でも、仲間であることには変わりない。

「でも、琥劉殿下。あなたが皇帝になるまで、姉上はもたない」

猿翔は憂いのこもった眼差しを紫水さんに向ける。だが、疲れ切った様子でぼーっと俯いていた紫水さんが、焦ったように「余計なことをしないで！」と声をあげた。

「なっ……姉上？」

「あの人を愛しているのっ、可哀想な人なのよ！　私がいてあげなくては……っ」

「目を覚ましてくれ！　暴力を振るうような男に、義理立てする必要はないだろ！」

　堂々巡りの言い合いだった。紫水さんのように、つらい出来事を乗り越えてきた女性は、暴力に対しても逃げるという選択をしない。耐えようとしてしまう。

『この人は私がいなければ駄目なんだ』と思い込んでいるのも、劉炎殿下と紫水さんが共依存の関係にある証拠。こうなったら、第三者の介入が必要だ。

「……紫水さん、どうして劉炎殿下のそばにいなければと思うのですか？」

　彼女の前にしゃがみ、その手に自分の手を重ねながら尋ねた。

「……っ、あの人は……皇帝に相応しく在れと、お母様から厳しく育てられました。劉炎殿下よりも他の皇子たちの方が優れていると、ぶたれたそうです」

　猿翔の話だと、帝が崩御または譲位すると正妻が皇太后の座につき、他の妃は権力争いが起きぬよう褒賞を渡されて故郷へ戻される。劉炎殿下のお母様もこの城にはもういないはずなのだが、まだ心が囚われているのかもしれない。

「劉炎殿下も、苦しんでいるのかもしれませんね」

「姫さん、あいつの肩を持つの？」

　猿翔に咎められるが、私は反論できなかった。私は医療者だから、その人がいかにして今の状態に至ったのか、その患者の背景を考えるのはもう癖みたいなものなのだ。

ましてや紫水さんの夫だ。そこに愛があるというのなら、その気持ちも尊重したい。
でも、猿翔の立場を思えば、劉炎殿下のことを気遣うなんてもってのほかだろう。
だから言い返さずにいたのだが――。
「今まで白蘭の真心が誰かを傷つけたことがあったか？　ないだろう、白蘭を信じろ」
曇りない真っすぐな声音で言った琥劉殿下に、胸には熱いものが込み上げてくる。
なにも言わずとも、私を信じてくれている。それだけで、これから私のすることで、
猿翔や紫水さんから不興を買ってしまったとしても、最後までやり切れる気がした。
「紫水さん、劉炎殿下の意見に少しでも疑問を示すと、すぐに不機嫌になりません
か？　上手くいかないことがあると、あなたのせいにする。あなたの行動を監視して
いる、あるいは制限している」
「それ、は……」
「あなたが誰かと交際するのを嫌がる。それは家族であっても、です」
「……！　そう、です……猿翔とも、会うなと言われました……」
猿翔が「それで文通が途絶えたのか……」と拳を握ると、紫水さんは申し訳なさそ
うに頷いた。
「いつも劉炎殿下の機嫌をそこねないように気を配っている。怒られるのが嫌で、言
うことを聞いてしまう。彼好みの服を選んでしまう。彼がいないと……ほっとする」

焦っているのは、突きつけられた現実がふたりの関係の歪さを浮き彫りにするから
だろう。紫水さんは依存できる相手を失うかもしれない恐怖を感じている。

でも、それでいい。まずは自分が異常な環境にいることを自覚してもらわなければ。

「いいの、ほっとしていいのよ。あなたは殺されかけた、それでもそばにいるのは、あなたを傷つけたあとに劉炎殿下が急に優しくなって、謝ってくるからじゃない？」

「どうして、わかるの……？」

「愛情が執着になってしまう病を知っているからです」

DV（ディーブイ）と言ってもわからないだろうし、例えるならこれだろう。

「私とあの方は……その病にかかっているのですか……？」

「紫水さんは暴力に支配された愛に依存している。そして、劉炎殿下は愛を暴力でしか伝えられない。ふたりは想い合えば想い合うほど首を絞め合ってしまう。今抜け出さなければ、ふたりに待っているのは……死だわ」

一瞬にして、部屋の中に緊張が走る。

「……っ、初めは……ここまで酷くなかったの」

膝の上で拳を握りしめ、紫水さんは自分の身に起きたことを話してくれた。

後宮は皇子とその忠臣以外の男は足を踏み入れることができないが、宮廷行事では

武将や大臣、六部長官らと顔を合わせることもある。劉炎殿下はそういった行事でも紫水さんが男の目に映ることを禁じ、あげくの果てには宦官にさえも嫉妬したという。

『お前の身の回りの世話をする者は、全員女官にする』

そう言ったその日のうちに、貴妃宮から宦官を追い出したそうだ。

「そこまでは、まだ耐えられました。でも、猿翔の文を劉炎殿下に見られて……」

夜、貴妃宮に渡ってきた劉炎殿下は文机にあった猿翔の文を見つけると破り捨て、こう言った。

『弟も男だ。お前が心配なんだよ、紫水。だから文を出さないでほしい』

弟から届く文に返事ができないつらさから、紫水さんはどんどん塞ぎ込んでいった。

「そんな私の心を慰めてくれたのは、後宮に入るときに猿翔から貰った髪留めだった。ずっと部屋で眺めていたわ」

「姉上……」

猿翔は紫水さんの前に跪くと、怖がらせないようにそっとその手を握り、自分の額にくっつけた。紫水さんは切なげに弟を見つめ、自分と同じその梔子色の髪を撫でる。

「でも、劉炎殿下はそれすらも許してはくれなかった」

劉炎殿下は部屋にやってくるなり、髪留めを眺めていた紫水さんに気づいて、激怒したという。

『誰に貢がせたものだ！』

紫水さんの頭を掴み、ガンッと壁に打ちつけたどころか、劉炎殿下は脳震盪を起こして朦朧としている彼女を蔑むように見下ろした。

『私を怒らせるようなことをするな。お前は私のものなんだ。もっとちゃんとしろよ』

それから、劉炎殿下の暴力は激しくなっていったという。でも――。

『ごめんなさいっ、劉炎殿下……っ、だからどうか、ぶたないで……っ』

『あ……ご、ごめん、ごめんっ、紫水。私は、なんてことを……もう二度としない！』

劉炎殿下は紫水さんが泣いて謝ると機嫌が直り、土下座までしてもうしないと約束するのだそう。優しい劉炎殿下に戻ると安心して、でもまた怒らせて痛みを与えられる。腕や足にはいつも痣ができていたため、他の後宮妃たちにも会えず、どんどん部屋にこもっていくようになった。

そうして恐怖と優しさに支配されていき、そのうち誰とも話さないでほしいと言われ、紫水さんは赤薔殿の劉炎殿下の部屋に閉じ込められた。

「妓楼に来てくれたあの人は孤独で、弱くて、まるで私自身のようでした。本当はとても優しくて、臆病な人なの。私がいなくなったら、あの人は駄目になってしまう」

「姉上、それは……あいつに洗脳されてるんだよ！」

「あの人のことを悪く言わないで！」

「姉上……」

「優しいあの人を怒らせてしまう私が悪いのよ。私、あの人のことが大切なの。私も、もっとちゃんとあの人を信じなくちゃ……」

この入れ込みようでは、今にも自分を傷つけた劉炎殿下の元に戻ってしまいそうだ。

「……紫水さん、劉炎殿下にはあなたがいないとって言ってましたが……あなたにとっても、劉炎殿下が必要なのではありませんか？　劉炎殿下の愛に縋ってしまう理由が、生い立ちがあったのでは？」

「……っ、医仙は……なんでも見通してしまうのですね。少し、怖いわ」

私が怖いというより、自分の傷を他者に晒すのが怖いのだと思う。私も同じだ、人に尋ねる割に、自分の心の傷を誰にも見せられずにいる。

「私と猿翔は……酒に溺れた父が、身請けした妓女に産ませた子供でした」

その父はそこそこ名の知れた商家の当主で、お酒を飲むと飯がない、二日酔いが酷いという些細な理由で暴力を振るってきたそうだ。母親は『できたから産んだだけ』と言い、助けてはくれなかった。あげく家が傾くと、なんの躊躇いもなく、女である紫水さんを妓楼に売った。

「私はなんのために生きているんだろうって、そう思うこともあったけれど……」

紫水さんは、自分の足元に座り込んでいる猿翔を見つめる。

「猿翔がいたから、なんとか挫けずに自分を保っていられた」
「……俺も同じだよ。姉上はいつも、あのどうしようもない男の暴力から俺を守って
くれた。だから今度は、俺が姉上を守るんだってそう決めてた」
「猿翔……あなたは私が妓楼に売られると、追いかけてきてくれたわね。用心棒とし
て自分も雇ってくれって言ってくれた。嬉しかった……一生捕らわれの身になる恐ろ
しさに押し潰されてしまいそうだったから」
猿翔は紫水さんが妓楼に売られたときも、後宮に入ってからも、ずっとお姉さんを
追いかけてきたのね。
そうして壊れかけた心を弟の存在で保ちながらも、やはり身体を売る行為は紫水さ
んの精神を蝕んでいった。
「怖かった。最初はあんなに嫌だったのに、客に求められると自分がこの世界にいる
意味を感じられたの。そんなときだった、劉炎殿下と出会ったのは」
妓楼にやってきた劉炎殿下とは、たった一夜共にしただけだった。でも、その時間
の中で、お互いが愛情に飢えている者同士だと感じたという。
なんというか……私と琥劉殿下みたいだ。私たちも一日にも満たない時間、一緒に
いただけなのに、お互いの傷や孤独に共感して、支えたい、ほっておけないと思った。
「劉炎殿下だけが、卑しい身分にもかかわらず、ありのままの私が欲しいと求めてく

れた。だから私も、劉炎殿下を失いたくなかったの。医仙の言うように、縋っていたのは私の方だったのね……」

「紫水さん……私はあなたたちの愛を否定するつもりはないわ。だけど、あなたたちは親に暴力を振るわれたっていう境遇も似ていて、誰よりお互いが一番の理解者でないと許せない。相手に愛を求め続ける。自分の存在価値を相手に見出して、依存している。だから離れられない」

「でも、それが楽だった。縛られているうちは、捨てられないもの……」

「楽なんかじゃない。それでは、お互いを食い合っているようなものよ」

私はふたりの繋がれた手の上に、自分の手を添えた。

「自分の価値は自分で決めるものなの。自分のいいところも嫌いなところも、他人に決める権利はない。自分自身で決めるから、人は強くなっていくの」

「姫さん……」

頬に猿翔の視線を感じて笑みを向けると、麗玉が腕を組みながら賛同してくれる。

「そうですよ、紫水様。私も父に決められた未来に向かって歩いてたけど、あの頃の自分より夢だった薬師として生きてる今の自分が好き。自分で選ぶって、楽しいだけじゃなくて責任も重いけど、でも地に足ついてる気がする。自分の軸がぶれない感じ」

「麗玉……」

なんだか、感動してしまった。私の言葉のすべてを、麗玉自身が体現しているのだ。

「私は……どうすればいいのでしょうか？」

「紫水さんだけじゃなくて、劉炎殿下にも治療が必要だけど、まずはあなたが先。背中の火傷を治さないと。それから依存から抜け出すために、どれだけつらくても劉炎殿下と距離を置いてください」

できるかな、と紫水さんの顔が曇る。そんな姉の手を強く握りしめ、猿翔は言う。

「姉上には俺がいる。支えるよ、そのためにここまで姉上を追いかけてきたんだから」

「猿翔……うん、私……頑張ってみる」

手を取り額を重ね合うふたりは、苦楽を共にしただけあって深い絆で結ばれた姉弟だ。猿翔がいれば、紫水さんは大丈夫だろう。

猿翔たちから離れて、琥劉殿下の隣に並ぶ。ふと自分の家族のことを思い出した。

フリーターの妹がひとりいたのだが、看護師である私と比べられてかなりぐれていた。

『お姉ちゃんは、なんでもできていいね。看護師ってそんなに偉いの？　お父さんもお母さんも、お姉ちゃんみたいな立派な仕事につけって、本当にうざいんだよね』

『私だって努力したのよ！　なんでもかんでも、ただで手に入ったみたいな言い方しないで！　親にあれこれ言われたくないなら、定職に就きなさいよ！』

そうして、いつも言い合いになっていたっけ。大人になって、私が実家を出てからは、会う機会もほとんどなくなっていた。

あの天災に見舞われて、妹が無事なのかもわからない。だからか、この世界に来てから、あの世界の家族のことを考えないようにしていた。

それに、新しい世界での生活に慣れなきゃと戸惑っていたというのもある。それどころじゃなかったとはいえ、妹のことを思い出す暇もなかったのだ。

「……どうした」

なにも言っていないのに、琥劉殿下がそう尋ねてきた。顔に出したつもりはなかったのだが、琥劉殿下には見透かされていたようだ。

「私って、なんて薄情なんだろうって……思ってた」

目の前の姉弟を見つめながら感じるのは、ひりひりと胸の内側が焼けるような痛み。私が失った繋がりを持っている彼らが羨ましかった。

「あのふたりは守り合って生きてきたのよね。私にも妹がいたんだけど、わかり合えずにこんな遠いところまで来てしまって……でも、猿翔と紫水さんは、お互い手の届く距離にいる。今ならまだ、大切なものを見失わずに済む」

「……その遠い地へは、戻れないのか」

きっと戻れない。なんせ国どころか世界も違うのだから。

「そうね……難しいと思う。あの世界に置いてきたものは、もうなにも戻らない」

手のひらを見つめる。そこではっとした私は、琥劉殿下の方を向き、笑顔を作った。

「ああ、でも！　ここじゃやることいっぱいあるし、落ち込んでる暇なんてないから、助かるわ！」

なにか言いたげな琥劉殿下には気づかないふりをして、私は猿翔たち姉弟に視線を戻した。取り戻せないものの代わりと言ってはなんだが、私と同じ悲しみを彼らが味わうことのないように、できることをしよう。改めて、そう心に強く決めた。

「猿翔の正体にはびっくりしたわ」

夜伽の時間、琥劉殿下と一緒に寝台に腹這いになり、日記を見ながら一日を振り返るのが日課になりつつあった。

「話さずにいて、すまない」

「いいのよ。女官が男と知られれば、いろいろ問題があるものね」

今、猿翔と紫水さんには医仙宮の別室で一緒に過ごしてもらっている。劉炎殿下の出方次第では、ふたりはまた引き裂かれてしまうかもしれない。これからどう転ぶかはわからないが、せめて治療の名目のもと、医仙宮にいる間だけは姉弟の時間を作ってあげたかった。そんなことを考えながら、私は琥劉殿下の日記に視線を落とす。

【お前のせいで、私はいつも笑い者だ。お前のせいで、血の争いが始まったと言われ

たとき、理不尽だと思うのになぜだか言い返すことができなかった】

【血の繫がりは、呪いでしかないのかもしれない】

ああ、あのときの言葉を琥劉殿下が気にしないはずがなかったのだ。

「次は俺を殺すのかと言われたとき、すぐに違うと否定できない自分がいた。もし帝位と兄上の命を天秤にかけるようなことがあれば、俺は……」

また、琥劉殿下の瞳が遠くなる。翳っていく。

「即決できない時点で、俺はやはり帝位の鬼なのかもしれない」

「……あなたが大切なお兄様を殺めたことに苦しんでるのは知ってる。それが棘になって胸に刺さったままだから、自責の念に駆られてしまうのもわかるわ。だから、その罪悪感が正しいか否かを私があれこれ言うことはできない。あなたがどう感じているかが大事なんだもの」

私は琥劉殿下の手の甲に、自分の手を重ねる。真っすぐに見つめたその瞳は、出会った頃に比べていくらか光を取り戻したものの、まだ奥に闇があった。

「それでも言わせて。未来を変えることで救われる過去もあるはずよ。あなたには、お兄様がもうひとりいるんだから」

「劉坊兄上の代わりに、劉炎兄上を救えと？」

「代わりに、じゃないわ。あなたにはまだ、救えるかもしれない家族がいるってこと」

琥劉殿下は呆気にとられた顔をして、すぐに参ったなというように笑う。

「そうだな。お前が前にも言っていたように、命を絶たずとも得られるものがある、そんな希望を見てみたい」

冷宮へ麗玉の説得に行くとき、私が琥劉殿下にかけた言葉……覚えててくれたんだ。

「私も見てみたい」

明るい未来を見つめるあなたが、どんなふうにこの瞳を輝かせるのか。

日記帳を閉じ、ふたりで枕に頭を乗せて横になる。お互いの方を向いて、ぎゅっと手を握り合った。

昨日、添い寝をしたときは、琥劉殿下は悪夢を見ることなく眠れていた。

いつか、私が安眠枕係をしなくても、琥劉殿下が眠れるようになるといい。それは少し寂しくもあるけれど、琥劉殿下が回復していけることがなにより嬉しいから。

紫水さんが来て数日、医仙宮には何事もなく平和な時間が流れていたはずだった。

「姫さん！　姉上がいなくなった！」

政務に向かう琥劉殿下を見送ったあと、それは起きた。

猿翔の話では、朝になって目が覚めたら、隣で寝ているはずの紫水さんがいなかったそうだ。焦っている猿翔を宥め、私は医仙宮を麗玉に任せると、赤蕾殿へ向かった。

「姉上！」

私たちを止めようとする宦官や女官を押し退け、劉炎殿下の寝所の扉を開け放つ。

紫水さんと劉炎殿下は寝台の上にいた。劉炎殿下は上半身裸で、紫水さんに馬乗りになっている。明らかに襲われたあとだった。しかも殴られたのか、紫水さんの目の上は腫れ、唇も切れている。

「あ……ち、違うんだ……ごめん、ごめん、紫水っ……」

劉炎殿下は何度も頭を振り、紫水さんの上から退いた。

「この期に及んで、なにがごめんだ！」

猿翔が止める間もなく駆けていき、その身体をどんっと突き飛ばした。劉炎殿下は寝台から転げ落ちたあとも、耳を塞いで「違う、違うんだ」と繰り返し呟いている。

それでも腹の虫が収まらない猿翔が胸元から暗器を取り出したので、私は慌てて劉炎殿下の前に出た。

「駄目よ、猿翔！」

私が出てくると思わなかったのだろう。猿翔の暗器が私の頬を掠った。

「なっ――なんで、姫さんはそいつを庇うんだ！」

「違う！　私が庇ってるのはあなたよ、猿翔！」

その肩を掴んで、感情的になっている猿翔を落ち着かせる。

「今ここで皇子を斬ったりしたら、あなたは死罪になる！　私のそばから勝手にいなくなることは許さない！」

「姫さん……っ、ごめん。そうだよね、姫さんはそういう人だった」

猿翔は傷を避けながら、切れた私の頬を労わるようにさわる。

「いいの、私が出しゃばったせいだから。それに、大切なお姉さんのことだもの、冷静でいられないのが普通よ」

ここは人に弱みも隙も見せてはいけない場所。それゆえに人として自然に悲しんだり、怒ったりもできず、そうして感情を殺していくうちに、人間としての感覚まで鈍くなってしまう恐ろしい場所。

だからこそ、私は……私だけは普通を見失わずにいよう。獣になり果てなければならない私の大切な人たちが、ただの人に戻りたくなったときの道標になれるように。

私は猿翔に笑みを向け、それから紫水さんに駆け寄り、乱れた衣服を整えてあげる。

「紫水さん、大丈夫ですか？」

目の腫れが酷い……。瞼の皮膚は薄いので、打撲などの衝撃で腫れやすいのだ。

「ちょっと失礼しますね」と、彼女の瞼を持ち上げて眼球の外傷の有無を確認する。

「紫水さん、目が見えにくくなっていたり、物が二重に見えたりはしませんか？」

「いえ、特には……」

「よかった。皮下出血は二、三週間くらいで吸収されるので、痕は残らないかと。さあ、まずは医仙宮に戻って湯浴みをしましょう」

その手を取れば、紫水さんはくしゃりと泣き出しそうな顔になった。

「なぜ……なにもお聞きにならないのですか？」

医仙宮を抜け出したこと、ここでなにがあったのか、聞きたいことは山ほどある。でも、紫水さんの顔を見れば、私がなにか言わずとも後悔しているのはわかる。

「話さずとも、紫水さんが悩んで苦しんだことはわかります。今はそれだけで十分」

「医仙……」

笑いかければ、私を引き留めるように紫水さんが私の手を引っ張ってくる。

「申し訳ありません……会わないようにと言われていたのに、劉炎殿下から【会いたい】って文を貰った瞬間、もう大丈夫かもしれないと思って……でも、部屋に入った途端にまた殴られて……こうなるって、わかっていたのに……っ。……っ」

紫水さんは私の手に額を擦りつける。甲にぽたぽたと涙が落ちてくるのを感じながら、その背をさすった。

「想いが募るほど、人は愛に振り回されるものです。『どうして俺のことをわかってくれないんだ』『どうして、もっと私を好きになってくれないの』『自分だけを見てほしい』って、自分の都合だけを相手に押しつけてしまったりする」

彼が応じてくれるかはわからなかったけれど、大きな暴力があったあとだ。後悔して謝っている今なら、この人にも声が届くかもしれない。

「劉炎殿下、あなたはどうして、そんなにも愛情に飢えているんですか？　縛りつけなければ不安になるほど、なぜ……」

「そんなの……決まってる。どれだけ努力しても、手に入らなかったからだよ……」

ぽつりぽつりと、劉炎殿下は地べたに座り込んだまま語りだす。

劉炎殿下の母である淑妃は第一皇子を産んだものの、皇帝から最も寵愛を得ていた貴妃に激しい劣等感を抱いていたそうで、その矛先は息子である劉炎殿下に向いた。

『お前が皇帝にならないのなら、産んだ価値がない』

妃も惨めな思いをしてきたからだろう。当てつけのようにそんな言葉を何度も浴びせられ、愛情をあまり受けられずに育った劉炎殿下は、母の気を引くために努力を怠らなかった。でも、琥劉殿下が皇帝としての頭角を現していくと、ますます母の当たりは強くなっていき、常に比べられたそうだ。

剣術で負ければ勝てるまで木剣でぶたれ、朝議で意見できなければ杖で叩かれ、劉炎殿下は自分の無能さにばかり目がいき、臆病になっていった。ありのままの自分を肯定できなくなってしまったのだ。

「弟の謀反、夫から愛されなかった代わりに、息子を皇帝にして権力を得ようとした母……血の繋がりなど呪いでしかない。帝位だって、どうでもよかった。もうほっておいてほしかった。だから母上が故郷に戻り、琥劉、お前が皇帝代行になったあとも、私は赤蕾殿に引きこもった」

疲れ切った顔で笑う劉炎殿下は痛々しい。彼もまた、この世界に絶望していたのだ。

「でも、ほっておいてほしいなんて言いながら、妓楼に足が向いたのは……偽りの愛でもいいから、誰かに愛されたかったんだろうね。私は……」

「劉炎殿下……」

紫水さんの声は悲しげに響く。

「でも、紫水からしたら、私と出会ってしまったことが呪いのようなものだよね。私は紫水を妻にしてそばにおいても、不安でたまらなかった。だから、愛情を試すように傷つけて、なにをしても離れていかないことに安堵したんだ」

「自分だけを見ていてくれないと、怖くなるんですね」

「……！　そう、だ……怖くなる」

言い当てられたことへの驚きと、自分の気持ちがようやく見えたという安堵が、頷く劉炎殿下の表情に浮かんでいた。

誰だって最初は相手の気持ちや立場を尊重し、理解に努めようとする。

でも、誰しも持っている欲――〝自分だけに向けられる愛情〟を求める行為がひとたび行き過ぎてしまえば、〝相手への愛〟よりも〝自分の欲求〟を優先させてしまうようになれば、お互いの心をむさぼり合って、最後には欠片も残らない。

「自分のすべてを理解してほしい、受け入れてほしい。愛されたいという気持ちは、執着にも繋がるんです。でも、どんなに愛し合っていても相手の受け入れられない部分も出てくる。そうなったとき、愛情は攻撃に変わってしまうんだと思います」

これは恋人や夫婦だけでなく、家族であっても当てはまることだ。

劉炎殿下は初対面のときとは打って変わって、憔悴しきった様子で話を聞いていた。

「あなたはお母様から、本来見返りなく与えられるはずの愛を貰えなかった。だから、愛を渇望するんです。そして、愛が簡単に手に入らないものだと思っているから、逃さないように暴力で思い通りにしようとしてしまう……。人の愛し方を教わらなかっただけです。あなた自身が冷酷なわけではありません」

劉炎殿下の頬に、つううっと涙が伝っていった。彼の瞳にもある闇が、少しだけ薄まったように見える。

「なにが正しいのか、自分がその渦中にいるときにはわからないものです。あなたが疲れているのは、愛が執着になってしまったから。だから、その呪いを解きましょう」

「どうすればいい……どうすれば、私たちはお互いの心を食い荒らさずに済む」

「はい、劉炎殿下。おつらいでしょうが、ふたりは距離をとった方がいいです。そのあとに、おふたりの在り方を決めていきましょう」

　ふたりは視線を交し、お互いの名を呼ぶが、近づくことはなかった。きっと、離れる決意の表れだ。

「兄上、失礼いたします」

　そこへ計ったような頃合いに、琥劉殿下がやってきた。しかも、英秀様と武凱大将軍まで連れてきている。この感じだと、部屋の外で話を聞いていたんだろうな。

　武凱大将軍は正体がばれているのをいいことに、猿翔に向かって「よう、息子よ！」と、ひらひらと手を振っていた。無論、猿翔は〝空気読めよ〟という顔をしている。

「まーた、嬢ちゃんが面白そうなことをしだしたようだなあ」

　楽しそうな武凱大将軍に苦笑いしていると、琥劉殿下が床に座り込んでいる劉炎殿下の前に立った。

「劉炎兄上、久しぶりに手合わせ願えませんか？」

　唐突な誘いに劉炎殿下は呆気にとられていたが、琥劉殿下なりに兄を救おうとしているのだろう。命を絶たずとも得られるものがある、そんな希望を信じて。

＊＊＊

武凱と英秀が見守る中、人払いをした訓練場で俺は劉炎兄上と木剣を交えていた。

「……くっ！　琥劉、こうしてお前と剣を交えたのは……っ、いつぶりだろうか」

「帝位継承の話が本格化する前は、よく皆で剣を交えましたね……ふっ！」

第一皇子の劉炎兄上は臆病だが優しく、第二皇子の劉坊兄上は勇ましく武術において右に出る者はいない、第四皇子の劉奏は人当たりがよく外交向けだった。

俺たちが共に政務に関わっていれば、この国はさぞ豊かになっただろうなどと、白蘭の影響か、争わずに手を取り合ったもしもの未来を想像した。

木剣がぶつかり合う音を聞いていると、勝手に意識が過去へと引き戻される。帝位継承の緊張感が漂う城で、皆で剣術の稽古や座学を受けたあの頃に――。

「聞いてくれますか、劉炎兄上。俺は皆が思うほど、できた人間ではないのです」

あれはまだ、俺が十歳だったときの話だ。

俺は第二皇子の劉坊兄上と仲がよく、兄弟の関係もそこまで冷え込んでいなかった。

そう言えば、英秀に出会ったのもこの頃だ。宰相の息子だった英秀は二十二歳で官僚の人事を司る吏部に入り、その有能さから最年少長官に任命された。次の宰相の有力候補であった英秀は皇帝に申しつけられ、俺の教育係になったのだ。

『琥劉殿下、私はいつか宰相になります。そのとき支える皇帝は自分で選びたい。あなたのことも、見定めさせていただきます』

言葉の通り、出会ったばかりの英秀は俺を主と認めておらず、友好的ではなかった。

『……皇帝は嫡男が継ぐべきだ。でなければ、この城に血が流れる。ゆえに第三皇子である俺が、皇帝になることはない』

『なんて面白くない答えでしょうね。大事なのは皇室の平和ではなく、国にとっての平和です。皇帝の采配ひとつで、何千、何万という民の命が消えるのですよ。なのに仲良しごっこですか、失望いたしました』

『勝手に期待を寄せるな。俺は兄上たちを支えられれば、それでいい』

このときの俺は、まだ子供だった。周りの人間たちが自分たち皇子を仲違いさせたがっているようにすら見え、無条件に拒絶していた。

十四になると、父親のように接してくれた武凱すらも避け、俺は六つ年上の劉坊兄上とばかり剣術の手合わせをしていた。

『琥劉、踏み込みが甘いぞ！』

『くっ――はああっ！』

こちらが仕掛けても、劉坊兄上は逃げない。どれだけ斬り込んでも、難なく受け止められ、右へ左へ軽々と受け流される。いつも、兄上には敵わない――。

そう思っているそばから、持っていた剣が弾き飛ばされた。それを無意識に目で追おうとした瞬間、喉元に剣先を突きつけられる。

『参りました……兄上にはどうしても勝てません』

『お前は最後の一手で躊躇するからな。勝ちたいなら一瞬たりとも迷うな。成し遂げたいことがあるのなら、なおさら』

『ですが、相手が兄上では迷いもします』

『甘いな、お前は』

劉坊兄上は苦い笑みを浮かべ、俺の頭をわしゃわしゃと撫でる。

今思えば、劉坊兄上はこのときから、胸に秘めていることがあったのかもしれない。それに気づきながらも、俺は気づかないふりをしていたのだ。

見たくない真実から目を逸らして過ごしていたある日、朝議で大臣が言った。

『いつか天災に見舞われたときのことを考えて、増税で復興資金を少しずつ貯蓄していくのはいかがかと』

今年で三十六になる黒髪に金の瞳をした雪華国第十二代皇帝、雪華紫劉父上は顎をさすりながら、わずかに口端を上げて、御座に腰かけている俺たち皇子を見やる。

『そうだな、お前たちはどう考える』

朝議で意見を求められ、皇子たちからはどよめき、自信、沈黙……様々な反応が起こった。それを朝議に参加している四大臣や長官らが、目ざとく観察している。

『増税は……民からの反発が出るんじゃないかと……』

第一皇子の劉炎兄上がおずおずと述べれば、第二皇子の劉坊兄上が前髪を掻き上げながら、ふんっと鼻を鳴らす。

『だからなんだ。民の反応をいちいち気にしていては、政などできぬ。こちらがその税でなにを国にもたらすのかを知らしめ、民を黙らせればいいだけのこと』

父上はいいのか悪いのか、どちらともいえない笑みを浮かべ、俺に視線を留めた。睨まれているわけではないのに、皇帝の威厳がそうさせるのか、緊張が走る。

『琥劉、お前はどうだ』

ひと呼吸置き、俺は答える。

『……増税は、早計かと』

大臣の提案に異を唱えたも同然の俺に、朝議の場がざわつく。

足が震えそうになるが、平静を装った。少しでも動揺を態度に出せば、通したい意見も権力の名のもとに、ねじ伏せられるからだ。

『今年は不作が続いています。当面は皇室自ら行事を減らすなどして倹約に努め、使用人の数を減らし、宮廷費用を抑えることで、むしろたびたび減税するのがよいかと』

動揺を悟られぬよう表情を消し、淡々と論理的に考えを述べていくと、未熟な皇子の戯言だと興味半分に聞いていた皆の意識が次第に自分に向けられていくのがわかる。

『日頃、民を思い執られた政を行っていれば、いつか民にきつい増税を強いることになる時が来ても、聞き入れてもらいやすくなります』

いつの間にか静まり返っていた広間に、拍手の音が響く。手を叩いたのは、英秀の父であるこの国の宰相だった。

『まずは民に有益な政を行い、信頼関係を築いてから、増税などの負担を強いる政を行うということですか。まことに素晴らしい』

宰相から褒められ、居心地が悪くなる。思ったままを伝えたのがいけなかった。皇子の中で目立つ行動をとれば、かろうじて繋がっている兄弟の絆の糸がぷつりと切れてしまう。だが、俺の懸念などお構いなしに、皇帝は六部長官のいる列に目をやる。

『英秀、お前はどう考える』

そこで英秀に声がかけられたということは、皇帝も英秀が宰相の最有力候補だと考えているのだ。四大臣を差し置いて成り上がるとしたら、かなり反発を受けるだろうが、英秀は動じていない。

『はい、陛下。その昔、始皇帝が即位する前、この地に国を築こうとし、理想の政権を実現しようとした貘（ばく）という男がいました。無法地帯だった国をまとめるため、小さな罪でも処刑されるほどの厳しい法体制、過酷な賦税（ふぜい）、身分をあからさまにした結果、民からの反発を招いた者です』

皇帝になろうとしたが、その器でなかったために国に混乱を招いた獏の話は有名だ。民の反乱を収めるとなれば、軍を動かすことになる。そうなれば武器を買うための金が必要だ。非常に重い税が民衆には課せられ、この重税に対抗するために起こった農民反乱が千剣(せんけん)の乱。千人の農民が剣を手に立ち上がったことから、そう呼ばれた。

『初めの状況では多少強引でも、そういった政を進めるしかなかったのでしょうが、飢饉が起きている中、現状に合わない政をすれば食うに困った民たちは次々と反乱を起こし、貴族や豪族たちは国を見限り、各地方で独立した政権を作り出します。琥劉殿下が言ったように、不作が続く中でいつ起こるかもわからない天災のための貯蓄など、まさに現状に合わない政。今はまず、飢餓に対して皇室側が支援をすべき時かと』

英秀の言葉に、意見した大臣は機嫌を悪くしたが、父上は『うむ』とひとつ頷く。

『そうだな。理想と現実がかけ離れすぎた政は民を苦しめる。民を動かすには力業(ちからわざ)でもならぬ、理想だけを述べればいいわけでもない。理想と現実の隙間を埋めていくための具体的な策が必要ということだ』

広間には賛同するような臣下らの声が湧く。

『第三皇子の琥劉殿下は頭が切れる。それでいて、武芸にも長けている』

『なにより、未来を見越した判断力や決断力がある。経験を積めさえすれば、実行力も身につくであろう』

『皇帝に必要な資質は、言葉に耳を傾けたくなるような威厳。琥劉殿下には、その魅力がある』

自分を褒め称える声がある一方で、『第一皇子はまさに理想だけ、第二皇子は力業、第四皇子など意見すらしていない。やはり母親の血筋ですかな』と苦言も飛び交った。

このときからかもしれない。もともと脆かった兄弟の繋がりが綻んでいったのは。

そうして一年、また一年と時が経ち、俺が十六になると、すでに兄弟の関わりはなくなっていた。それでも剣術の稽古を頼みに劉坊兄上のもとを訪ねたりもしたが、御殿に足を踏み入れることもできずに宦官に追い払われた。皇子たちの中で最も信頼していた劉坊兄上にも避けられ、御花園の如休亭でひとり気落ちしていると――。

『あなたには皇帝の素質があります』

この鬱陶しい声の主が誰なのか、振り返らずともわかった。英秀だ。

『俺は帝位は継がない。というより、嫡男でなければ継げない。そういうしきたりがあるだろう。俺は帝位についた劉炎兄上を支える。話は以上だ、即刻立ち去れ』

こいつも兄弟を仲違いさせ、自分の傀儡になる人形を探しているだけの権力の亡者だろう。どいつもこいつも、俺はただ……兄上たちと共に国をよくしていければそれでよかったのに――。

『帝座は主を選ぶのです。そこに無能な皇帝がついてしまえば、自分のひと声で国を意のままにできてしまう快感に溺れるか、重圧と孤独に押し潰されて心を病むかのどちらかです。その行く先は民や家臣に殺されるか、自滅かしかありません。誰でもいいわけではないのです』

『なら、俺でなくともいいだろう』

『あなたを幼い頃から、ずっと見てきました。国の置かれている状況を理解し、他の皇子と違って民の立場になって政ができる。この英秀、感服いたしました』

――もう、やめてくれ。兄上たちに嫌われたくない。帝座などに選ばれても、俺には迷惑なだけだ。それなのに、この男は俺を帝座に引き上げようとする。

『あなたは継承順位さえ低くなければ、満場一致で次の皇帝になれたでしょう』

『勝手に話を進めるな。俺は帝位を継ぐ気はないと言っている！』

ダンッと長椅子の座面を殴る。だが、英秀は少しも怯まず、俯いた俺の前に立つ。

『私は近い未来、宰相にまで上り詰めます。今は覚悟が決まらないのでしょうが、もし本気で帝位をお望みになるのなら、私が導きます』

『……お前が立ち去らぬなら、俺が立ち去ろう』

俺は立ち上がって、その場から離れる。後ろで『あいつ、帝位を望むと思うか？』という武凱の声がした。悪趣味なことに、俺たちの会話を立ち聞きしていたらしい。

『ええ、あの方は皇帝になるべくして生まれたような方。あの方はまだ自覚していませんが、いつか必ず気づきます。自分でなければならないと――』

そんな会話が聞こえて、俺は耳を塞いだ。


如休亭での一件からふた月が経った。

劉炎兄上は赤薔殿に引きこもるようになり、尊敬していた劉坊兄上は競争心を剥き出しにして、俺に冷たく当たるようになった。劉奏はというと、現実逃避するかのように妓楼遊びを始めたらしい。ときどき、劉炎兄上もついていっているようだ。

だから余計に皆が俺に期待を寄せていた。その分、兄弟たちが離れていった。そしてついに――あの事件が起こった。

『帝位継承は嫡男ではなく、優秀な者を選んではどうでしょう』

朝議で四大臣のひとりから上がった意見に、賛同や戸惑いの声が入り交じる。そこで怒りを露わにしたのは、劉坊兄上だった。

『琥劉が相応しい、そういう話か？　そういうことなら、失礼する！』

耳障りだとばかりに御座から立ち上がった劉坊兄上は、広間を出ていってしまった。

俺は朝議の最中であることも忘れ、『劉坊兄上！』と慌ててそのあとを追いかける。

『劉坊兄上、待ってください！』

廊下でようやくその背に追いつくと、劉坊兄上は立ち止まってくれた。それにほっとして頬が緩んだとき、劉坊兄上は振り返らずに言う。

『お前はいつまで、馴れ合うつもりだ』

『え……あ、兄上、俺は皇帝の座など望んでいません！　皆が勝手に話を進めているだけで――』

『……黙れ』

地を這うような声に肩が跳ねる。俺は兄上の圧倒的な覇者の気にあてられていた。

『才を持ちながら無能なふりか、この意気地なしが。お前のような半端もんの顔など見たくもない』

俺を置いて遠ざかる背中を、もう追いかけることはできなかった。俺と劉坊兄上の道は、今この瞬間に分かたれてしまったのだ。


尊敬する兄に拒絶されてから、心にぽっかり穴が開いたような日々を送っていた。そんな矢先、皇帝が崩御した。

夜、内廷の皇帝宮にて胸に剣が刺さったまま息絶えている父上が発見されたそうだ。皇帝自ら宦官や女官を下がらせたらしく、誰ひとりとして目撃者はいない。

だが、父上が亡くなったときの状況を聞くに、俺には嫌な予感があった。

あなたなのですか、兄上――。

青蕾殿の広間にある御座に、ひとり腰かけていた。両腕を肘掛けに置き、背もたれに上体を預けて、目を閉じながら考え込んでいると、ふたり分の足音が近づいてくる。

『琥劉殿下は誰が犯人と考えますか？』

緩慢な動きで前方を確認すれば、英秀と武凱が俺を見上げていた。

『皇帝が人払いまでして、ふたりきりで会うほど信頼している人間です。それだけでもかなり絞れます』

『かつ剣で胸骨をも断ち切る力の持ち主となると、武術に長けた人間だな。皇帝の胸に刺さっていた剣の柄頭の文様は菊だそうだ。琥劉、覚えがないわけではないだろ』

勘違いであってほしいが、ずっとあの人を見てきたのだ。記憶に刻まれている。自分の手がかりになる愛剣をわざわざ残すという狡猾さ、見つかっても恐れない自信。兄上らしくて、でも心がそれを認めたくないと叫んでいる。

『国の意思であることを表す印――玉璽も盗まれました。つまり、狙いは帝位です。兄弟の情に惑わされてはなりません。真実を見つめてください』

俺に兄上が謀反を起こしたと認めろというのか。だが、兄上は父上を……。

自分が怒っているのか、悲しんでいるのか、もはやわからなかった。

『……盗まれた玉璽は捜す。兄上を疑うのは、証拠が揃ってからだ』

まだ、きっとやり直せる。剣の手合わせをしていた頃に、肩を並べて座学を受けた頃に戻れる。そうして過去に縋りついていたいのに、周りがそれを許してくれない。俺に間違いを正せと言う。

　そうして調査を進めている間、毎晩のように悪夢を見た。

　皇子たちには『こんなことになったのは、お前のせいだ』と責められ、父上からは『父が死んでも見て見ぬふりか』と失望され……ついには眠れなくなった。

　それから少しして、盗まれた玉璽を第二皇子が持っているという情報を掴んだ。

　玉璽が押された法案書類は法的効力があるゆえ、朝議にかけられていないのに可決した上書を漁れと命じたのが功を奏したらしい。第二皇子派の大臣や長官らの上書が四大臣の預り知らないところで通っていることが発覚したのだ。

　だが、自分が動く前に、ここは次の皇帝になるべき第一皇子の劉炎兄上に判断を仰ぐべきだ。そう思い立ち、赤蕾殿に赴いたのだが、劉炎兄上には『巻き込まないでくれ！』と追い返されてしまった。


　さらに数日が経ち、俺は人払いされた皇太后宮にいた。

　夫を失って憔悴しきっているかと思えば、さすがは皇太后と言うべきか、母上は変わらず凛として俺たちを迎え入れた。

『琥劉、英秀、そして……武凱。よく参られました』

『皇太后、お加減はいかかですか』

拝礼する英秀と武凱の間で、俺は尋ねる。

『琥劉、それを聞きに、ここへ来たわけではないのでしょう？』

母上の体調が心配だったのは事実だ。だが、大きな目的がもうひとつ俺にはあった。

『はい、皇太后。皇帝が亡くなる前に、なにか贈り物をされませんでしたか？』

皇帝がわざわざ人払いをして、誰かと会っていたこと自体がおかしいのだ。恐らく皇帝は自分が狙われていることには気づいていて、それでも対話することを選んだ。相手が……自分の子だからだ。

死も覚悟していた皇帝は、きっと犯人に繋がる証拠と、万が一崩御したときのために帝位を誰に授けるのか、書状にして残していたはず。

ならばどこにその証拠を残すだろうと考えたとき、真っ先に浮かんだのは皇太后の顔だった。親友である武凱の線も考えたが、それではあからさますぎる。それに武凱は俺と行動を共にしていたので、物理的に渡す時間がない。

妻の皇太后に危険を承知で証拠を預けたのであれば、それは恐らく苦肉の策だった。もしその存在を敵に知られたとき、皇太后には戦う術がないからだ。女人である皇太后に、まさか重要な書状を預けるとは誰も思うまい。それらを鑑みて、ここへ来た。

『それならば――』

皇太后は脚がついた蓋つきの大箱——唐櫃から金の帯を取り出すと、俺に差し出す。

『陛下が亡くなられた晩に、陛下からこの襦裙の帯を贈られました。やはり、この帯になにかあるのですね』

そうではないかと薄々感じながら、今日まで夫を信じ安易に探る真似はしなかったのだろう。恐らく、この帯を受け取ったときには皇帝が死地に赴くことも悟っていた。

俺は帯を受け取り、隅々まで確かめる。すると内側に不自然な硬さを感じ、裏返した。そこには当て布が縫い付けられている。それを剥がしてみると——。

『……血書だ』

皆が息を呑む。血書は自分の血で綴られるため、強い意志を以て書き記したと伝えることができる。それが皇帝のものとなれば、相当の影響力がある。

俺は隠されていた血書を震える手で取り出し、中を確認した。

【我が息子、劉坊の剣にて死す。立帝の時まで琥劉に皇帝代行を任ずる。皇帝は民を想い、国に身を捧げ、臣下の信を多く得し者を選べ。雪華国第十二代皇帝、雪華紫劉】

劉坊兄上が自らを討ったとしたためてある皇帝の血書。謀反……その単語を無視できなくなった状況に、俺たちはしばし誰も言葉を発せずにいた。

ああ、これでもう見て見ぬふりはできない。俺は、どうすれば——。

皇太后宮を出た俺は、降り出しそうな空を仰いだ。

『どういたしますか、殿下。無能な皇子にこの国の運命を委ねるか、この国の運命をあなたが切り開くか、お決めになる時です』

後ろをついてきていた英秀に諭されるが、俺は振り向くことができなかった。

すると、今度は武凱が言う。

『逃げるも逃げないも、お前が選べ。皇帝になる道を歩むっつーのは、孤独を前に、死を背にして進むってことだ。生半可な覚悟じゃ耐えられねえ』

『皇帝も……父上もそれを乗り越えたのか？』

『皇帝だけじゃねえぞ、皇太后もだ。お前という愛する息子ひとり、可愛がることもできなかったんだからな』

『どういう意味だ』

『たとえ嫡男が即位するしきたりであっても、正妻の子ってだけで次の皇帝になりうる可能性は十分にある。お前の命を守るには、他の皇子たちと同じように接し、特別扱いしてないってことを示す必要があった。それが陛下たちが背負った孤独だ』

だから、父上と母上の親友である武凱がふたりの分まで俺を愛してくれたのか。

今、俺は運命の岐路に立っている。兄弟の繋がりを守り、自分の幸せのために生きるのか。皇帝として国を豊かにし、民を幸せにするために生きるのか。

俺は何者だ。そう自分に問いかけたとき、気づけば迷わず剣柄を握りしめていた。

『……俺は、どうして……』

手が震える。俺は誰が皇帝であっても、正しい道を進むなら支えるつもりだった。

だが、劉坊兄上は先帝を殺し、皇室に血の海を生んでしまった。

皇帝の采配ひとつで国は栄えもするし、滅びもすると英秀に教えられた。自分の権力欲しさに帝位につこうとする者が国の舵取りをすれば、辿り着く先は破滅。

もし自分が皇族でなければ、見たくない現実から目を逸らすこともできただろう。

もし俺が皇子でなければ、慕っていた兄をこの手で殺めずに済んだだろう。

だが、俺はどうしたって皇子だ。俺がやるしかない。自分ひとりの幸福と国や民の幸福、天秤にかけるまでもない。この国の運命を委ねられる者が、この国の運命を切り開く者が他にいないというのなら――。

俺は覚悟を固めていくように、ゆっくり英秀と武凱に向き直った。

『俺は……兄上を討つ』

ふたりは静かに、俺の言葉を待っていた。

『誰に憎まれようとも、この手を血に染めようとも。共に……来てくれるか』

沈黙があったのは、ほんのわずか。先に口を開いたのは、武凱だった。

『おう、いつ俺を剣として使ってくれるかって、待ち疲れたぞ。それにな、俺もあいつの仇を取れるなら本望だ』

『私も前にお伝えした通り、自分の主君は自分で選びます。そして、殿下以外にありえないと思っております。殿下がお命じになるのなら、私はこの知恵を以て、あなたの願いを叶えましょう』

ふたりが俺の前で跪く。たった今、俺は国の運命を切り開く武凱という剣と国を守り豊かにする英秀という盾を手にした。あとは俺の采配次第で国は滅びも栄えもする。

『謀反人を捕らえるにあたり、こちらに義があることを知らしめるため、禁軍を率いて黄蕾殿に押し入る。そののち、謀反人の首と陛下の血書を以て真実を明らかにし、俺が皇帝代行の任を命じられたことを公のものとする。ただちに手はずを整えよ』

『は！』と返事をし、立ち上がった忠臣ふたりを連れ、俺は青蕾殿へと歩き出す。迷いがなくなったわけではない、それでも進まねばならない道だ。


そうして空が血のような茜に染まる頃、俺は黄蕾殿に攻め入った。

第二皇子派の武将らを倒しながら奥へと進んでいくと、広間の御座にどっかりと腰かけている劉坊兄上のもとへと辿り着く。

『よりにもよって、お前が討ちに来るとはな』

『兄上、なぜこのようなことを……』

不敵に笑い、劉坊兄上は御座から降りてくる。

『それはお前が……よくわかっているだろう……！』

大きく地を蹴り、斬りかかってくる劉坊兄上の剣を受け止める。

重い、速い！　稽古で一本取れた試しもないというのに、俺は兄上に勝てるのか？

ぶつかり合う剣の音と鼓動が、競い合うように激しくなっていく。英秀も武凱も広間で武将を相手にしながら、必死に義を貫こうとしていた。

『くうっ……第一皇子が皇帝になる、そういう決まりだったではありませんか！』

『あの臆病者を皇帝にと望む者が、本気でいると思っているのか？　嫡男が帝位につく決まりなど、有能なお前がいれば、遅かれ早かれ覆る！』

『共に、正しい道を歩むことはできなかったのですか！』

『正しい道とはなんだ！　領土、帝位、なにかを勝ち取ってこそ皇帝だ！　お前はなぜ、俺の意を知ろうとする！　こうして互いの首を取り合っているというのに！』

『あなたを尊敬していたからだ！　誰よりも！』

泣いているみたいに情けない声が出た。まだ、心が揺らいでいる。だから剣筋もぶれる。それに劉坊兄上が気づかないはずがない。

『だからお前は、俺には勝てないと言っているのだ！』

怒号と共に、劉坊兄上の剣が俺の胸めがけて放たれる。こんなときに、劉坊兄上の助言を思い出した。

『お前は最後の一手で躊躇するからな。勝ちたいなら一瞬たりとも迷うな。成し遂げたいことがあるのなら、なおさら』

ああ、なんで俺の覚悟を決めるのが、あなたなのか――。

視界が涙でぼやける。それでも俺の生存本能は強く、劉坊兄上の刃をわずかに身を引いて避けた。そのまま間髪入れずに『あああああああっ』と慟哭が喉を引き裂きながら、一気に剣で兄上の心の臓を貫く。

『ぐふっ……うっ……』

ぐさりと刃が肉を貫く感覚があった。鮮血が飛び散り、ぐらりと傾く劉坊兄上の身体を抱き留める。

これが……この国のためには最善の選択だった。血気盛んな劉坊兄上が治めたこの国は、雪をすべて溶かし尽くしてしまうほどの戦火に見舞われていただろう。

俺が劉坊兄上を討たずして誰がやるというのだ。皇子としては正しい判断だったと頭ではわかっているのに、心を殺してなにかを成し遂げる痛みはとてつもなかった。

『ごほっ……なにを……泣いて、いる……』

血を吐き出した劉坊兄上は、俺を見上げて口端を上げる。

仲違いする前、よく劉坊兄上が向けてくれた笑みと変わらない。そんなものを見せられて、冷静でいられるはずなどなかった。こらえていた涙が頬を伝っていく。

『兄上っ、兄上……っ』

　他に方法はなかったのだろうか。時を巻き戻せたら、どんなにいいか。そうすれば、帝位に執着する兄上の心に気づいて、なにかできることがあったかもしれない。

『お前は……俺を尊敬していたと……言う、が……お前に言われても、皮肉にしか聞こえん……』

　皮肉などではない。兄上を尊敬して、ずっと追いかけてきた。でも、それを伝えたとしても言い訳にしか聞こえないだろう。俺は結局、兄上の命を奪ったのだから。

『琥劉よ、お前は俺ではなく、結局……国を、選んだのだろう……』

　兄上を抱き起こした手は真っ赤に染まっていく。

　自分の感情を優先できたら、どんなに楽だっただろう。でも、俺は劉坊兄上の言うように、国のためなら大切な人の命さえ犠牲にできるのだ。

『俺を……忘れるな……』

　──忘れられるはずがない。

『一生、俺の亡霊に怯えながら生きよ……』

　呪詛のような遺言を残し、劉坊兄上は瞼を閉じる。

　この胸の痛みは、苦しみは、国と兄上を天秤にかけた罰だ。

皇子であっても、大切な人ひとり守れない。なのに、皇帝になったところで、俺になにができるというのだろう。

劉坊兄上を抱きしめる自分の手が震えている。涙が劉坊兄上の頬に落ちるが、その顔にこびりついた血はしぶとく残って流れていかない。

それからどのくらい経っただろう。充満する鉄錆の臭いに顔を上げれば、すでに戦いは終わっていた。劉坊兄上に加担した武将も宦官も息絶えて屍と成り果てている。

うっと吐き気が込み上げてくる。俺は冷たくなった劉坊兄上の身体を横たわらせ、口元を押さえながら勢いよく広間を飛び出した。

そのまま走って走って、黄蕾殿の外に出ると、雨が降っていた。その中で両手を見つめるが、血にまみれたこの身体は汚れたままだ。

『ああ……ああ……っ』

――これは劉坊兄上の命の色。俺が奪った命の赤。

『あああああああっ、ああああああああ！』

この先、きっとこれ以上の犠牲などないだろう。もう、親子の絆や兄弟の絆などという不確かなものには縋らない。帝座だけを見据え、この足で歩いていく。

少しして、後ろから足音が近づいてきた。振り返らずともわかる、この血塗られた道を共に歩ませることになる忠臣ふたりだ。

『俺は……皇帝になる』

英秀と武凱に告げるのは、これで二度目になる。だが、一度目よりも強い覚悟でそう宣言した。それを感じ取ったのか、ふたりは息を呑む。

『俺が皇帝になるまで、どれだけ身内の血を流すことになったとしても、払った犠牲に胸を痛めることになったとしても厭わない』

皇帝になったからといって、自分になにができるのかはわからない。でも、この血塗られた争いを終わらせるためには、俺が皇帝になるしかない。

『権力や帝位欲しさに争いを起こす皇子や大臣らを抑え込み、皇帝となったら、無益な血が流れることのないように国を治めて見せる。それが俺にしかできぬことなら、この心をも殺してやり遂げよう』

息をつく間もなく、前だけを睨み据え、込み上げる熱に任せて言葉にしていく。それが覚悟として、胸に焼きついていくのを感じる。

『武凱、英秀。俺の剣となり、盾となりて、この覇道を共に歩め！』

ふたりはその場に片膝をつき、深々と首を垂れ、同時に応えた。

『恐悦至極にございます、殿下』

「……ですから兄上、俺は迷ってばかりの無力な皇子なのです」

いつの間にか、手合わせしていた俺と劉炎兄上は剣を振るう手を止めていた。

「俺は完璧ではない。ただの雪華琥劉である自分と、皇子である自分との狭間で悩み、心を病むこともある。兄上の脆さを俺は、きっと誰よりも理解できます」

城では本心を隠し、弱みを悟られぬように振る舞わねば、死を招く。だというのに、俺は誰かさんのように直球勝負で、自分の思いを劉炎兄上にぶつけていた。

「いつも……お前と比較されてきた」

劉炎兄上は憂い顔で視線を彷徨わせながら、ぽつりと心の内をこぼす。

「けど、母上や大臣らが望んだ帝位につくため、どれだけ努力してもお前には追いつけなくて……お門違いだってわかっていたのに、お前を妬むことでしか、この苦しみを消化できなかったんだ。それはきっと、劉坊も同じだったんだろうね」

「劉坊兄上も……ですか？」

「明確な敵を作るのは楽なんだよ。誰かを攻撃しているうちは、自分の満たされない心に立ち向かえてるような気になる。もちろん錯覚だが」

自分を嘲けるように笑った劉炎兄上は、俺に向き直り深々と頭を下げた。

「琥劉、なにも成し遂げていないくせに、お前を責めるばかりで……っ、本当にすまなかった。本来なら第一皇子である私がしなければならないことを、お前にすべて背負わせてしまって……っ」

「兄上、顔を上げてください。俺の方こそ、ずっと兄上と向き合うことから逃げてきた。もっと早く、心を閉ざしてしまった兄上を迎えに行けばよかったんです」

拒絶を恐れ、取り返しのつかないところまですれ違って……劉坊兄上のときの二の舞いになるところだった。

「琥劉、お前は皇帝に相応しいよ。お前を追いかけてきた私が、いちばんその素質を理解している」

「そんなふうに劉炎兄上に言っていただけるとは……畏れ多いです。でも、俺ひとりではなにも成せぬのです、兄上。兄上の慎重さと優しさは行き過ぎた政の抑止力となるでしょう。あなただって、この国に必要な人です」

劉炎兄上は目を見張り、その瞳から涙の粒をいくつも落とす。

「琥劉……やっぱりお前は、いい皇帝になるよ」

そう言い、劉炎兄上はその場に跪いた。

「今度こそ、兄として帝位についたお前を支えていく。お前がひとりで犠牲にならないように」

「心強いです。兄上がそばに残ってくれている、その事実だけでも救われています」

自然とこぼれた俺の笑みを、劉炎兄上は驚いたように眺めていた。

「お前が笑えるようになったのは、あの医仙のおかげかな？」

「俺は……笑っていますか？」

「ああ、お前が笑っているところを見たのは、子供の頃以来だよ」

そうか、俺はいつの間にか泣けるようになり、笑えるようにもなったのか。

白蘭のおかげだ。あの者はいとも容易く人の心に入り込み、その傷を癒してしまう。

「琥劉、お前を変えた医仙ならば、紫水も立ち直れるはずだ。でも、そのとき俺は紫水のそばにいてはいけない」

理由は愛していても、傷つけてしまうからだろう。

「同じ城にいると、今回みたいに縋ってしまうだろうから——」

そうして乞われた兄上の願い。それを叶えるべきか悩んだが、一緒にいれば傷つけてしまうからと愛する者を遠ざけたい気持ちはわかる。

俺も白蘭が毒矢に射られ倒れたときは、いっそ安全な場所に隠してしまおうかとも考えた。その葛藤がわかるだけに、俺は兄上の意思を尊重することに決めた。

＊＊＊

紫水さんの火傷も癒え、あとは自然と痕が薄くなっていくのを待つだけになった。

劉炎殿下も紫水さんも、あれからひと月になるが、お互いに会わないという約束を守っている。そんなとき琥劉殿下から、いまだ行方がつかめていない満蛇商団を追う役目を、劉炎殿下が自ら引き受けたと知らされた。危険な役目ではあるが、弟である琥劉殿下を支えるために、できることをしたいという本人の意思と、もう妻を傷つけたくないという願いのもと、物理的に距離を置くことに決めたのだそう。

「桃貴妃、あなたが望めば離縁をしてもいいと劉炎兄上は言っていた。もちろん、その後の生活は保障させてもらう」

医仙宮にて丸机を挟み、向き合うように座る琥劉殿下と紫水さん。私は猿翔と麗玉と共に、それを緊張しながら見守っていた。

「一緒にいれば、あの人は私を傷つけたことに傷つき、私もあの人に暴力を振るわせてしまったと苦しむことになる」

紫水さんの言うように、制御が利かなくなった愛をふたりは持て余してしまう。

「あの人は今、自分の足で歩き出そうとしています。そんなときに私がいれば、足枷となってしまうでしょう。ですから……離縁、いたします」

悲しみと喜びが複雑に混ざったような泣き笑いを浮かべ、紫水さんは離縁を選んだ。

「姉上、本当にいいんですか？」

「本音を言えば……離れるのが怖い。歪でも、愛は確かにあったから」

お互いにとってすごくつらい決断だったはずだ。でも、人間誰しも居心地のいい場所に戻りたくなってしまうもの。断ち切るくらいでないと、進めないのかもしれない。

「今はただ、あの方が元気でいてくれることを願うばかりです」

ふたりは悲しいとも幸せともわからない結末を迎えたけれど、孤独に震えていたとき、ふたりが寄り添った時間は、ふたりが立ち直るまでに必要なものだったはずだ。

「人生は出会いと別れの連続です。だからといって、愛する人と過ごした時間が消えるわけではありません。だから、一緒に重ねた思い出を忘れずにいましょう」

「ふふっ、医仙は若いのに人生の先輩みたいね。おひいさん、ありがとうございます」

紫水さんは清々しい顔で微笑み、なぜか麗玉を誘って散歩に行ってしまった。部屋を出る間際、「猿翔、ちゃんと話しなさいね」と付け加えるように言い残して。

「おひいさん……?」

ぽかんとしながら私が呟くと、猿翔は姉が出ていった扉を見つめて肩を竦める。

「俺が姫さんって呼んでるからじゃない?」

「そうよ、その姫さんってなに?」

「初めは俺が守らないといけない人だから、そう呼んでた。でも、今は俺が守りたい人だから、姫さんってことで」

あれ、今ものすごいことを言われた気がする。

私が目を瞬かせている間に、猿翔に腕を引かれた。

「ありがとう、俺の姫さん。恩返しといってはなんだけど、もし姫さんが本気でここから逃げ出したいって思うときが来たら、国を敵に回しても絶対に連れ出してあげる」

自然と近づく距離。ここは視界いっぱいに広がる妖艶な笑みに目を奪われるところなのだろうが、それよりも気にかかることがあった。

「その片目を閉じる癖……武凱大将軍もやってたわ」

「え、俺の美形を間近にして、気になるのはそこ？　姫さん、つれないんだね」

「猿翔は……本当はそういう性格だったのね。お姉さん猿翔も恋しいから、ときどきやってね？」

その返しに、猿翔はなぜかお腹を抱えて笑いだした。

「楽しそうね、猿翔」

「ああ、うん、楽しいね。安心してよ、誰かの目があるところでは女官猿翔のままだからさ。あと、俺の癖は親父のがうつったんだ。それくらいは一緒にいるってこと」

「そっか、いい関係ね」

「ん、それに琥劉殿下も俺にとっては主であり、同じ父を持つ弟みたいなものだよ」

猿翔が振り返った先には、席に着いたままじとりとこちらを睨んでいる琥劉殿下がいる。あの目はなんだろう、怖い。

「琥劉殿下、俺が姫さんと仲良くしてるからって、嫉妬しないでよ」

嫉妬という単語に鼓動が跳ねた。

猿翔みたいな美形ならともかく、私は奇妙な出で立ちをしているし、後宮妃たちのような女らしさもない。琥劉殿下が嫉妬するような要素がどこにあるというのだろう。

「ちゃんと、琥劉殿下のことも愛してるからさ」

勇敢にも不機嫌な琥劉殿下のもとへ歩いていき、その身体に後ろから抱き着く猿翔。琥劉殿下に真顔で「やめろ」と注意されている。私はなにを見せられてるんだろう。

「英秀先生も妓楼育ちの俺に、いろいろ教えてくれたんだ。だから姫さんも、すぐに俺たちと家族になれるよ」

「あ……」

いつの間にか、皆の中に私の居場所ができていたらしい。

ずっと、この世界に来てから孤独だった。どこへ行っても、仲良くしてくれる人ができても、やっぱりここは私のいる世界じゃない。そんな感覚が消えなかった。

でも、今は……私、ここで誰かの役に立てる幸せを感じてる。

あの世界では情熱を忘れてしまっていた看護師の仕事だけれど、この世界に来てからは、この医術が私に人との繋がりや存在意義をくれていた。

「ありがとう、嬉しい。それはそれとして……猿翔、そこに座りなさい」

「うん、いいよ」

素直に正座した猿翔の前に立ち、私は腰に手を当てて凄んだ。

「あなた、いくら護衛のためとはいえ……私の沐浴とか着替えとか！　見たわよね!?　私のはだっ——」

「あはは、裸？　言ったでしょ、俺、妓楼育ちだって。女の裸なんて見慣れてる」

「笑ってる場合じゃない！」

「ふたりきりのときは一緒に寝ても、湯浴みしてもいいって言ってくれたのに」

「あれは……っ、あなたが女だと思ってたからよ！」

思い出されるのは、浴室でのこと。

『女官も大変なのね。妃たちのご機嫌とったり、身の回りのお世話したり……でも、私とふたりのときは寝台で爆睡してもいいし、湯浴みも仕事が終わったあとで面倒なら、一緒にしちゃってもいいのよ？』

見た目に騙されてはなりませんよって猿翔が言っていたけど、まさにそうね。私は男に向かって、なんてことを口走ってしまったんだろう。

「……白蘭、こいつとは真正面から戦うな。こちらが消耗する」

眉間を揉んでいた琥劉殿下はガタンッと立ち上がり、こちらに歩いてくると、いきなり私を横抱きにした。

「琥劉殿下!?」

「話がある」

「それって、この体勢じゃなきゃ駄目なの？」

「……駄目だ」

　そう言って扉に向かう琥劉殿下。部屋を出る間際、猿翔が陽気に手を振っていた。

　こんなところを見られたら、他の妃がどう思うか……。

　気が気じゃないまま琥劉殿下に連れてこられたのは、御花園だった。雪をかぶりながらも、椿や山茶花が快晴の空によく映える花をつけている。

「貴重な晴れ間ね」

「……そうだな」

　琥劉殿下に抱えられたまま、ふたりで空を見上げていた。相変わらず風は冷たいけれど、お互いくっついているから寒くはない。

「猿翔のことで世話をかけた。兄上のことも礼を言う」

「お兄様のことは、琥劉殿下が頑張ったからよ。でも、どうやって和解したの？」

「その前に、俺がどうして血が苦手なのか、皇帝になりたいのかを話しておきたい。小出しには伝えていると思うが、改めて」

　そう言って聞かせてくれたのは、大切な兄を手にかけ、皇帝になる決意をするまでの琥劉殿下の苦悩の日々だった。

「だから俺は血が苦手で。眠れない。俺が奪った命の色……あの赤を見るたび、眠るたびに兄上を手にかけたときのことを思い出して、正気でいられなくなる」

「……っ、なんて重い……過去を背負って……」

兄の胸を貫いた瞬間、琥劉殿下の心にも大きな穴が開いてしまったのだ。そこからこぼれ落ちるみたいに感情を失っていって、ここまで来てしまったのだ。

込み上げてくる悲しみを抑えきれず、涙が勝手に流れる。それでも胸の痛みは治まらなくて、私は琥劉殿下の首に腕を回し、その頭をぎゅっと抱きしめた。

「もう、前ほど重たくはない」

「え……？」

少しだけ身体を離せば、琥劉殿下は柔らかな笑みを浮かべていた。

「俺も兄上も、お前のおかげで泣くことができた。感情を外に出せるようになった」

狩猟大会で失った正気を取り戻したときに琥劉殿下が見せた涙と、暴力を振るってしまうのは愛し方を知らなかったからだと知ったときに劉炎殿下が見せた涙が脳裏に蘇る。

「お前が心を丸裸にしてくれたおかげで、兄上とも腹を割って話せた。兄上も俺も、帝位争いで関係や日常が変わってしまうことが怖かったんだ。だから、継承者争いからも目を逸らし続けた。その結果、兄弟がすれ違っていることにも気づかないで、帝位を巡り城に血が流れてしまった」

「みんな、苦しんでたのね……」

「……心を壊すほどにな。そして俺は……兄上を討ち、自分が皇帝にならねばと心を決めてから、自分の幸せは望めないと思っていた。だが、お前は言ってくれたな。俺もひとりの人間で、幸せを手放す必要はないと」

確かに言った。『あなたは皇子だけど、雪華琥劉っていうひとりの人間でもあるのよ。立場上、すべて自由にとはいかないでしょうけど、だからといって、あなた自身の幸せすべてを手放すことはないと思うわ』と。

誰かが皇帝は国のために尽くし、死んでいくものだと言ったとしても、私は皇子でも宰相でも武人でもないから、平凡な価値観のもと何度でも言う。

「今も同じ気持ちよ。あなたは苦しんだ分、幸せになるべきだって思う」

「……お前に愛される男は、幸せだ」

「え……そ、そう？」

「そうだ」

断言してきた……これは、どう受け取ったらいいの!?

ドギマギしていると、私を抱く腕に力がこもる。今さらながら、近すぎる距離に落ち着かなくなっていたとき——。琥劉殿下の顔が近づいてきて、そっと唇が重なる。

えっ……。頭が真っ白になった。心臓が破裂しそうなほど脈打っている。ややあって、琥劉殿下の顔がばっと離れていった。

「あっ、す、すまない……！」

「えっ、いやっ、そのっ、あのっ！」

二文字以上の単語を話せなくなった私は、琥劉殿下と一緒になって慌てた。だが、琥劉殿下は深呼吸をして、ゆっくりと額をくっつけてくる。

「勝手に……身体が動いていた。お前はいつも優しい瞳で俺を見るだろう。それで、どんどん甘えてしまう」

「あ、甘える？」

口づけが琥劉殿下なりの甘え方なの？　どうしよう、それはちょっと心臓的に受け止めきれない……。でも、いちばんの問題は嫌じゃなかったことだ。ほっとけないから気になってるだけだと思ってたのに……私、もしかして琥劉殿下のこと……。

「お前はいつも、俺に安心感をくれる。他愛のない会話に安らぎを覚える相手など、そう現れない。だから、これからは……」

太陽の光を吸い込んだ琥劉殿下の金色の瞳が、私の心を惹きつける。木々のざわめきすらも遠ざかり、世界にふたりきりになったのかと錯覚してしまいそうだった。

「お前が戻れないという故郷の代わりに、俺がお前の故郷になれたらと思っている。

お前が会えないと言った家族の代わりに、そばにいさせてほしい。お前にもらったものを返していきたいんだ」

「……っ」

鼻の奥がツンとして、目頭が熱くなり、とっさに下を向いた。

「あ……あれ、おかしいな……」

ぽたぽたと涙が落ちて、琥劉殿下の服を濡らしていく。

私、すごくほっとしてる……？

家族、あの子と夢を語らった職場、故郷……あの世界に置いてきてしまったものがたくさんある。だから、この世界で生きているのに、あの世界のことが忘れられない。でも、今は不思議と……寂しくない。この世界の人たちと築いてきた思い出のおかげだろうか。目の前にいるこの人が、私の故郷になると言ってくれたからだろうか。

「……大丈夫だ、白蘭」

優しい声に導かれるように顔を上げれば、琥劉殿下の柔らかな視線に絡め取られる。

「大丈夫だ」

この人は、こんなにも優しく笑う人だったかな。

感情が読めなかった頃が嘘みたいに、表情が増えていく琥劉殿下から、私は目が離せなくなっていた──。

五章　雪華の誓い

琥劉殿下との朝食も見慣れた光景になり、後宮に来てから半年が経とうとしていた。

「帝位継承について、俺を支持する意見を多数得られた」

「えっ……お、おめでとう！」

箸を落としそうになりながら椅子の上で跳ねてしまう私に、琥劉殿下は頬を緩める。

「お前のおかげだ」

「はあ……」

私、琥劉殿下の即位を後押しできるようなことしたっけ？

首を傾げると、琥劉殿下は「やはり自覚なしか」と困ったように笑った。

「第一皇子である劉炎兄上が継承権を放棄したのも大きいが、四大臣である麗玉の父、姜大臣は追放されてもおかしくない娘を薬師としてそばに置き、城に居場所を作ったお前に感謝していた」

「そうでしたか……」

「それだけではない。お前が看取った箔徳妃の父である箔大臣も、毒蝶騒ぎでお前が治療をした妃たちの父である他の大臣や六部長官たちもだ。嘉賢妃の父である嘉将軍も娘を犯人扱いせず、名誉を守ってくれたと。それに加えて、自分のことまで気遣ってくれたことに敬意を述べていた」

私はただ、治療をしただけだ。でも、それが巡り巡って琥劉殿下の役に立っていたのなら、私が後宮に来た意味もあったのかな。

「お前が繋いでくれた縁が、俺を助ける者たちを作ってくれている。医仙云々ではなく、お前自身の真心が皆の心を動かしたのだろう。感謝している」

「大げさよ。私がきっかけになってたとしても、あなたについていこうと、みんなが思ったのは、あなた自身の魅力であり、力だわ」

「お前がそう言ってくれると、俺は自分に自信が持てる」

琥劉殿下は幼い頃から皇帝の素質があると、周囲からも言われてきているはずなのに、自分を過小評価しすぎだ。そういう謙虚なところも、皆が慕う理由なのだろう。

「そう言えば、武凱大将軍は皇太后様と出かけているのよね？」

「ああ、先帝の墓を参拝しにな。俺は政務があるゆえ、なかなか行けていないが」

皇帝に即位するまで、忙しいんだろう。私が琥劉殿下と会えるのは、夜から朝にかけてだけだ。それ以外は公務に追われているのだろうから、身体が心配だ。

「ただ、気になることがある。護衛の名簿の中に、第四皇子派の泰善の名前があった」

「えっ……」

劉奏殿下は、私と琥劉殿下を狩猟大会で殺そうとした。その部下が皇太后の護衛に交じっているだなんて、琥劉殿下も気が気でないだろう。

「まさか、それで武凱大将軍もついていったの？」

「ああ、自ら立候補した。武凱は皇太后に特別な想いを寄せているからな」

「琥劉殿下、知ってたの？」

「ああ、さすがに先帝と皇太后には隠していたみたいだが、俺には話してくれている。武凱が俺を守るのは、大事な親友と愛した女の子供でもあるからなんだろう。父上が他界した今、母上に武凱のような男がいてくれれば安心なんだが……」

それを聞きながら、つい「ふふっ」と笑みがこぼれてしまった。琥劉殿下は饒舌になっている自分を恥じてか、目元を赤らめ、恨みがましそうにじとりと見つめてきた。

「……なぜ笑う」

「日記がなくても、自分の気持ちを話してくれるようになったなって」

琥劉殿下の心とも言える日記の頁が増えるたび、喜びと同時に悲しみや苦しみといった痛い感情も彼の中に増えていくのだろう。

でも、ちゃんと傷ついて泣けるというのは幸せなことだ。

「……だとしても、日記は続けたい。言葉では気恥ずかしいことでも、文面なら伝えられることもある。だから……」

私は「だから？」と聞き返す。琥劉殿下はすっと視線を逸らし、ぼそぼそと言った。

「お前と帳面を覗き込み、寄り添う時間を……奪わないでくれ」

「……っ、わ……わかったわ」

頬が熱くなり、急速に鼓動が速くなる。

過去のことを話してくれたあとから、琥劉殿下がなんだか甘い気が……。それにそわそわさせられてしまうが、いろんな感情を見せてくれるのはやっぱり嬉しい。

私は気を静めるように、金淑妃から貰った茉莉金盞花を一気に飲み干した。

「ね、ねえ、琥劉殿下の好きな食べ物ってある？　いつも私が勝手に作っちゃってるから、参考にさせてもらえると嬉しいんだけど……」

琥劉殿下の味覚障害を知ってから、毎日後宮の厨房で作るようになった食事。今日は小籠包に蒸し海老の餃子、肉まんといった点心料理にしてみたのだが……。

「……好きな食べ物というのが思いつかない。お前の作る料理ならなんでも好きだ」

「…………」

私の心臓のためにも、この人の口を縫合してしまおうか。道具なら、ある！

恥ずかしさで立ち上がったとき、代わりにガタンッと私の席に着く誰か。この部屋には琥劉殿下と私しかいなかったはずなのに、一体誰が——。

「んー、おいひいね。んぐ……」

「猿翔！　あなた、いつからそこに!?　というか、どこから入ってきたのよ！」

「『好きな食べ物ってある？』くらいかなー。あと、窓は締めといた方がいいよ。俺みたいなのが、こっそり入ってくるかもしれないからね」

琥劉殿下はげんなりとしていた。なんというか、猿翔と琥劉殿下は、気兼ねなく接することができる兄弟に見える。

「それはそうと姫さん、甘い物も作れるの？　それなら月餅が食べたいなー、英秀先生も甘い物好きだから、月餅与えとけば少し機嫌よくなると思うよ」

「え、嘘、それはいいことを聞いたわ。英秀様と会うときは、甘い物を持参しよう」

こうやって、ちゃっかり朝食に猿翔が参加してくるのも、私の日常になりつつある。

山にいた頃に比べて、毎日が賑やかだ。

「そうだ、紫水さんは都に部屋を借りて住んでるのよね？　元気にしてる？」

「うん、ときどき会いに行ってるんだけど、姫さんが女だてらバリバリ働いてるのを見て、自分もって茶楼で働き始めたんだよ。毎日大変だけど楽しいって」

「そう……後宮から出られないから、紫水さんが働いてる茶楼に行けないのは残念だけど、紫水さんが自信を持っていくのはいいことよね」

あくせく働く紫水さんの姿を思い浮かべ、口元が緩む。

「お前は、自由に……」

琥劉殿下がなにかを言いかけたとき、外から「琥劉殿下！」と切羽詰まった様子で宦官が声をかけてきた。「入れ」と琥劉殿下が許可すると、部屋に足を踏み入れるなり、宦官はその場に泣き崩れる。彼が連れてきたのは、新たな悲劇の足音――。

「皇太后様が……っ、皇太后様が、お亡骸でお戻りになられました。武凱大将軍も討ち死になされたとのことです……っ」


訃報を聞いて琥劉殿下が医仙宮を飛び出していってからのことは、後宮から出られない私の代わりに猿翔が教えてくれた。墓参りの際、皇太后と武凱大将軍は少しだけふたりにしてほしいと言って単独行動をとり、夜盗に捕まったという。

泰善将軍は他の護衛兵を連れて夜盗の隠れ家に攻め入ったが、すでにふたりとも絶命しており、遺体の様子から武凱大将軍は皇太后を庇って胸に剣を受け、討ち死にしたのだろうとのことだった。その亡骸を連れ帰ろうにも夜盗の数が多く、皇太后の御身を運ぶのでやっとだったそうだ。城に戻ってきた実母の亡骸を前にして、琥劉殿下は言葉なく立ち尽くしていたそうだ。

それから数日、紅禁城が悲しみに静まり返る中、琥劉殿下は夜盗の残党狩りや武凱大将軍の捜索で医仙宮にも来られないほど夜通し働いている。

だが、夜盗はすでに隠れ家にはおらず、捜索は難航しているそうだ。

夜伽の時間、今日も琥劉殿下が来ないようなら、明日からは無理やりにでも休ませる方法を考えないと、と悩んでいたときだった。

「姫さーん、荷物をお届けに参りましたー」

声が聞こえて振り返ると、窓から猿翔が入ってくる。布団で簀巻きにした琥劉殿下を肩に担いでおり、「よっこらせ!」と寝台に投げた。

「猿翔! 主になんて真似をしているんです!」

「英秀様!?」

猿翔に続いて、中に入ってきた英秀様も女官の格好をしていた。美形って、女人の格好をしても違和感がないんだな。

「あ、あの……おふたりとも、なぜ窓から?」

「人目につかないためだよ。英秀先生、女装してもごついっていうか、目立つし」

英秀様は気恥ずかしいのか頬を染め、「悪かったですね」とばつが悪そうに眼鏡の位置を直していた。

「今日はさ、殿下が休もうとしないから、〝英秀先生の許可〟のもと、気絶させて強制的に連れてきたんだ」

琥劉殿下同伴なら男の姿でも後宮に入れるが、気絶しているとなると、そうはいかない。英秀様の女装には、そういった事情があるのだろう。

私は寝台に近づき、疲れ果てたように目を閉じている琥劉殿下の顔を覗き込んだ。下瞼のクマを指でなぞれば、眠らずに働いていたのがわかる。

「あんなことがあって、悪夢を見ないはずがないものね……忙しいだけじゃなくて、それを避けて休まなかったのかも」

「殿下の症状は、あの一件からかなり悪化しています。朝議でも悪い白昼夢を見るようになり、取り乱す場面が何度かありました。それを見た六部長官らがこぞって琥劉殿下の即位に反対の意を示し、第四皇子を皇帝にと推し始めたのです」

「日中も症状が……四大臣たちも琥劉殿下が正気を失ったところを見たんですよね？　即位には、やっぱり反対を……？」

「これぱかりは医妃、あなたに感謝しています。あなたの功績があって、今のところ即位賛成派です。琥劉殿下は医仙に診てもらえば大丈夫だろうと」

「そうでしたか……」

「ただ、武凱を失ったのは大きい。武凱は武将らの信頼が厚く、殿下も謀反を食い止めるために軍を指揮するなど武勲はお持ちですが、それでも武凱を従えているという事実は大きかった。ようやく帝位に手が届くというところで……」

「英秀様……」

　苦しげに歪む英秀様の表情に、胸が締めつけられる。英秀様は琥劉殿下が自覚する前から、その才を見抜いていた。即位の瞬間を誰よりも待ち望んでいたはずだ。

「第一皇子が辞退した今、帝位継承者は琥劉殿下と第四皇子の劉奏殿下しかおりません。四大臣側は琥劉殿下についていますが、武将たちからは次期禁軍大将軍に泰善将軍をとの声があがっています」

「泰善将軍は第四皇子派……劉奏殿下の側近ですよね？」

「ええ。泰善将軍は出世欲の強さが傷ですが、あれでいて武功は多い。嘉将軍も有力候補ではありますが、嘉賢妃の件で心証が悪い。つまり、このままでは帝位が危うい」

「琥劉殿下をなんとしても治さなければならない、ということですね」

誰かに言伝を頼むでもなく、英秀様が自らここに来たのは、それだけ事態が深刻だということだ。

「琥劉殿下はやっと心の傷が塞がりかけていたところでした。その治りかけが、心の病ではいちばん恐ろしいんです」

治ったと思って、ついつい無理してしまいがちになる。

「かろうじて塞がっていた傷が皇太后様や武凱大将軍のことがあって、また開いてしまったのだと思います。ここでしっかり治さねば、再起不能になるやもしれません」

英秀様も猿翔も、息もできずに狼狽している。本当に危険な状態なのだ。

「家族や苦楽を共にしてきた人に先立たれたら、普通は立ち直れないものです。でも、それを誤魔化すように働いている。大切な人を奪われたことに怒り、悲しむ……その過程をしっかり踏まないと、前に進めないんです。ですから、心の活力を養うためにも休息をとらせるべきです」

「……いいでしょう。その間、政務は私が請け負いますが、皇帝代行でなければ進まないものもありますので、休暇が出せるのは三週間です」

正直、全然足りない。喪失から日常に適応していくまでには、年単位で時間がかかるものなのだ。でも、今置かれている琥劉殿下の立場上、長期休暇をとるのは難しい。

「わかりました。それと英秀様、もうひとつお願いしてもいいですか？」

城にいては琥劉殿下は仕事をしてしまうだろうからと、私は療養のために都を離れたいと無理を言った。英秀様は背に腹は代えられなかったのか、それを許してくれた。

もし患者が来たときのために医仙宮を麗玉に任せ、私が療養先に選んだのは白龍山にある私の家だ。今回はしっかり高山病対策もして登山したので、琥劉殿下も護衛役の猿翔も体調を崩すことなく目的地に辿り着けた。だが、白龍山に来て数日がすでに経とうとしているというのに、琥劉殿下は日中も劉坊殿下の幻に苦しめられている。

『俺が死なせた……そのようなこと、兄上に言われずともわかっている！』

叫ぶ琥劉殿下を抱きしめて宥めようとしても、暴れて身体中を家具にぶつけてしまうので、精神安定作用のある煎じ薬で眠らせることもあった。

「姫さん、琥劉殿下の様子はどう？」

お昼になり、家の外で敷布を干していたら猿翔がやってきた。猿翔は気を遣って、オヌフ族の村で寝泊まりしており、なにかあれば狼煙で知らせることになっている。

「朝方まで幻覚のせいで取り乱してて、さっきようやく眠ったの。休めば休むほど焦るみたいで……まあ、当然よね。帝位のことも気がかりだろうし、加えて自分の母親と父親同然の人も失ったんだから……。動いてなきゃ、不安でたまらないんだと思う」

「ここまで連れてくるのも大変だったしね。何回、殿下を気絶させたことか」

猿翔が洗濯物を私に手渡しながら、苦い笑みを浮かべる。

城を出た日、琥劉殿下は『休んでいる場合ではない』と言い、船から大河に飛び込む勢いで紅禁城に戻ろうとした。そのたびに猿翔がありとあらゆる手段で止めたのだ。

「英秀先生にお説教食らうことになったら、姫さん庇ってよ？」

「もちろん、そのときは月餅を大量に献上しましょう。私も気絶させてでも、ここに連れてくるべきだったと思うもの」

ふたりで苦労を分かち合っていると、ふと猿翔が表情を引き締める。

「皇太后様と親父のことは、きな臭い点がいっぱいあるって英秀様が言ってた。禁軍大将軍が死んで、泰善将軍が生きて帰ってくるとか、もうそこからしておかしいし」

「別行動してたって話だったわよね。それで数に負けた……とか？」

「うちの親父、飲んだくれでいつもヘラヘラしてるけどさ、あれでいて軍神って呼ばれてるんだよ。数で不利だったとしても、夜盗なんかに負けないって。それにさ、別行動してたとはいえ、ふたりに近づく夜盗に泰善将軍が気づかないのも変だし」

私たちを吹きつける風が、不穏な空気を含んで生温かくなった気がした。

「だから思ったんだよね、親父たちは単独行動せざるを得ない状況に追い込まれて、夜盗じゃなくて泰善将軍とその部下たちに襲われたんじゃないかって」

「……！」

「しかも、同時期に六部長官が揃って第四皇子を皇帝に推すのもおかしいと思わない？　辞退したとはいえ、そこは第一皇子の劉炎殿下を……ってなるならわかるけど」

確かに、皆の第四皇子の評価は『後宮では毎晩お楽しみ』とか、『振る舞いが幼すぎる』とか、『妓楼に通ってる』など、あまりいいものとはいえない。

「第四皇子派の人間が絡んでますって、言ってるようなものだよね。それに琥劉殿下も気づいてるから、焦ってるんだよ」

「あなたも同じでしょう？　武凱大将軍は、あなたのお父さんなんだから」

「……英秀先生がさ、言ってたんだよね。『武凱は私の相棒です。死ぬなどありえません』って。だから俺も、けろっと帰ってくるんじゃないかって信じてるんだわ」

「そう、よね……そうよね！」

私たちはまだ、武凱大将軍の死をこの目で確認していない。まだ、希望はある。

「ありがとう、猿翔。なんだか、元気になったわ」

「姫さん、殿下があんなになっちゃって追い詰められることもあると思うけどさ、なにかあったら俺に話してよ」

心配してくれている人がいる、それだけで十分心強い。私は「ありがとう」と返し、張り切って猿翔と洗濯物を干したのだった。

「俺はっ、こんなところで休んでいるわけにはいかない！」

琥劉殿下は、机に並べられた夕飯を手で払う。ガシャンッと音を立てて落ちる料理と器を呆然と見つめていた私は、泣きそうになるのをなんとかこらえた。

琥劉殿下はここで、足止めを食らっているような気分なのだろう。見ていられないほど痛々しくて、それになにもできない自分が不甲斐なくて仕方なかった。

「もう、ここに来て五日だ！　その間に母上を殺したやつらを見つけ出して、切り刻んでやれたかもしれない！　武凱のことも、俺が見つけてやらねば……っ」

「今のあなたは、それができる状態じゃないのよ！」

家の戸に向かって、歩いていこうとする琥劉殿下の腰に抱き着く。すると、乱暴に腕を掴まれ、ぐらりと視界が揺れたと思ったら、床に押し倒されていた。

「頭の中で、母上の悲鳴と武凱の無念の叫びが聞こえてくる！　あいつらを斬れと、さもなければ声はやまないと、兄上が言っている……！」

私に覆いかぶさっている琥劉殿下の顔は、悲壮に満ちている。

「お前に、この声が止められるというなら従おう。だが、医仙とて治せぬのだろう！　今まで巻き込んですまなかった、だが……もういい。お前はここに残り、元の生活を送れ。そうすれば、お前まで失うこともない……っ」

私を責めているはずのその声は、間違いなく琥劉殿下自身に突き刺さっていた。私を突き放したようなその言葉には、行かないでくれと縋るような響きがある。

ああ、もう……まったく、この人は……っ。

琥劉殿下の剣幕に怯みそうになる自分を必死に奮い立たせ、歯を食いしばる。

「いい加減に……いい加減にしなさい！」

思いっきり、琥劉殿下の頬を引っ叩いた。手のひらがじんじんと熱くなって、痛い。

「私はっ、あなたの心を守るためにここにいるの！　それなのに治せないとか、勝手に諦めないで！」

放心している琥劉殿下を涙目で睨みつける。感情的になっている自覚はあったが、これればかりは理性でどうこうできるものではない。大切な人のことなら、なおさら。

「初めはあなたに巻き込まれてだったけど、あなたの人となりを知って、私は私の意思であなたを助けたいって思った！」

泣きながら訴えれば、琥劉殿下の口が『白蘭……』と私の名を紡ぐように動く。

「後宮に来てから危ない目にもたくさん遭ったけど、命が簡単に散ってしまうあの場所にこそ私が必要なんじゃないかって思えるようになって、初めは約束のために生きてたような私がこの世界を自分の意思で生きられてるって実感できるようになった！」

この世界に私のいるべき場所はあるんだろうかと、いつも足元がふわふわしていた。でも、今はしっかりと大地を踏みしめている感じがする。

「誰に命じられたわけでも、強制されたわけでもない。今は自分で望んでこの道を歩いてる。だから、あなたが勝手に私に失望したとしても、今さら捨てられたところで離れられないのよ！」

そう、離れられないのだ。この人のことになると冷静でいられなくなって、この人が悲しんだり、苦しんだりしていると自分まで傷ついているみたいに胸が痛む理由に気づいてしまったから。もう自分の一部になっているこの人のことを……私はいつの間にか、好きになってしまっていたから。

「私はね、あなたが思ってるほど弱くないの！　あなたが行こうとしてる場所が死と隣り合わせの世界だったとしても、どこまでも一緒についていくわ！　それくらいの覚悟はあるのっ、覚えておいて！」

琥劉殿下と取っ組み合いの喧嘩（？）らしきものをした翌朝、私は薬草園にいた。

昨日、啖呵を切ったあと、私は琥劉殿下を突き飛ばして、そのまま寝台に横たわり、ふて寝に逃げた。闇から抜け出したと思ったら、またどぼんっと沈んでしまう危なっかしいあの人に、恋をしてしまったゆえの苦悩だ。

「私をあなたの道に縛りつけるんじゃやなかったの……？」

それなのにもういいって、冷静じゃなかったとはいえ、見放すような言い方に傷ついた。そして、琥劉殿下はまた『私を失いたくない』と言った。琥劉殿下にとって、私がまだ守らなければならない存在だったことが悲しくて悔しかった。

懲りずに涙が出てきて、鼻を啜りながらムラサキを摘んでいると、後ろからざくざくと足音が近づいてくる。隣にしゃがんだ琥劉殿下が、無言で収穫を手伝ってきた。

出会った頃みたいに、お互いに黙々と作業をしている。

不思議、あんなふうに言い合ったあとなのに、出会った頃に感じた気まずさはない。それだけ、私と琥劉殿下が親しくなったということなのだろう。

「……お前はいくつだって、聞いたら……お前はまた、笑ってくれるか」

ぽつりと落とされた言葉は、あまりにもずるい。あのときのやりとりを覚えてくれていたなんて、もっと涙腺が緩んでしまう。

「っ……じゃあ、『私がおばさんみたいってこと？』って返したら……あなたは幻じゃなくて、私を……っ、私を見てくれるの？」

「お前がなにを言おうと、もうお前しか……見ていない」

声が近くなったと思ったら、後ろから抱きしめられた。

「すまない……傷つけてしまって」

頼りなげな呟きについ振り返ってしまうと、琥劉殿下は頬を擦り寄せてきた。

「これまでお前に情けない姿ばかり見せてきて、昨日はあれだろう。自分がどうしようもないやつに思えて……当たってしまった」

「琥劉殿下……もう、カッコつけなくたっていいじゃない。私だって子供みたいに泣き叫んだし、お互いにこれ以上、情けないところを見せることもないと思うし……ありのままのあなたを見せてくれたら、私はそれで……んんっ!?」

言い終わる前に、琥劉殿下の雪も解けるような熱い唇が私の口を塞ぐ。強く触れ合っていたそれが名残惜しそうに離れる頃には、私は完全に茹で上がっていた。

なにこれ、ついに私の方が白昼夢を見てる!?

思っていることを目で訴えてきたり、添い寝をおねだりしてきたり、頬を擦り寄せてみたり、口づけてきたり……なんでこう、距離の縮め方が動物みたいなのよ！　手負いのところを助けたら、うっかり懐いてきた黒虎……みたいだ。

「すまない。嬉しくて……触れずにはいられなかった」

いきなり口づけてくるなんて、場所も考えてほしいところだが、惚れたもん負けだ。

肩を竦めながら笑う琥劉殿下を許してしまう自分がいた。

薬草園の一件から、琥劉殿下に明らかな変化が現れ始めた。一緒に家事や食事をしたり、オヌフ族の人たちと交流したりしながら、なにげない日常に身を置いていたおかげだろう。琥劉殿下の表情が少しずつ増えてきて、幻覚を見る頻度も減っていった。

そんなある夜、私は琥劉殿下と家の前の崖のそばで、藁の敷物の上に座り、星を見ていた。ひとつの外套の中にふたりで入り、身を寄せ合いながら。

「ここは空気が澄んでるから、星がよく見えるでしょう」

「ああ、そうだな……。ここに来て、しみじみと思う。俺は長らく、こうして星の輝きや賑やかな村人の声、土の臭い……世界を感じる暇もなかったのだと」

傷を癒す間もなく走り続けてきた彼を、どうしようもなく守りたくなって、私はさらに身を寄せる。これがきっと、愛情というものなのだろう。

すると琥劉殿下が、そっと私の手を握ってきた。

「立ち止まる時間ができたからか、いろいろ考える余裕もできた。俺自身、初めは皇帝になりたいのではなく、ならねばならないという気持ちの方が強かったんだ」

星を見上げたまま語る琥劉殿下の瞳は、その瞬きを宿したかのように金色をいっそう煌めかせている。

「だが、お前や姜麗玉を見ていて、女人でも好きな仕事につけるようにしたい。後宮妃たちが寵愛を得るために傷つけ合い、心を病んでしまうくらいなら、後宮を失くしてしまいたいと思うようになった」

「私たち女人の未来を切り開いてくれるのね、あなたが……この手で」

繋いだ手を持ち上げれば、琥劉殿下は「ああ」と私を見て笑い、指を絡めてきた。

「官吏も武官も身分関係なく、外から優秀な者を連れてきて、城内の風通しをよくできれば、血を重んじるばかりに起こる権力争いをなくしてゆけるのではないかと思う。そうして、皇帝になったときに自分が成したいことが浮かんでくるようになった」

「そうね、その道はあなたの道だもの。信じるままに進んでいってほしい。弱さを知るあなたが守るこの国は、きっと豊かになっていくと思うから」

「血に濡れた俺の手でも誰かを幸せにできると、お前がいるからそう信じられる」

あなたが私をそうして過大評価してくれるたび、私もまた……。親友を差し置いてのうのうと生きているこんな私でも、この世界に存在していいのだと思えた。

しばらくふたりで星を眺めたあと、部屋に戻った。すると、机の上に折りたたまれた文があった。猿翔が気を利かせて、私たちに話しかけずに置いていったらしい。

【第四皇子派の武将と長官らの動きが活発化しています。四大臣が心変わりしないうちに、琥劉殿下の威厳をお示しください】

琥劉殿下がいないのをいいことに、劉奏殿下は政変を起こす気なのだろうか。

「明朝、城に戻る」

「予定より早いけど、仕方ないわよね……」

心配が声に出てしまったからか、琥劉殿下は私の腰に腕を回して、引き寄せてくる。

「もう平気だ。また悪夢を見そうになったら、お前が抱きしめてくれ」

「あなたは……甘え上手ね。いくらでも、あなたを悪夢から救い出して見せるわ」

押されっぱなしなのは悔しいが、琥劉殿下が笑ってるからいっか……で折れてしまう自分がいる。これって、上手く琥劉殿下に転がされているんじゃ……。

琥劉殿下が文をしまうためか、荷物が入った風呂敷の中から、黒の漆塗りの文箱を取り出した。でも、上手く蓋が外れなかったせいで、机の上から落ちてしまう。私は中から飛び出した分厚い帳面を拾おうと、しゃがんだ。

「琥劉殿下、なにか落ちて……え？」

落ちた拍子に開いたのだろう帳面の頁に、この世界にあるはずのない【M&R】のサインを見つけてしまった。

「どうして……このサインは私と芽衣しか知らないはずなのに……」

中身は麻沸散という全身麻酔薬の調剤の仕方や有効的な使い方などが記されている。

「その帳面の文字が読めるのか？」

「これは……私の故郷のものよ。そして、これを書いたのは……っ、私の……っ」

込み上げてくる涙を呑み込むように、ごくりと喉を鳴らした。こんなところでまた、あの子の文字を見ることになるとは思わず、乾いた墨の上を指でなぞる。

「お前の故郷というのは、にほん……なる、お前が生まれた世界のことか？」

「えっ……なんで、琥劉殿下がそのことを⁉」

私、誰にも言った覚えないのに！

驚きながら琥劉殿下を見上げた。琥劉殿下は首の裏を押さえ、ばつが悪そうに言う。

「狩猟大会のあとの宴で、酔い潰れたお前が話してくれた。そこで天災に遭い、にわかに信じがたいが……死んだと言っていた」

私の馬鹿っ、そんな重大な秘密を酔ってうっかり一国の皇子に話すなんて！

「バレちゃってるなら、隠す必要もないわね……そう、私はここことは違う世界で死んで、この世界に生まれ変わったの」

「……医術の知識も、その世界のものか」

「うん、転生前の記憶もあるから……。それで、私とたくさんの人を助けるって約束したのが芽衣っていう親友で、私と同じように医術の心得があったの」

「めい……約束の相手は女人だったのだな」

ほっとしている様子の琥劉殿下に首を傾げつつ、私は帳面を両手で持ち上げる。

「この【M&R】っていうのは、私の前世の名前——蘭と、芽衣の頭文字をとったサイン……署名よ」

「えむ……あんど……つまり、その帳面を書いたのは親友殿で間違いないのだな？」

「この丸字、絶対そう。転生前の世界でも、ふたりで作ったの、こういう書物」

「そうか……その帳面は、医仙に関わる書物として代々皇帝が帝位と共に継承するものだ。雪華国の初代皇帝が実際に医仙に出会い、それを譲り受けたという話だ」

「じゃあ、始皇帝が会った医仙って……め、芽衣ってこと？」

頁をめくると、最後の方に黄ばんでかなり年季が入っている文が挟まっていた。十枚近くあるそれを開く。初めの【蘭へ】という文字に、鼓動がとくんっと鳴った。文を開き、読み進めるごとに、記された言葉があの子の声になって聞こえてくる——。

【蘭へ。あの天災のあと、私は雪国に転生していました。私たちが最後に話していた新しい世界に生まれ変わるってあれ、叶っちゃったね。でも、隣にあなたがいなかったことに、とても絶望しました】

私もだよ……芽衣。この世界のどこかにいてくれたらと願う一方で、携帯も電話もないこの世界で、ひとりの人間を捜すのは途方もないことだ。それで見つからなかったとき、私はやっぱりひとりなのだと、希望を失ってしまう気がして、芽衣を捜すことができなかった。きっと、芽衣も同じだったのだろう。

【私が転生したときは、この国はまだ国って言えるほど法とか税制度とかが整っていなくて、村ごとに独自の決まりを作って生活してるって感じだったんだ。そこに自称皇帝の獏っていう悪党が現れて、理想の国を築こうとしたの。そうしたら、厳しい法体制と過酷な賦税に多くの死人が出てしまって、民が反乱を起こしたんだ。私は薬師をしながら生活していたんだけど、そのうち医仙だと勘違いされてしまって、獏から政権を奪取する農民の反乱軍に加わることになっちゃった】

思わず「え⁉」と叫ぶ私に、琥劉殿下は「なんて書いてあるんだ？」と尋ねてくる。

「芽衣、医仙として獏って人から政権を奪取する反乱軍に加わってたんだって」

「なら、親友殿はこのときから始皇帝に会っていたことになるな。獏から政権を奪取したのは千人の農民だ。その反乱軍を指揮していたのが、雪華国を築いた始皇帝だ。その反乱は、のちに千剣の乱と呼ばれている」

まさか、立国に関わってたなんて……。正義感の強いあの子のことだ、力を貸してほしいと言われたら率先してついていきそうだと思いながら、文に視線を戻す。

【無事に政権を取り戻したあと、私は皇帝から生まれたばかりの雪華国を一緒に育ててほしいって言われて、城に残ったんだ。そのうちに、まあいろいろあって結婚することになりました！】

衝撃の事実に、【結婚することになりました】の部分だけ二度見してしまった。

「嘘……く、琥劉殿下、始皇帝は医仙と結ばれたって話は聞いたことある？」

「ああ、始皇帝が出会った医仙がお前の親友殿なら、俺にはその親友殿の血が流れているということになるな」

　もういないあの子との繋がりを唯一感じさせてくれるのは、あの約束だけだった。でも、今は琥劉殿下自身が私にあの子の命を感じさせてくれる。

「……っ、あの子、結婚もして幸せになってた……しかも、あなたのご先祖様とよ。芽衣の命があなたまで繋がって、私と芽衣をもう一度引き合わせてくれた……こんな奇跡があるなんて……っ」

　琥劉殿下を見つめながら、熱い涙が溢れるのを止められなかった。ついにはこらえきれず、目の前の琥劉殿下に思いっきり抱き着く。

「生きててくれて、本当にありがとう！　私に会いに来てくれて、本当に……っ、ありがとう！」

「白蘭……ああ、俺たちが出会ったのは、きっと親友殿が繋いでくれた運命だ」

「うんっ……うんっ……」

　背中に回った琥劉殿下の手が、ぽんぽんと私をあやすように触れてくる。私は琥劉殿下の胸に耳を押し当て、その鼓動を感じた。

　遠く離れてしまったと思っていたのに、こんなにも近くにあの子はいた。ここに、ずっといてくれたんだ。

【あなたに直接会って話せたならよかったんだけど、もしかしたら違う時代に飛んでしまっている可能性もあるし、この帳面を残します。あなたがこの世界にいるなら、きっと私よりもすごい医仙になっていると思うから、私の薬の知識が少しでも助けになれば嬉しいです。皇室ならば、あなたを捜し出せると信じて。それで、私の子孫があなたに会うことができたら、それは間接的にだけど再会できたってことになるよね？　だから、未来で会いましょう】

この文を書いているときのあなたは、想像もしなかっただろう。あなたの子孫が私の想い人になる未来なんて。

【最後に、愛してるよ、親友！　どこにいても、あなたの幸せを願ってる芽衣より】

あなたが幸せになってくれていて、どんなに救われたか……私も愛してる、親友。

泣きやむことができないでいると、琥劉殿下がふいに私の顔を両手で包み込んだ。

「こんなときに、つけ込むようですまない。だが、聞いてくれるか？」

返事の代わりに頷けば、琥劉殿下は熱を宿した瞳で真っすぐに私を見つめてくる。

「俺はお前に医術だけを望むと言ったが、その……お前自身も望んでいる」

「えっと、それは……ありが、とう？」

単に友達としてではないことはなんとなくわかるが、自分を好いてくれているという自信がなかった私は、つい気づいていないふりをしてしまう。自分が傷つかないための予防線を張ってしまった。

「本当に理解しているか？　俺はこの心も身体も命さえも、お前に捧げたいと思っている。それをお前にも要求している。俺の唯一無二の女になってほしいと」

顔が熱い、鼓動が高鳴って心臓が壊れてしまいそうだった。

「つまり……愛して、いる。本当の妃になってほしい」

私はずっと、その言葉を待ち望んでいたような気がする。

「愛しくて、愛しくて……どうしたらいいか、わからないわ……」

「聞かせてくれ、お前の言葉で」

琥劉殿下の親指の腹が、私の赤くなっているだろう頬を愛しそうにさすっている。

だから私も、甘えるように彼の手に顔を寄せた。

「私、今までずっと、あの世界に心を置いてきてしまったようだった。この手が離してしまったものを思い出して、だからこそたくさんの命を繋ぎとめようとしてきたけど、それでもやっぱり後悔は消えなくて……」

世界が終わる瞬間まで、強く握っていたはずのあの子の手は、いつの間にか離れてしまっていた。救っても救っても、私はこの世界にいる意味を見出せなかった。

「でも、すべてに絶望しながら、それでも苦しい道を進み続けていたあなたの暗い瞳が未来を見つめて輝き始めたのを見て、私がこの世界に来た意味を見つけられた気がしたの。あなたと出会って、私はこの世界で生きていこうって思えたのよ」

「お前はきっと、俺を救うためにこの世界に来た。そして親友殿も、俺という人間を生んでくれた人だ。お前たちは意味あってこの世界に来た。同じ時代に生まれなくとも、こうして俺の血となり繋がっている。お前は決して、その手を離してなどいない」

大きく骨ばった手が私の手を取り、指を絡めて強く握りしめてくれる。

「琥劉殿下……っ」

「琥劉と呼んでくれ。お前には皇子ではなく、ひとりの男として、俺を見てほしい」

「……琥劉、愛してる。あなたが進む道に私も巻き込んで。あなたと歩んでいきたい」

お互いに気持ちを確かめ合い、口づけを交わす。もう、夜明けは近い――。

陸路を使って大河まで行き、そこから船で都に向かうのかと思ったのだが、行きと同じ道を使うと夜盗や刺客に待ち伏せされやすいらしく、遠回りして海を渡り城に戻ることになった。私は船首で一緒に、夜の海を眺めていた琥劉の横顔を見上げる。

「城に戻ったらどうするの?」

「劉奏と泰善の行動を洗う。皇太后と禁軍大将軍を殺めたのであれば、その事実を以て失脚させることができるからな。そうなれば、もう俺の道を妨げる者はいなくなる」

そのときが琥劉が皇帝の地位につくときなんだわ。

そうして、しばらくふたりで話していたら、雨まじりの風が甲板を吹きつけ始めた。波が荒れ、船が大きく揺れだすと、琥劉が私の手を引いて船室へ向かう。

「白蘭、お前は中に戻って――」

琥劉がそう言いかけたとき、横から別の大型船が近づいてくるのが視界の端に映る。

「敵船か……！　接近させるな！　乗り移られるぞ！」

琥劉が叫ぶと、そこへひと際大きな波がやってきて、私たちを飲み込もうとした。

「――白蘭！」

悲鳴じみた琥劉の声と共に、繋いでいた手に力が込められる。だが、自然の力には抗えず、波に攫われた私たちの手は離れてしまった。


海面に叩きつけられた勢いで気絶してから、どれくらい経ったのか。鈍い痛みを全身に感じ、私は重い瞼を持ち上げた。

「げほっ、げほっ……」

「ああ、目が覚めた？」

格子越しに見覚えのある顔に覗き込まれて、勢いよく起き上がる。「うっ」とうめきながら、痛みに顔をしかめつつ周囲を見回せば、見慣れない船の牢の中にいた。

「あんまり動かない方がいいよ。海に落ちたんだから」

「劉奏殿下が、どうして……」

彼のそばには、こちらを射抜くように見る泰善将軍が控えている。

「兄上の弱点を攫いに来たんだよ。どうやって船に乗り移ろうかって考えてたら、まさか自分から落ちてきてくれるなんて、天は僕に味方してるのかな。あなたにも見せてあげたかったよ、僕の船にあなたが引き上げられたときの、青ざめた兄上の顔」

「……っ、ここはどこですか？」

「ここは僕が首領を務める満蛇商団の商船。帝位を手に入れるために、兄上には狂っていてもらいたかったんだけど、あなたが治しちゃったから、目障りだったんだよね」

満蛇商談の首領が、第四皇子の劉奏殿下だったなんて……。

「嘉賢妃に阿片を渡したのも、あなたなんですか？」

「ああ、あれは武凱を殺したあと、次の禁軍大将軍に泰善を推すためだよ。嘉将軍も有力候補だからね。琥劉兄上派の人間にこれ以上、力を持たせるわけにはいかなかったんだ。嘉将軍の娘が血迷って他の皇子と関係を持ち、兄上を殺そうとすれば、大罪で嘉将軍は地位を失う。だから薬漬けにしたんだけど、なかなか楽しかったな」

「あなたという人は……っ」

「あはは、怒った？　でも、あなたも災難だよね。あそこで兄上が死んでくれれば、医仙を攫うなんて面倒なことしなかったもん、僕」

「私に、そんなことをベラベラと話してしまっていいんですか？」

「問題ないよ。あなたは二度と、この国には戻れないからね。医仙を欲しがってる人間はたくさんいるんだ」

他国にでも売り飛ばす気？　隙を見て逃げ出そうにも、海の上じゃどうしようもない。唇を噛んで俯く私を、劉奏殿下は楽しげに眺めている。

「あなたを失えば、今度こそ兄上は心を壊してくれるかな。ああ、そうだ。旅の間、ひとりじゃ寂しいと思って、仲間と同じ牢にしてあげたから、いい子にしててね」

そう言って泰善将軍と共に立ち去っていく劉奏殿下を見送り、私は後ろを振り返る。すると、暗がりに人が横たわっていた。恐る恐る近づいていけば、ブーンッとハエが飛び回っている。思わず手で口元を覆いながら、そばに行くと――。

「ぶ、がい……大将軍……？」

崩れ落ちるように、へたり込む。武凱大将軍は、身体中に酷い火傷を負っていた。現実を受け止められずに放心していると、牢の外から見張りの兵が話しかけてくる。

「火あぶりにあったんだよ、そいつ。劉奏殿下に繰り返し、死なないギリギリのところで止められて、何度も何度も苦痛を与えられたんだ」

「どうして、そのことを私に教えてくれるんですか？」

振り返れば、兵は周囲を気にしながら小声で話しかけてくる。

「……お前、狩猟大会で俺たちの仲間を治療したっていう医仙だろ。あの中に俺の兄貴がいたんだ。だから、まあ恩があるっつうか……」

「……っ、それなら、この人を助けるための道具を用意してくれませんか？」

兵は「それはさすがに……」と、きまりが悪そうに目を逸らす。

でも、諦めるつもりはなかった。私は琥劉の弱点になる気はない。ここであの人の大切な人を死なせてしまったら、私はあの人の隣に立つ資格がないから！

「お願いします！　あなたにとってお兄さんが大切なように、私にとってもこの人は失えない人なんです！　だから、どうか……っ」

額を海水で濡れた床に擦りつけ、その場に土下座する。すると、「やめろって！」と兵は慌てだし、やがて呆れたようにため息をつき、その場に胡坐をかいた。

「紅禁城に捕らわれてる兄貴から、密書が届いたんだよ。あんた、俺たちの仲間の手を握って、看取ってくれたんだって？」

もしかして、この人のお兄さんって、私に満蛇商団のことを教えてくれた……。

「命は命で返す、そうでなきゃ俺は人間じゃなくなっちまうな。いいぜ、必要なもんを言ってみな」

「あ、ありがとうっ、本当にありがとう！」

何度も頭を下げ、私は武凱大将軍のもとへ戻る。目を背けたくなるほどの火傷、特に酷いのは足だ。左足が壊疽を起こしており、切断しないといけない。

どうしよう、考えろ。もうあの人の大切な人を誰ひとり失わせないために。でも、こんな大手術、全身麻酔をしなければ患者は耐えられない。麻酔がなければ……。

そこでふと、芽衣が残してくれたあの書物の存在が頭に浮かぶ。

「ある……麻沸散だ。曼陀羅華、草烏頭、白芷、当帰、川芎……それから、お酒に清潔な布、桶……足を切れる斧かなにか」

「足を切る!? 医仙の治療ってのは、斬新……なんだな。わかったよ、もう半刻もすれば物資の補給で小船がやってくることになってんだ。そのときに頼んでおくよ」

「ありがとう」

そうして見張りの兵が去っていくと、私は武凱大将軍に向き直る。

「もう少し、もう少しだけ耐えてくださいね、武凱大将軍……っ」

＊＊＊

白蘭が満蛇商団の商船に攫われたことがわかってすぐ、俺は英秀を呼び寄せた。

「琥劉殿下、お待たせいたしまして申し訳ございません」

数日後、英秀が到着し、船首にいる俺のところまでやってきた。前方、俺たちの視線の先には、つかず離れずの距離感で追っている商船がいる。

「英秀、城の方はどうなっている」

「第一皇子にお戻りいただきました。あの引きこもりに任せて大丈夫なものかと不安ではありましたが、あの娘と殿下が目を覚まさせたおかげでしょうね。今後も琥劉殿下の影として、役に立ちそうです」

「……そうか」

劉炎兄上だけではない。敵であったはずの者たちが俺の力になっているのは、白蘭が縁を繋いでくれたおかげだ。まったく……頼もしい妃だ。

「あまり時間がない。満蛇商団に白蘭が攫われた。海路からするに行き先は国外だ」

「医仙を他国に売る可能性がありますね。それで、猿翔の姿が見えませんが」

「一足先に送り込んだ」

「……前の殿下なら、自分が行くと言ったでしょう。そうですか、隣を歩くに足る存在に昇格しましたか、あの娘も」

「俺が思ってるほど弱くないと、それを覚えておけと叱られてしまったからな。それに、お前たちを信じている。それゆえ、俺は俺にしかできないことをする」

「さようでございます、殿下。任せるところは任せる、それが上に立つ者に必要な覚悟でもあるのです」

委ねるものが大きければ大きいほど不安も膨れ上がるが、俺は皇子だ。

白蘭が医仙として患者の命を預かり救う責任を果たしているように、俺も皇子として民の生活やこの国を守る責任を果たさねばならない。それゆえに、俺が私情で無謀な真似をし、死ぬわけにはいかないのだ。

「嘉賢妃の件も、恐らく皇太后と武凱の件も、敵は本気でこちらの勢力を削ぎ落としに来ている。そして今度は、その存在価値を発揮し始めた医仙の白蘭を奪う気だ」

本人に自覚はないだろうが、第一皇子や妃たちを救ってきた白蘭は四大臣にも支持されている。その時点で議会でも影響力を持ったことになるのだ。

「そうですね……そして、琥劉殿下の勢力を削ぎたい者は、継承権を放棄した第一皇子を除くと、ひとりしかおりません」

「一国の皇子である俺を敵に回してでも満蛇商団が協力する相手は、間違いなく俺と同等の立場にいる皇室の人間。第四皇子、劉奏――」

「嘉賢妃を阿片で薬漬けにし、琥劉殿下暗殺の濡れ衣を着せ、嘉将軍を貶めようとした罪。神格化した存在である医仙を他国に売り飛ばそうとした罪。満蛇商団を捕らえれば、それら大罪の数々を問う証拠となりましょう」

「ああ、ここで失脚させる。今が狩り時だ」

白蘭は俺に巻き込まれてばかりだ。だが、もう安全なところにいろとは言わない。お前が俺と共に歩むと言ってくれたゆえ、失うことを恐れ遠ざけるのではなく、俺もお前の隣を歩いてゆくために強くなろう。

必ず迎えに行く。待っていろ、白蘭——。

＊＊＊

「誰か来た！　それを早く隠せ！」

ついに手当てするための道具が揃い、いざ治療しようと思ったとき、協力してくれていた見張り役の兵が慌てだす。私は治療道具を自分が着ていた外套で隠した。その数秒後、別の兵が「ここに入ってろ」と私たちのいる牢に黒髪の女人を放り込んだ。

「そいつも他国に献上されるんだとよ。よかったな、仲間ができて」

馬鹿にしたように笑い、兵が去っていくと、私は「大丈夫ですか!?」と女人に駆け寄る。その瞬間、私は女人にがばっと抱きしめられた。

「えっ、ちょっと……!?」

「……姫さん、無事でよかった」

「この声……猿翔！」

身体を離した猿翔は、目を潤ませながらほっとした様子で笑みを浮かべる。

「猿翔、あなたまで、どうしてここに？」

「この美貌を欲しがる金持ちは、たくさんいるってこと。俺を知ってる人間もいるかもしれないから、髪色も変えて、女のふりして捕まってきたんだ」

「無茶してって説教したいところだけど……迎えに来てくれたのよね。ありがとうっ」

猿翔の顔を見たらほっとして、自分からも抱き着いた。猿翔はしっかり私を受け止めながら、耳元で言った。

「琥劉殿下も近くまで来てるよ。誰よりも、琥劉殿下が姫さんを助けに来たかったと思う。だけど、立場上できないから俺が来たんだ」

琥劉……私を信じてくれたんだ。少し前の琥劉なら、自分で助けに来ていた。

「猿翔、すぐにでも出たいのは山々なんだけど、今はここでやらなくちゃいけないことがあるの。こっちに来て」

牢の奥へと歩いていくと、武凱大将軍の存在に気づいた猿翔が絶句する。

「なっ……ほ、本当に……親父、なのか……？」

「武凱大将軍は酷い火傷を負ってるわ。特に左足は壊疽を起こしてるから、膝下から腐ってる部分を切断しないといけない。でも、女の私では切り落とすのに時間がかかる。だから――」

「ま、待って。親父は武将だよ。足を失くしたら、もう……」

「この腐った部分を早く切り離さなければ、感染……病がどんどん広がるわ。戦えなくなったとしても、生きていればいくらでも希望を見つけられる。でも、死んだらそこで終わりよ。苦しむことも悲しむこともできない」

そのときだった。武凱大将軍が「うっ……」とうめく。私と猿翔が「武凱大将軍！」「親父！」と叫びながら顔を覗き込めば、開いた虚ろな双眼が視線を彷徨わせていた。

「俺のことは……このまま、死なせてくれ……」

「なに言ってるんだよ！　みんな、親父が生きてるって信じて帰りを待ってるのに！」

「俺は……死なせちゃいけねぇ人を死なせちまった。それも……あいつら、俺の目の前で……殺しやがった……」

涙も枯れてしまったのか、廃人のようになっている武凱大将軍。死なせちゃいけない人というのは、皇太后のことだろう。愛する人を救えなかった無力感を想像するだけで、胸が抉れてしまいそうだ。

「……皇太后はな、先帝の墓参りの間だけ、俺たちの周りから兵を遠ざけるように、言ったんだ……危険だって忠告したんだが、皇太后はこれを機に泰善たちが自分の命を狙ってくるのをわかってやがった」

「え……」

「そのすぐあとだったな……俺たちは夜盗に扮した泰善と、その部下たちに取り囲まれた……皇太后は国のために謀反は考え直してほしいと、はなから話をするつもりだったんだ……無謀だが、元は泰善も先帝の選んだ優秀な武将だったからな……決別しない道を見つけたかったのかもしれねえ……」

剣を持てなくても女は戦う。琥劉の即位が近づいたからこそ、敵はその命を本格的に狙ってくるはずだ。皇太后は琥劉のため、国のためにできることをしたのだ。

「あとは、この通りだ……俺の部下たちは、偽の夜盗の陽動にまんまと引っかかっちまって……その間に泰善に捕らわれた俺は、火あぶりにされながら……愛した女が死んでいくのを見てるしか、なかった……」

あの強くてよく笑う武凱大将軍が、怒りと悲しみに震えている。もし自分が武凱大将軍と同じ立場で、目の前で琥劉を失うようなことになったら……。

想像しただけで悔しくて、私は涙を必死にこらえながら、その手を握った。

「武凱大将軍、あなたはこのままでいいのですか？　その無念を抱えたまま、死を選ぶのですか？　憎しみでもいい、今は生きてください。手足がなくなっても、代わりに武器を持って、あなたの無念を晴らしてくれる仲間がいます」

「そうだよ、親父。俺が泰善の首だろうと、劉奏殿下の首だろうと取ってきてやるから！　せめて、それを見届けてから逝けって！」

武凱大将軍は私たちの顔を交互に見たあと、小さく口元を緩ませた。

「そう、だな……今のままじゃ、死んでも死にきれねえ……ひと思いにやってくれ」

「死なせません、絶対に」

笑みを返して、さっそく切断の準備をする。すると、そこへ「おい、医仙」と見張り役の兵がやってきた。警戒するように私の前に立つ、猿翔の腕を引く。

「この人は大丈夫。この人のお兄さん、あの狩猟大会で疫病にかかった伏兵だったの。助けてくれたお礼にって、協力してくれてるんだ」

会釈する見張り役の兵と私を、猿翔はやや呆れ気味に見る。

「姫さん……人たらしにもほどがあるよ」

「真心が伝わったって言ってほしいわ。さ、時間がない。早く薬を飲ませないと」

私は見張り役の兵に容量と作り方を教え、用意してもらった煎じ薬を受け取り、武凱大将軍の頭を持ち上げて飲ませる。飲み薬であるために麻酔が聞き始めるまでに約一刻、切断を始められるまでに約二刻かかる。今は夕方なので、実際に処置を開始する頃には夜になっているだろう。それまでに傷にいる蛆を箸で取り除き、治療を行った。ときどき来る他の兵の目をかいくぐりながら、ついにその時がやってきた。

念のため、舌を噛まないように武凱大将軍に布を咥えさせる。胸骨を中指の第二関節で圧迫し、痛み刺激にも目覚めないことを確かめると、私は猿翔を見て頷いた。

猿翔は深呼吸のあと、煮沸消毒された斧を足めがけて思いきり振り下ろした。

「もう一回よ！」

猿翔は苦り切った表情で、かろうじて繋がっている足の肉を断ち切る。すると、痛みに目を覚ますことなく足の切断に成功した。

「すげえな……ここまでして目が覚めないたあ……麻沸散ってのは神薬だな」

惨い光景から目を背けつつも感動している兵に、私は複雑な気持ちになる。

確かにこれは神薬だが、よく効くということは毒性も高いということ。扱いが難しいから、芽衣はこの世界に麻沸散を普及させなかったのではないだろうか。

「私の手にお酒をかけて。それから糸と針にも」

猿翔に指示を出しながら、いよいよ傷口を塞ぐ。皮膚の端を伸ばして、筋肉を包み込むように糸で縫合するのだ。

「ごめん、足の皮膚を下に引っ張って、ゆとりを作って」

「わ、わかった。こう？」

麻沸散の効果時間は芽衣の書物曰く、目覚めるまでに三刻から四刻。早朝には覚醒する予定なので、急がなければ。なんとしても武凱大将軍を連れ帰る！

そうしてなんとか縫合を終えると、私は傷口に抗菌作用のある薬草を塗布し、布を当てる。感染を起こせば熱も出るので、解熱薬も用意しておいた。

無事手当てが終わり、私はひと息つく。麻酔の効き具合には個人差があり、武凱大将軍は予定よりも早く、夜明け前に目を覚ました。

「ぐっ……頭がまだふわふわするが、足の痛みだけは、はっきりわかるな……」

「痛み止めを飲みますか？」

「いや、痛みで意識を保っていられっからいい。それよりも、これからどうする……」

起き上がろうとした武凱大将軍だったが、片足がないことに今気づいたのか、ぐらりと倒れそうになる。それを慌てて猿翔と支えると、武凱大将軍は消えた左足を苦笑いしながら見つめていた。

「戦場じゃあ、生きるために手足を落とすのは珍しいことじゃねえ。覚悟はしてた」

武凱大将軍は今、武人生命を絶たれるかもしれない苦しみと戦っているはずだ。

「無事に戻れたら、武凱大将軍の義足……人工の足を作りましょう。前と同じようにはいかなくても、自分の足で立つことができるように」

「嬢ちゃん……ああ、ありがとうな」

大切な人も足も失ったというのに、私の頭をわしゃわしゃと撫でてくれる武凱大将軍に涙が出そうになった。

「……っ、そのためにもまずは、ここから脱出しないとですね」

「俺が夜までに姫さんと脱出できなければ、朝日が昇るのと同時に琥劉殿下たちが助けに来ることになってる。それまで、下手に動かない方がいい。というわけで、親父は死にかけてるふり！」

武凱大将軍が「お、おう」と横たわると、猿翔は見張りの兵に向き直る。

「悪いんだけど、きみが着てる兵の服を調達してきてくれない？　俺、まだここでやんないといけないことがあるんだよね。あと、帳簿なんかがありそうな船室なんかも案内してくれると助かるんだけど」

「無茶言うなよ！　俺、今の状況でもすげぇやばいんだって！」

「敵を助けてる時点で、今さらじゃない？　もう寝返っちゃいなよ」

猿翔の軽い調子を見ていると、緊張感が緩んで助かるな。

「じゃ、一仕事してくるね！」

兵の服を無事に手に入れた猿翔は『ちょっとお手洗い行ってくるね』の勢いで牢を出ていった。やがて半刻も経たずに戻ってきた猿翔の手には、一冊の帳簿が。中には阿片の流通先や満蛇商団の莫大な資金が、六部の長官たちに流れている証拠が記されていた。つまり、六部長官らが第四皇子についたのは、賄賂があったからだ。

そうこうしているうちに、窓から朝日が差し込んでくる。ついに、決戦の朝だ――。

「敵襲――っ、敵襲――っ！」

私たちは騒がしくなった甲板へ静かに向かう。猿翔が先陣を切り、兵に見つかったときは気絶させながら、なんとか甲板に上がると、樽の後ろに身を潜めた。

「どうりで商団の所在がわからないわけだ。海の上を拠点にするとは考えたな！」

愛しい人の声が聞こえた。商船に向かってくる船の船首に琥劉がいる。

この目がその姿を捉えた途端、「っ、琥劉だ……」と、ほっとして涙がこぼれた。

「禁軍まで連れてきちゃって、ほんっとーに鬱陶しいな、琥劉兄上は。いい加減、劉炎兄上みたいにさ、嫌なものから目を背けて、城から逃げちゃってくれればいいのに」

「劉炎兄上は逃げたわけではない。国のため、己にできることをしている。そして、俺が帝位を諦めることもない。逃げるということは、この国や民を捨て、ここに来るまでに流れた血への責任を放棄するということだ。それゆえ、たとえこの道がつらく苦しいものでも、俺を信じ従う者たちのために、進むことをやめたりはしない」

どんっと向こうの船が追突してくると、琥劉が「制圧せよ！」と英秀様や兵を連れて乗り込んでくる。船体が大きく揺れ、よろめく私を猿翔がとっさに支えてくれた。

「姫さん、俺は親父を船まで運ぶから、絶対に離れないようについてきて」

「わかった！　あなたも一緒に行きましょう」

見張りの兵を振り返れば、首を横に振られてしまう。

「俺は満蛇商団の一味だ。借りがあったから手は貸したが、仲間は置いていけねえ」

あばよ、と戦いの中へと身を投じてしまう彼を、引き止めることはできなかった。自分の帰る場所は、自分にしか決められないからだ。

積まれた樽の影から出ると、さっそく兵に見つかった。でも、猿翔は大柄な武凱大将軍を抱えながらも、暗器を飛ばして倒してしまう。

「武凱、やはり生きてましたか！」

味方の船に移ると、私たちに気づいた英秀様が無駄のない剣筋で敵をいなしながら、武凱大将軍と笑みを交わした。その瞬間、こちらを振り返った琥劉と目が合う。

あとは任せろ。琥劉の瞳がそう言っている気がして、私は涙ぐみながら強く頷いた。

琥劉は真っすぐに劉奏殿下のもとへ走っていくが、その前に泰善将軍が立ち塞がる。

「劉奏殿下は俺に、禁軍大将軍の座を約束してくれたのだ。邪魔はさせない！」

「こちらとしても、琥劉殿下の道を阻む愚か者を野放しにするつもりはありませんよ」

英秀様が泰善将軍を、琥劉の道から押し出すように斬りかかった。視界が開けると、琥劉は一気に駆け抜ける。皆が幼く女遊びに明け暮れていると評価した劉奏殿下が、嘘みたいに素早く琥劉の一刀を剣で迎え撃った。

「……っ、そんなに速く動けたのか……っ」

「本当に有能な人間は、むやみに能力をひけらかしたりしないんだよ……っ」

稲妻のごとく交錯する剣と剣から目を離せずにいると、

「弓を……っ、貸してくれ」

武凱大将軍は自軍の船に乗り込むや近くにいた兵に弓を借り、猿翔に支えられながら構える。その狙いの先には、的確に急所を狙い、泰善将軍を追い詰める英秀様——ではなく、その背後から斬りかかろうとする商談の兵がいた。

「まったく、サシの勝負に水を差すんじゃねえよ……！」

勢いよく飛んでいった矢が、英秀様を狙っていた兵を射抜く。それに気づいた英秀様が「武凱には負けてられませんね！」と泰善将軍の足を斬りつけ、膝をつかせた。

「劉奏！　お前が本当は強かろうと、俺には勝てん！　最後の一手で、俺は一瞬たりとも迷わないからだ……！」

ガキーンッと劉奏殿下の剣を弾き飛ばし、その首に刃を当てがった琥劉。船の縁まで追い詰められた劉奏殿下は、仰け反ったまま海に落ちそうになっている。

「殺せよ……っ、どうせ城に戻っても死罪だろ！」

「お前の罪は、然（しか）るべき場所で公正に裁く」

ふたりの決着がつく頃には、敵は皆、禁軍に倒されていた。泰善将軍も英秀様に剣をつきつけられ、降参したように座り込んでいる。私はそれを琥劉の船から見ていた。

「終わりましたね……」

そう言って、隣にいる猿翔と武凱大将軍を見上げたとき、背後から「覚悟！」と乗組員が剣を手に走ってくるのが視界に入った。いつの間に、こっちの船に!?

「猿翔、武凱大将軍！」

私の声に反応し、身を翻して攻撃を避けた猿翔だったが、刺客の目的はふたりの命ではなかったらしい。猿翔の胸元から出ていた帳簿を奪うと、海に飛び込む。

あれは、劉奏殿下を追い詰める大事な証拠！

そう思ったら、迷う間もなく男を追いかけていた。猿翔の「姫さん！」という叫びを耳にしながら、私は空中で男から帳簿をぶん取り、大海原へと沈んでいく。

波に揺られ、どちらが天か地かわからない。息も続かず朦朧としながらも、帳簿だけは手放すものかと胸に抱き込む。

死にたくない……私はまた、大切な人と離れ離れになってしまうの……？

右手を伸ばして、琥劉の顔を思い浮かべていたときだった。その手を強く握られ、一気に引き寄せられる。腰に腕が回ると、深く口づけられていた。

「……っ」

送り込まれる酸素に、少しだけ意識が浮上してくる。うっすらと目を開ければ、私は琥劉の腕の中にいた。

もう、大丈夫だ……。琥劉がこの世界に、私を繋ぎとめてくれている。これできっと、大切な人と離れることはない。

ぶはっとふたりで海面から顔を出すと、私は琥劉に抱えられながら船に引き上げられた。帳簿を守ったことは英秀様に褒められたものの、無茶したことを猿翔に叱られ、そんな私たちを武凱大将軍は温かい眼差しで見守っていた。

なにも言わない琥劉が気になったが、手を引かれるままに、ふたりで船首に立つ。

「あの……琥劉、怒ってる？」

恐る恐る声をかければ、地平線を見つめていた琥劉が静かに私に視線を移した。その次の瞬間、がばっと強く抱きしめられる。

「心の臓がふたつできた気分だ……お前は俺のもうひとつの命と言ってもいい。離れている間、生きた心地がしなかった」

「琥劉……ごめんなさい。だけど、捕まったおかげで武凱大将軍を見つけられて、治療することもできたし、帳簿も無事だったわ！」

そう言えば琥劉はやれやれ、と言わんばかりに笑い、私の頬に手を添えた。

「そこで喜ぶあたり、お前はそこらへんの女人とは違うらしい。武凱のことも、よく連れ帰ってくれた」

「ここは……命が蠟燭の火を吹き消すみたいに、簡単に消えてしまう世界よね。でも私、あなたが悲しまないように頑張るわ。あなたのことも、あなたが失いたくない人のことも、私なりのやり方で守っていく」

「……っ、愛している」

「えっ、突然どうしたの？　び、びっくりするじゃない……」

心臓のあたりを手で押さえ、胸の高鳴りを鎮めようとしていると、焦れたように琥劉が顔を近づけてきた。

「強く、美しく、優しいお前に……何度も何度も、心惹かれてやまない」

私も同じだ。弱さを乗り越える強さがあって、気高いあなたに心を奪われている。

口づけのせいで伝えられなかった想いを唇に乗せれば、寄り添う私たちの明るい未来を照らすように、朝日が煌めいていた。


紅禁城に戻ってから、朝議でも正式に劉奏殿下及び泰善将軍の謀反が認められた。私が守った帳簿が決定的な証拠になったらしく、命を懸けた甲斐があった。

そして、琥劉が言ったように公正な裁きのもと、刑部の監督下で劉奏殿下と泰善将軍は賜薬の刑に処されることになった。賜薬の刑というのはヒ素や水銀などの毒薬によって自決させられる死罪のことだ。即効性のある毒薬ではないので、実際に息が絶えるまでには時間がかかる。中には一晩死ぬことができずに苦しんだ者もいるそうだ。

「琥劉、その賜薬……私に作らせてほしい」

刑の執行が明日に迫っていた夜、そうお願いすれば琥劉は怪訝な面持ちになる。

「なぜだ。お前の手は救うためにあると言ったはずだ。許可できない」

「刑の執行は、あなた自ら命じるのよね？　たとえお母様を奪った人でも、身内を死に追いやることに、あなたが傷つかないはずがない。私はこの国のため、あえてつらい道を進むと決めたあなたと、共に歩むと言ったはずよ。その痛みも一緒に背負うわ」

「俺がなにを言ったところで、お前は引かないのだろうな」

「ええ、綺麗なものだけじゃなくて、汚い感情も苦しみも、あなたと分かち合いたい」

琥劉はもう私を止めなかった。代わりに私の手を握り、離れようとしなかった。彼もまた、私に背負わせ、巻き込む覚悟をしていたのだと思う。

そうして迎えた翌日、賜薬の刑が執行された。

「帝位の鬼め！　劉坊兄上を殺し、今度は僕まで……ううっ、げほっ……流血皇子が帝座につくこの国の未来に……希望なんてないんだよ！」

「祖国が滅びゆく前に逝けること……光栄に思います、皇子……」

劉奏殿下には恨み言を、泰善将軍には皮肉を浴びせられながら、琥劉は静かに死を受け止めていた。でも、私はこのとき、きっと墓場まで持っていく秘密を抱えた。

私が作った賜薬には、苦しむ時間が少なくなるように、あの全身麻酔薬である麻沸散を大量に入れておいた。あと数刻、痛みに耐えれば眠っている間に逝けるだろう。

これでどうか、身内が苦しむ姿を琥劉ができるだけ見なくて済むといい。

こうして二度も謀反人から帝座を守り、四大臣を味方につけ、賄賂の受け取りが発覚した六部長官らを一斉退任に追い込んだ琥劉は、その功績を称えられて正式に皇帝になることが決まった。

即位式は紅禁城最大の正殿である『雪華殿』で行われた。琥劉は何万という武将や武官や兵、四大臣を始めとする文官たちに見守られ、大階段を上っていき帝座につく。

「雪華国第十三代皇帝、雪華琥劉陛下、万歳！」

禁軍の最前列にいる義足をつけた武凱大将軍と猿翔も、文官の列の最前列にいる英秀様も、後宮妃たちと参加していた私も胸を熱くしながら「万歳！」と叫んだ。

即位式のあと、私は琥劉に誘われて馬で城の裏手の海辺に来ていた。気を利かせてか姿は見せないが、たぶん猿翔が護衛役で近くにいるのだろう。馬を降り、琥劉に手を引かれながら連れてこられたのは、白銀の桜のような花が咲いている木の下だった。

「雪華国にしか咲かない花だ。国名の由来でもある、雪華という」

「これ……私のいた世界の花に……似てる。向こうのは、桃色だったけど……」

急に懐かしくなって胸に寂しさがそよいだが、琥劉が私の故郷になると言ってくれたから、悲しくはない。

「寒さにも負けずに咲き、苦境に立たされても耐え忍び、乗り越える強さを持つお前のようだと思って、落ち着いたら、ずっと見せたいと考えていた」

「琥劉……それを言うなら、この花はあなたにこそふさわしいと思うわ。あなたは冷たい風に晒されようと、重たい雪に足を取られようと、その寒さに凍えた心を必死に信念という炎で燃やして、ただ前を向いて、民や臣下たちのために咲き続けるから」

琥劉は驚いたように聞き入っている様子だったが、ふっと表情を緩めた。

「愛している」

「なっ……あなたね、毎度唐突すぎる！」

「だが、そう思った瞬間に言葉に出てしまうのだから、どうしようもない。というわけだ、この華は俺たちの花ということにしよう」

「もう……ふふ、そうね」

会話が途切れると、琥劉は改まったように私の両手を取り、真剣な表情をする。

「お前の手は、いつも俺の冷え切った心を温めてくれた。お前がいるから、なにかを食べて美味しさを感じる。見た景色を綺麗だと思える。俺の幸せは、お前と共にある」

「……っ、私も同じ。あなたが私のしたことで、心を動かしてくれたんだって気づくたび、嬉しい気持ちになる」

「ああ、そういうお前だから、俺は心を明け渡せたのだろうな。雨が降ろうとも、お前と寄り添えば、もう過去に絶望せずにいられる。この先、俺がまた血に狂っても、お前がいれば俺は俺でいられる。ゆえに俺には、お前が必要だ」

引き留めるように持ち上げられた手に、そっと口づけが落ちてきた。

「俺が皇帝になった今、お前は晴れて自由の身だ。それでもどうか、俺に捕らわれたまま、離れていかないでくれ」

緊張の色が浮かんでいる琥劉の顔も、拒絶を恐れる震えた手も、全部が愛しい。

「愛している、白蘭。俺の……皇后になってほしい」

心が喜びで波打って、愛しくて涙が出た。

「……私も愛してる。たとえ、あなたにこの手を振りほどかれることがあったとしても、離れない。だから――」

目の前の愛しい人に思いっきり抱き着いた。

琥劉は少し仰け反るも、しっかりと受け止めてくれる。

「私のことも離さないで！　ちゃんと捕まえてて！」

「白蘭……ああ、絶対に離さない」

潮風とほんのり香る雪華の甘い匂いに包まれ、私たちは額を重ねながら笑い合う。

これは仙人でありながら後宮妃に据えられ、のちに皇后として皇帝の隣に立つ私の始まりの物語。


（完）

あとがき

こんにちは、涙鳴です。本作をお手に取ってくださり、本当にありがとうございました。

前作の神様嫁入りものとは打って変わって、今回は後宮×医療をテーマに書かせていただきました。

ヒーローとヒロインがお互いにトラウマを乗り越えるために寄り添い、傷を癒していく姿に、読者様の心も癒されるお話になっていたらいいなと思います。

今回は作ったプロット（お話の設計図）がいざ執筆を開始してみると、まったくしっくりこない状態になってしまって、結局キャラクターもお話も原稿に直接書きながら考えることになってしまいました。

前半は二、三度書き直して、やっとこの形におさまったので、読者さんに気に入ってもらえているといいなあと……（不安です）。

なにはともあれ、後宮の陰謀を医療で解決して、ヒーローの隣に立とうと頑張るヒロインを最後まで見届けていただけましたら幸いです。

宣伝になりますが、前作の『龍神様と巫女花嫁の契り』シリーズ、コミカライズ中です！　原作と一緒に楽しんでもらえたら嬉しいです。

最後に今作を書籍化するにあたり、イラストで物語に命を吹き込んでくださった漣ミサ先生。担当編集の森上様、編集協力の小野寺様、校閲様、デザイナー様、販売部の皆様、スターツ出版様。

そして、なにより読者の皆様に心より感謝いたします。

涙鳴

この物語はフィクションです。実在の人物、団体等とは一切関係がありません。

涙鳴先生へのファンレターのあて先
〒104-0031　東京都中央区京橋1-3-1　八重洲口大栄ビル7F
スターツ出版（株）書籍編集部 気付
涙鳴先生

後宮医妃伝～偽りの転生花嫁～

2022年5月28日　初版第1刷発行

著　者　涙鳴　

発 行 人　菊地修一
デザイン　フォーマット　西村弘美
カバー　おおの蛍（ムシカゴグラフィクス）
発 行 所　スターツ出版株式会社
〒104-0031
東京都中央区京橋1-3-1　八重洲口大栄ビル7F
出版マーケティンググループ　TEL 03-6202-0386
（ご注文等に関するお問い合わせ）
URL　https://starts-pub.jp/
印 刷 所　大日本印刷株式会社

Printed in Japan

ISBN　978-4-8137-1270-1　C0193